# 換個良人嫁

4 完

水暖 著

風文創 645

# 目錄

# 第三十八章

看著栽倒在自己身上的林氏，宋嘉卉半張著嘴，眼睛瞪得極大，眼珠突出，彷彿差點就要掉出來的模樣。

片刻後，也不知她哪來的力氣，推開身上的林氏，衝向宋嘉禾。然而，她剛跨出兩步，就被婆子架住了。

宋嘉卉拳打腳踢，豁出去般大吼大叫。「都是妳！要不是妳，我不會落到這地步，娘是我的，爹是我的，二哥也是我的，妳為什麼要跟我搶？妳已經有那麼多人喜歡了，為什麼要和我搶？妳要是不跟我搶，我怎麼會討厭妳！」

她想起小時候，宋嘉禾只要坐在那兒，就有的是人想抱抱她、哄哄她，她都有那麼多人喜歡了，可她還要對爹娘撒嬌，要爹娘也圍著她轉，她怎麼可以這麼貪得無厭！

宋嘉卉眼睛充血，狀若瘋癲。「我要殺了妳！妳怎麼不去死，要是沒有妳，爹娘就會只疼我一個，外人也不會指指點點，說什麼一母同胞的姊妹，為什麼一個美若天仙，一個貌若無鹽，導致我連門都不敢出。十年前妳為什麼要回來？妳就該被賣掉！妳不是仗著自己好看，喜歡勾引人嗎，怎麼不去青樓當花魁，妳長得這麼漂亮，肯定有大把男人想睡妳。」

宋銘抬手，一個巴掌打斷宋嘉卉的污言穢語，他臉色鐵青，目光如劍。「妳說的是人話嗎？」

宋嘉卉被打得偏過頭，半邊臉瞬間腫得老高。她舔了舔牙齦，吐出半顆牙齒。

「你打我？你為了宋嘉禾又打我，你偏心，你偏心！」宋嘉卉開始發狂，憤怒地瞪著宋銘，甚至抬腳要踢他。橫豎自己都要死了，為什麼還要忍？「你明知道我喜歡三表哥，可你就是不成全我。你不幫我就算了，還去幫宋嘉禾，我才是在你身邊長大，你應該幫我的。我恨你！」

宋銘指著發瘋般的宋嘉卉，手指開始顫抖，漸漸蔓延到全身，這個在千軍萬馬前都不曾退縮過的男人，竟然踉蹌著後退一步。

宋嘉禾搶步過去扶住宋銘。

見宋嘉禾過來，宋嘉卉更加激動，揮手蹬腿地想衝過來，兩個婆子都有點抓不住的樣子。

宋嘉禾皺了皺眉頭。她這是以為自己要死了，所以不管不顧，只圖自己痛快地鬧，不過那針上真的有毒嗎？

「妳個賤人，就該被賣到青樓去，千人騎、萬人跨。」宋嘉卉惡狠狠地盯著宋嘉禾。

「閉嘴！」宋老太爺都聽不下去了。「給我堵上她的嘴！」

宋嘉禾道：「等一下。」

抓著一條帕子的婆子，動作一頓，納悶地望著宋嘉禾。

二姑娘這張嘴委實臭不可聞，就是她們這些婆子都聽不下去，也不知她一個大家閨秀哪裡學來的污言穢語？

「當年我走丟是妳搞的鬼，是不是？」宋嘉禾目不轉睛地看著宋嘉卉。

被魏闕救回來的記憶，她已經想起來，可關於自己是怎麼走丟的，她一直記不起來。她小時候的確頑劣，貪玩跑出去也是有可能，遂一直沒深想，畢竟那時候宋嘉卉也不過七歲，而自己才五歲，能有多大的仇怨和狠毒。若不是宋嘉卉一而再、再而三地提起，那種遺憾滿得幾乎都要溢出來，甚至蓋過沒有毒死她的遺憾，宋嘉禾都不會生出此種聯想，因為實在太過駭人聽聞。

宋嘉卉冷冷盯著宋嘉禾，神情怨毒刻骨，一字一頓道：「誰叫妳那麼蠢、那麼好騙！」抓著宋嘉卉的兩個婆子頓時駭然。當時二姑娘才多大呀！霎時骨寒毛立，這一分神，便被宋嘉卉掙脫出來。

宋嘉卉衝向宋嘉禾，那架勢似乎要撲過去咬死宋嘉禾。

宋嘉禾不退反上前一步，一掌擒住宋嘉卉的手腕，身體前傾，抓住她的肩膀，將她整個人反摔在地。

咚一聲，天旋地轉間，宋嘉卉已經仰躺在地上，疼得她覺得自己的五臟六腑都移位，忍不住痛苦呻吟。

劇痛中，宋嘉卉察覺到右臂被人抓住，睜開眼就見宋嘉禾冷冷看著她，一張俏臉布滿寒冰。

宋嘉卉沒來由打了個哆嗦。「妳要幹麼？」

宋嘉禾用力一折，「喀嚓」一聲，那條手臂就以一個扭曲的姿勢，掉在宋嘉卉身上。

「這隻手，報的是五歲那年，妳騙我的仇。」

「啊！」宋嘉卉疼得整個人都抽搐一聲，冷汗如瀑，剛想破口大罵，就覺得左手也被抓住。

宋嘉卉嚇得心臟差點驟停，死命抽手，不斷用腳踢，卻被宋嘉禾兩腳狠踹，再也提不起來。

宋嘉卉怕了，聲嘶力竭地尖叫。「爹，救我！娘、娘……爹、祖父，救我，宋嘉禾要殺我！」

宋老太爺垂下眼，視若無睹。

宋銘握了握拳頭，握緊又放開，放開又握緊，最後別過眼。

在宋嘉卉驚恐萬分的目光中，宋嘉禾彎了彎嘴角，笑容清淺，甚至是賞心悅目，但落在宋嘉卉眼裡，卻恍若尋仇的豔鬼。

「不要，六妹！我求妳，不要，我錯了，妳放過我好不好！」痛不欲生的宋嘉卉，哆哆嗦嗦地求饒，鼻涕、眼淚糊了滿臉。

太疼了，她寧願去死也不要受這種折磨……

挑選好位置的宋嘉禾，不疾不徐道：「這隻手，報的是今晚的仇！」

話音剛落，又是一聲脆響。

宋嘉卉發出殺豬般的慘嚎聲，她眼前一陣陣發黑，卻又因為劇痛而無法暈過去，只能活生生承受這椎心蝕骨的斷臂之痛。

宋嘉禾拍了拍手，徐徐蹲下身，淡淡地望著冷汗淋漓的宋嘉卉，湊近她耳畔，低聲道：「我有個猜測想和妳分享，我懷疑那根針其實沒毒！」

宋嘉禾語調輕飄飄，卻在宋嘉卉心裡掀起驚濤駭浪。她死死盯著宋嘉禾，眼角幾乎要滲出血。

宋嘉卉心悸不止，不敢置信地搖頭。

宋嘉禾騙她！父親都說那針就是她的那一枚。可馬上她又信了，因為她想相信，她不想死……

忽而她的臉色立刻變得慘白。之前她覺得自己要死了，所以才會破罐子破摔，將積壓在心裡的怨恨一吐為快，她隨心所欲地咒罵宋嘉禾，罵出她只敢在心裡偶爾想一想的話，就連深埋在心裡的那個秘密，都一股腦兒說出來，她甚至還對父親說了恨。

宋嘉卉開始發抖，越抖越厲害，她顧不得渾身劇痛，像一條毛毛蟲般翻過身，以頭觸地。「爹，我錯了！我在胡說八道！我都是胡言亂語，我豬油蒙了心，您別跟我計較。」她怕宋銘惱羞成怒，把她關在廟裡一輩子。

宋銘神色平靜，望著宋嘉卉的目光近乎悲憫。

那針是他隨手拿來嚇唬宋嘉卉的。他怎麼會下得了手，親手毒殺自己的女兒？他甚至連這種風險都不敢冒。萬一不慎傷到人，追悔莫及……

然而他怎麼也想不到，宋嘉卉竟然會撿起來，還會聲東擊西，當著他們所有人的面，再次試圖謀害宋嘉禾。

不殺了她妹妹，她是不是不到黃河心不死？

那一瞬間，宋銘想了很多。前一刻她還在痛哭流涕地認錯，後一刻就能盤算著乘機殺人。

宋銘忍不住要想，有沒有一種可能，青燈古佛沒能化解她的戾氣，反而助長她的仇恨，她會不會無所不用其極地去謀害宋嘉禾？

這是極有可能發生的事，血淋淋的例子就擺在眼前，一次又一次的懲罰使得宋嘉卉的行為越來越過分，甚至都想殺人。他派人監視她，可還是被鑽了空子。

宋銘不敢保證日後不會出現第二個空子，屆時如果宋嘉禾遇害，他一生難安。這孩子已經夠委屈，被害了一次又一次，她還好好地站在那兒，不是宋嘉卉手下留情，是她自己足夠小心。

各種念頭在宋銘腦海中翻騰拉鋸。起初，他順勢承認那是根毒針，因為他真的生出殺心。在宋嘉卉第一次害宋嘉禾時，他只想送她進家廟了此殘生；可在宋嘉卉第二次動手後，他開始猶豫了。宋嘉卉都要進家廟了還動手，可見她根本就不怕家廟。

他尚在猶豫要不要順水推舟，就這麼讓宋嘉卉「病故」，一切都是她自食惡果，怨不得人。只不過，猶豫終究只是猶豫，虎毒不食子，他到底下不了決心。

結果，自以為時日無多的宋嘉卉幫他下定決心，從小就根植在她心裡的仇恨，竟然在不知不覺中長成一棵參天大樹。七歲的宋嘉卉就會故意把宋嘉禾弄丟，這麼多年來，他們愣是沒在她身上發現一丁點愧疚和補償的苗頭，她反而希望妹妹就此淪落到最不堪的地步，生不如死。長大後，可以一而再、再而三地陷害甚至謀殺宋嘉禾。

這樣濃烈的仇恨，讓宋銘心驚肉跳。

宋嘉卉禁不住宋銘這樣的目光，明明很平淡，卻帶著讓她喘不上氣來的壓力。她的頭磕得更用力，要不是雙手骨折，都想自打耳光，只求宋銘從輕發落。

悔恨排山倒海地襲來，宋嘉卉不禁害怕地大哭起來。她不該衝動的，爹怎麼可能忍心殺她，而她似乎把局面弄得更糟糕了……

宋銘緩緩開口。「那針有沒有毒，妳比誰都清楚，不是嗎？」

宋嘉卉如遭雷劈，喉嚨裡發出一聲尖利的呼號。死亡可怕，比死亡更可怕的是，以為自己必死無疑之際，忽然發現生機，卻又在轉瞬之間，再次被絕了生路。

「你騙我！」宋嘉卉朝宋銘怒吼，眼瞳暴突充血，狀若厲鬼。

宋嘉禾心裡一突，卻不是因為宋嘉卉，而是宋銘的反應。

她是真的覺得那針沒毒，告訴宋嘉卉自然不是好心，反正她最後還是死不了，那就讓她悔青腸子吧！

可依著父親的意思，那針是有毒的，可能嗎？

宋嘉禾捏了捏指尖，忽然冒出一個想法來，這個想法太過匪夷所思，以至於她雙眼微微睜大，不敢置信地望著宋銘。

「帶她下去。」宋銘揮了揮手，聲音疲憊得恍若老人。

宋嘉卉一直喊叫嘶吼，這回兩個婆子心裡有數，無須吩咐，直接團了帕子堵住她的嘴，架著她快速離開。

宋銘看一眼昏倒在地的林氏，倒是有點慶幸她暈過去了。

再看宋嘉禾一眼，宋銘轉頭對宋老太爺道：「父親，林氏糊塗不辨是非，難當主母之位，所幸老二娶了媳婦，這個家正好交給兒媳婦打理。至於林氏，在家裡給她修個小佛堂，讓她清心禮佛吧。」

宋嘉禾怔了怔。林氏終於把夫妻間僅剩的那點情分磨光，這世上沒有誰會無底線地包容另一個人，可惜林氏不懂這個道理，她總以為別人會永遠遷就她。

宋老太爺點頭，又輕輕一嘆。宋嘉卉被養成這副可怕的模樣，林氏難辭其咎，這媳婦不算壞人，就是個心思糊塗之人，可糊塗有時候比壞更讓人寒心。

思及這兒媳婦是他作主娶進門的，宋老太爺老臉一紅。當年宋老夫人就不滿意林氏，覺得她被嬌寵得太天真，宋銘是宋老夫人的親生兒子，選媳婦的要求自然頗高。

可他承了林老爺子的恩，又已經答應林家，哪好毀約？當年那情況下，宋銘不訂親，他那外甥女不可能乖乖出嫁。宋老太爺不想鬧出什麼醜聞來，正好林家有意，他便順水推舟應下婚事。宋老太爺瞭解自己兒子，一旦訂親，他也就認命了。

最終兩人的確如他們這些長輩所願地認命，可一個年少守寡，夜夜笙歌，聲名狼藉；另一個兒女成雙，看似美滿，可林氏卻是這脾性……

宋老太爺搖搖頭，不願多想。往事不可追，來日猶可待。

清了清嗓子，宋老太爺背過手，對宋嘉禾道：「夜深了，妳歇著吧，接下來的事，我們會處理。」

宋嘉禾福了福，恭送宋老太爺和宋銘到院門口，人事不省的林氏也被抬走。

在門下佇立良久，宋嘉禾旋身返回。宋嘉卉和林氏都自食惡果，她卻無多少欣喜之情，反而有種不真實感。

宋嘉卉要死了？

宋嘉禾的表情有些一言難盡。

進了屋，宋嘉禾打發青書、青畫去淨房準備熱水。鬧了一場，她也出了一點汗，渾身不舒服。她趴在羅漢床上盯著壁上雕花發呆，忽覺手被人握住。起初她以為是青書或青畫，又覺得不對勁。

這觸感不對啊！

宋嘉禾全身繃緊，正打算踹過去，就聽見一聲熟悉的輕笑。

霍然回頭，只見魏闕含笑立在床畔。

宋嘉禾瞪圓眼睛，把驚叫聲吞回去，愣然望著他。「你怎麼進來的？」

魏闕意有所指地笑看一眼左邊的窗戶。

宋嘉禾看過去，窗戶依舊是闔上的，但那窗扣居然開著。她記得之前青書已經親手關上。

原來他還有做梁上君子的本事。宋嘉禾正要笑，忽地想起正經事。

「三表哥，你怎麼會在這兒？」

宋嘉禾撐著胳膊坐起來。

魏闕扶她一把，順勢坐在邊上，其間一直握著她的左手。宋嘉禾滿腹狐疑，哪留意到自己被占了便宜。

「偶然聽見妳的丫鬟向老承恩公和齊國公稟報，我心裡放心不下，便跟上來。」魏闕將自己不怎麼光明正大的行為說得十分坦然。

「沒人發現你吧？」宋嘉禾緊張。

魏闕搖搖頭。「不可能有人發現的，妳放心。」

這話聽著怎麼有種不以為然……

宋嘉禾深深覺得自家護衛被鄙視，可是他進她閨房的確如入無人之地，事實擺在眼前，她不高興地鼓了鼓腮幫子，忽而一笑。「誰說沒人發現你，這不就發現了？」

宋嘉禾朝聞聲趕來的青畫、青書揚了揚下巴。

淨房就在寢房後頭，這兩個丫鬟大概是聽到說話的動靜趕來的。

青書、青畫皆是驚得花容失色，後者還誇張地拿手捂著嘴，一副隨時要尖叫出來的樣子；前者倒是穩重多了。

魏闕笑了下。

宋嘉禾斜睨他一眼，又忍不住笑了，對青書、青畫點點頭。

兩個丫鬟會意，福了福，躬身退出去，守在門口。

青畫的眼睛、眉毛都快皺成一團，用力吸了吸氣。

青書白她一眼，又忍不住嘆了一口氣。姑娘對靖王殿下還真信任，孤男寡女共處一室，一點都不緊張，雖有婚約在身，可到底還未成親呢！

其實宋嘉禾哪不知道此舉不合規矩，然而在這個時候見到魏闕，歡喜之情牢牢地占上風。至於規矩什麼的，以後再說吧，橫豎她骨子裡也不是個守規矩的。

「三表哥是什麼時候過來的？」歡喜過後，宋嘉禾想起一件不怎麼美妙的事，不由自主地坐正。

他們家發生那麼一場大鬧劇，他不會都目睹了吧？想一想，她就覺得難為情。母不母，女不女，姊不姊，妹不妹。

魏闕捏捏她的手指，望著她的眼，溫和道：「我都看見了。」

宋嘉禾笑容一僵，垂了垂眼。「讓你見笑了。」

察覺到她神色中的難堪，以及隱藏在深處的難過，魏闕胸口滿溢憐惜與心疼。他年幼時也對柯皇后和魏閎有過不切實際的幻想，一次又一次忐忑地靠近，卻換來遍體鱗傷，慢慢地傷口結痂變成盔甲，無堅不摧。

這種痛苦，魏闕嘗過，所以更加感同身受，越發心疼。

「暖暖，這世上唯有出身是不能選擇的。都說天下無不是之父母，可事實上就是有那麼一些人不配為人父母。妳的好，她不懂、不珍惜，那是她有眼無珠，是她的損失，不是妳的錯，妳無須為她的錯誤來懲罰自己。」

宋嘉禾愣了下，眼底浮現水光。

從頭到尾，她表現得若無其事，因為她不想在林氏面前丟人，她就是要告訴林氏，她一點都不在乎她，所以她傷害不了她。可看著林氏激動地為宋嘉卉求饒，那麼卑躬屈膝地苦苦哀求，一副宋嘉卉出事，她的天都要塌的驚慌模樣，宋嘉禾還是忍不住難過，這種難過由血緣而生，她控制不了。

魏闕微微向前傾身，抬手撫過她的眼角，擦去淚花。

「妳還有很多愛妳的人，妳祖父母、妳父親，還有我，我會好好待妳。」魏闕望著宋嘉禾的雙眼，眼底流轉著毫不掩飾的溫柔愛憐。

宋嘉禾吸了吸鼻子，經過淚洗的眼睛格外明亮璀璨，小聲道：「我也會好好待你的。」說完，她的臉就忍不住變得紅彤彤，彷彿染了一層胭脂，又像是喝醉。

魏闕的眼神變得灼熱，似乎目光也有了溫度。宋嘉禾不好意思地別過眼，不敢看他，臉卻是越來越紅。她有些懊惱，又有些說不上來的甜蜜。

魏闕低低笑起來，胸腔微微震動。

見他停不下來似的，宋嘉禾惱了，轉過頭，凶巴巴地瞪著他。「不許笑。」說著還用力抽手。

魏闕握著不放，不是很有誠意地哄她。「嗯，不笑了。」

倒是不笑出聲了，可宋嘉禾看他臉上的燦笑不順眼。「明明還在笑，你再笑，我……我把你趕出去！」這都惱羞成怒，用上威脅了。

「暖暖千萬不要趕我，我好不容易才進來的。」魏闕舉起另一隻手，做出投降的姿勢，終於把嘴角弧度拉下去，只眼底卻還漾著濃濃的笑意，目光縱容又寵溺。

宋嘉禾沒了脾氣，小聲哼兩聲，自己也忍不住笑了。笑著笑著，冷不防想起自己之前的壯舉，身體一僵，輕輕咬了下嘴唇，欲言又止地望著魏闕。

她實在是氣得狠了。宋嘉卉做了那麼多壞事，一點都不覺得虧心，還逮著機會就要害她；又想著，宋嘉卉最壞的結果也就是終身被關在家廟裡，興許過上幾年，林氏再做點什麼，又沒事似地把她接出來。

宋嘉禾一時壓不住心頭戾氣，只想狠狠教訓她一頓。依著她的習慣，更喜歡拿鞭子抽，可惜當時手上沒鞭子，一衝動就上去折斷了她的兩條胳膊。

比起宋嘉卉要她的命，她覺得自己已經夠仁慈了。不過折人臂膀這種事擱在以前，她是想都不敢想，如今倒也沒後悔，想想還是挺痛快的。

報仇就該這樣，挨家法、關家廟，都比不上自己動手來得暢快淋漓。只是，自己那麼暴力的一面讓魏闕看了個正著……

想一想，宋嘉禾不自在起來，眼神開始飄忽。

魏闕心念一轉，隱約猜到幾分，五指交叉握住她的手，笑吟吟地讚美道：「暖暖今日真威風！」

宋嘉禾的眼神凝聚在他臉上，看到了毫不遮掩的驕傲。

驕傲？宋嘉禾睜了睜眼。

魏闕嘴角微揚，忍不住摸摸她的頭頂，他想做這動作很久了。「有人惹妳生氣，妳只管打回去，我替妳撐腰，要是打不過，我幫妳。」他的指尖緩緩落在她溫暖細膩的面龐上，動作輕柔，滿含憐惜。

有那麼幾個瞬間，他差點就要破窗而入，還好他的姑娘比他想像中還「彪悍」，沒讓自己受委屈。

帶著薄繭的指腹，劃過臉龐，帶起一種陌生的粗糙感，宋嘉禾卻沒有躲開，眼神亮閃閃地看著他。「那要是你惹我生氣怎麼辦？我又打不過你。」

「我不會還手。」

宋嘉禾哼哼兩聲。「生氣時，誰還有理智？」

「再生氣也不會還手的，我怎麼捨得。」

「我才不信！」

魏闕刮了刮她的鼻尖，輕笑道：「我會讓妳相信的。」

宋嘉禾嘴角控制不住地上揚。眼前有英俊男子滿目柔情地哄妳，誰會不高興呢？

「說來，還要感謝妳二姊，要不是她，我也不會機緣巧合地救了妳，細想想，妳願意嫁給我，她功不可沒。」魏闕不著痕跡地端詳她的神色，語調輕鬆隨意。「若是讓她知道，就是因為她，我們才結緣，只怕她會悔得肝腸寸斷。」

宋嘉禾抬眸看他，有點想笑，別以為她聽不出他言下之意；又有點心酸，自己竟然讓他產生「救命之恩，以身相許」的懷疑。

宋嘉禾跪坐起來，左手反握他，空著的右手也伸過去抓住他的手。

魏闕眨了眨眼，雙目靜靜看著她的眼睛，似乎想透過這雙眼直達她的靈魂深處。他自問洞察人心，唯獨宋嘉禾是例外，人在此中，他也不能免俗地患得患失。

「笨，我願意嫁給你才不是因為救命之恩呢，為了救命之恩就以身相許，我可沒那麼傻。」宋嘉禾一臉嫌棄。想報恩，方法多的是，雖然魏闕的恩有點難報，但是她才不會為了報恩就犧牲自己的終身，她沒這麼偉大。

「那暖暖為什麼願意嫁給我？」魏闕的眉梢、眼角都是笑意，尤其一雙眼亮如星辰，整個人彷彿都在發光。

「當然是因為我喜歡你啊！」說完，宋嘉禾就捣住發燙的臉一頭栽下去，打算拿枕頭把自己埋起來。

她肯定中邪了，居然說了這麼不害臊的話。

魏闕伸手一撈，宋嘉禾摔進他懷裡。宋嘉禾扭了下要掙脫出去，魏闕哪裡捨得放手，雙手牢牢將人禁錮在胸口。

宋嘉禾捣在臉上的手還是不敢鬆開，她覺得自己的臉肯定成了猴子屁股，丟死人了。

「我也喜歡妳，暖暖。」

低沈的嗓音在她耳邊響起，灼熱的呼吸噴在耳畔、脖頸和臉上，讓宋嘉禾也覺得熱起來。

宋嘉禾甩了甩腦袋，從指縫裡露出盈盈雙眸，心慌意亂地逐客。「不早了，你該走了！」

魏闕忽然低頭親了親她的手背。

宋嘉禾驚得瞪大眼睛，就像一隻受驚的小貓，連臉都忘記捣了。

魏闕收緊手臂抱了抱她，柔聲道：「晚安，作個好夢。」說罷，鬆手將她平放在羅漢床上，站起來。「我走了。」

再不走，他也怕自己把持不住驚嚇到她。

還在恍惚的宋嘉禾回神，翻過身趴在枕頭上看著他，臉色緋紅，雙眼瑩潤，想了想，抬手朝他揮了揮。「小心點。」

魏闕燦然一笑，這笑燦爛得一點都不符合他霸氣威風的形象。他戀戀不捨地看宋嘉禾一眼，才打開窗戶，一躍而出。

宋嘉禾凝神聽了一會兒，沒有動靜，想來沒有驚動人。他的身手，她是見識過一鱗半爪的，只是沒想過還能用到「夜探香閨」上。

宋嘉禾把臉埋進枕頭，忍不住笑起來，也不知在笑什麼？

# 第三十九章

夜風拂過樹梢，沙沙作響，灌木叢裡的蟲鳴此起彼伏。

宋老太爺與宋銘無聲走在青石路上，月輝將兩人身影拉得極長。

思量半晌，宋老太爺開口。「你決定了？」

宋銘靜默一瞬，心裡慢慢湧出一抹悲涼，緩緩道：「她錯得太多了。」

之前種種還能說是任性，可以不計較。但是十年前宋嘉禾走丟那樁舊事，還有今日宋嘉卉兩次試圖用毒針害宋嘉禾這件事，尤其最後還當著他們的面發生，他不可能當作沒事。

雖然數罪並罰，她罪有應得，但心裡終究止不住難過。那是他的親生女兒，一點一點看著長大，嗷嗷待哺到亭亭玉立，若是可以，他豈願下此殺手？然而宋嘉卉執念太深，且毫無悔過之心。

宋老太爺抬了抬眼皮，望向一邊的樹林，平聲道：「兩害相權取其輕，當斷不斷，反受其亂。」

宋嘉禾與宋嘉卉相比，自然是宋嘉禾更重要。若是再舉重若輕地懲罰宋嘉卉，宋嘉禾面上不說，心裡怕是不滿。一而再、再而三被置之死地，對方卻沒有得到應有的懲罰，她豈會不心寒齒冷？

出家看似嚴重，可出了家還能還俗，也不代表宋嘉卉和宋家就沒有交集。之前宋嘉卉被關在別莊，可林氏一求，還不是把人給接回來。

活生生的例子擺在眼前，不怪人多想。宋老太爺也不敢保證，將來會不會再有個什麼突發情況，留著也是隱患。

就算宋銘不捨得，宋老太爺也容不得宋嘉卉，幸好兒子沒有婦人之仁。

宋老太爺嘆了一聲。「你去前頭招待客人，免得引起不必要的懷疑；我去審訊那個叫瓔珞的丫鬟，一個小丫鬟怎麼會有那麼要命的東西？只怕此事背後還有什麼不可告人的東西。」

宋銘拱手。「煩勞父親。」

宋老太爺望了望他，旋身先行。

目送宋老太爺離開後，宋銘若無其事地回到宴會廳，不經意間，撞上魏闕的目光。

魏闕頷首一笑，又端起酒杯遙遙一敬。

宋銘點頭示意，見明亮燭火下，他容貌英俊如神祇，劍眉星目，高鼻薄唇，氣勢不凡，腦中冒出「禍水」二字。

宋銘暗暗搖頭。說來說去，其實只怪自己教女無方。他回到主位，繼續與賓客談笑風生，酒入喉嚨卻是苦的。

宋嘉禾就比較沒心沒肺了，沐浴過後，很快就進入夢鄉。

至於林氏與宋嘉卉可就沒這般好命。

宋嘉卉骨折的雙臂已經被接回去，接的過程疼得她死去活來，疼得暈過去，又被活生生再次疼醒過來。

待接完骨，宋嘉卉已經渾身冷汗淋漓，滿頭散髮黏在臉上，外衣更是濕了一大片。她覺得整個腦袋都昏昏沈沈，太陽穴一抽一抽地發疼，就像有人生拉硬扯她的五臟六腑，最可怕的是，她覺得自己好像發熱了。

宋嘉卉哆嗦著右手，忍著劇痛，顫巍巍地摸上自己的額頭，驀地睜大眼，雙眼發直。

「……只要傷口沾到這種樹汁，一般人會在一到六個時辰內發熱，遭受烈火焚身之痛楚月餘，最後萬分痛苦地死去……」瓔珞的話在她耳邊乍然響起，讓她魂不附體。

她開始發熱了，她會在一個月後備受折磨地死去？

宋嘉卉渾身發抖，越抖越厲害，抖得整張床都顫起來。

另一廂，躺在床上的林氏直挺挺坐起來，茫然了一瞬，忽然清醒過來，她焦急四顧，淚流不止，洶湧而下。「卉兒怎麼了？卉兒在哪兒？」

林嬤嬤搶步上前，見狀，終是忍不住也流淚。事情怎麼就發展到這一步，作孽啊！

「嬤嬤！」林氏一把抓住林嬤嬤，力氣大得驚人，手指深深嵌進林嬤嬤的胳膊裡。

林嬤嬤忍不住嘶了一聲，林氏毫無所覺，緊緊抓著她。「嬤嬤，卉兒在哪兒？她怎麼樣了？」

疼得白了臉的林嬤嬤不敢躲，硬著頭皮忍下那劇痛，小聲道：「夫人，二姑娘被送回院子了。」

林氏慌忙掀開被子，下床就要去看宋嘉卉。

林嬤嬤的胳膊終於獲救，再看林氏動作，忙道：「夫人，國公爺下令，無他命令，任何人不得離開沉香院。」

林氏置若罔聞，搖搖晃晃奔向門口，卻發現房門怎麼樣都打不開。她不敢置信，用盡渾身力氣去拉門，還是打不開。怎麼可能？

林氏旋身，無措地望著林嬤嬤，哭道：「嬤嬤，為什麼這門打不開？」

「國公爺讓人鎖上的。」林嬤嬤看著林氏，目光悲憫又痛心。「夫人，您這次真的徹底寒了國公爺的心，國公爺已經決定給您修個小佛堂，從此以後讓您虔心禮佛。」

林氏哭聲一頓，臉上驟然失去血色，白得近乎透明。「妳說什麼？」她彷彿沒聽懂一般，抑或是不想相信。

林嬤嬤悲聲道：「夫人，老奴勸過您的，二姑娘犯錯，您該主動為她請罰，萬萬不要幫她推脫，您……這以後，您可怎麼辦啊！」

當下，林嬤嬤後悔不迭。當初林氏求宋子諫讓宋嘉卉出來參加婚禮時，她就該阻止的。可她瞧著宋嘉卉哭得情真意切，一時心軟，也就信了，哪裡想得到，她竟然包藏禍心，還如此心狠手辣。

她的心肝到底是怎麼長的？但凡有考慮過林氏和宋子諫一絲一毫，她都不該趁這個機會害人啊！

「不可能、不可能……老爺不會這麼對我，他不可能這樣對我的！」林氏驚恐萬分，牙齒打顫，一個勁兒地搖頭，她再次撲向房門，劇烈拍打。「開門，開門！我要見老爺，要見老爺！」

門絲毫沒有打開的動靜，林氏雙手拍得紅腫，甚至不知道在哪兒蹭破了皮，每拍一下都鑽心地痛。

林嬤嬤跪坐在地上，無聲痛哭。她是林老夫人身邊的老人，看著林氏長大，待林氏情分不比尋常。林氏落到這個地步，她亦是心如刀割，可這能怪誰啊？她勸了多少，但凡林氏聽個一小半進去，也不會把夫妻情分磨得一乾二淨。

縱然她是林氏的人，也不能違背良心說宋銘心狠。宋銘對林氏已然仁至義盡，擱旁人家，林氏早就被關起來，刻薄一點的，怕是得讓她悄無聲息地病逝。

也不知過了多久，林氏終於拍不動，她順著門滑落跌坐在地，一雙保養得宜如同羊脂白玉的手，血淋淋一片。

「放我出去，讓我出去，我要見老爺！」林氏虛弱地抵著門，聲音嘶啞，淚如泉湧。

林嬤嬤跟著她哭，絕望又無助。宋銘不會來了，他對林氏已經徹底心灰意冷。想起宋銘那雙不帶一絲感情的眼睛，林嬤嬤硬生生打了個哆嗦，一顆心被無邊的絕望籠罩。

終究見不得林氏那淒然模樣，林嬤嬤抹了一把淚，起身要去扶她。「夫人，咱們再等等，過一陣子，國公爺的氣也許就消了。」

當下也只能這麼安慰她，也是安慰自己。夫人到底生了三兒二女，長子都成親了，說不定宋銘能看在兒女面上心軟。

抵著門的林氏，眼珠子動了動，恢復了部分神采。

是的，老爺只是一時生氣，過一陣子就會原諒她的，一定會的，他們可是二十年的夫妻！可她能等，卉兒等不了了，卉兒中毒，老爺一定有法子救她的，一定有！

林氏眼底迸射出強烈的光芒，一把扯下頭上金釵。

「夫人！」林嬤嬤難以置信地望著手執金釵抵著脖子的林氏，眼前發暈。

林氏厲喝。「開門，再不開門，我就死給你們看！」又往後退了退，對林嬤嬤怒喝。「妳別過來！」

盯著她脖子上的金釵，林嬤嬤雙腿發軟，再不敢上前，老淚縱橫。「夫人，您千萬不要再胡鬧了，您想想幾位少爺、姑娘，再想想老太爺、老夫人。夫人，今日可是二少爺大喜之日，您這樣，讓二少爺、二少奶奶情何以堪？」

林氏嘴唇顫抖，再一次淚水洶湧，悽苦道：「嬤嬤，我不想的，我沒辦法了，我不能眼睜睜看著卉兒去死。都是我的錯，是我沒教好卉兒，我不能不救她。」

恰在此時，門外傳來鎖鍊清脆聲。

林氏和林嬤嬤不約而同看過去，林氏雙目放光。

房門從外面打開，宋銘出現在視野中，他凝視林氏，或者該說是注視著她手中的金釵。

林氏握著金釵的手忍不住發抖，她咬了咬舌尖，抓緊金釵，彷彿握著自己唯一的籌碼。

林氏緩緩跪下，仰頭望了宋銘片刻，眼淚成串成串滾下。「老爺，我知道我和卉兒錯了，你想怎麼罰我們都好，只求老爺寬宏大量，救救卉兒，她才十七歲，她還未成親生子。」

宋銘垂眼，目光落在她滿是眼淚的臉上。「當年嘉卉故意讓暖暖走丟，此事妳是否知情？」他過來就是想問明白此事，未料卻撞見林氏以死相逼。

毫無防備的林氏呆愣當場，就像一截木頭，絲絲縷縷的陰寒順著小腿，慢慢滲入骨髓。

「老爺你、你在說什麼？」她的聲音抖得不像話，上下牙齒打顫，差點咬到舌頭。

宋銘微微鬆了一口氣。如此看來，她該是不知情的，那就好。

「十年前的上元節，嘉卉故意把暖暖弄丟，嘉卉親口承認的。」宋銘自嘲地笑道：「小小年紀便如此歹毒，我們這兩個做父母的卻毫無所覺，著實失職。」

一直以來，宋銘只知道長女任性，直到她故意引誘林潤彬去衝撞宋嘉禾，才驚覺她的刁惡，可也從來都沒想過她會狠毒如斯。

林氏面上的血色再次褪盡，她幾乎要握不住手裡的金釵。「不會的，不可能，卉兒不會這樣的！」

宋銘冷冷看著她。「妳就繼續自欺欺人吧。」說罷，轉身要走。

「老爺！」林氏悲呼。「卉兒縱然有千錯萬錯，終究是我們的親生骨肉，你怎麼忍心眼睜睜看著她去死，你救救她好不好？她年幼不懂事，才會鑄下大錯，此事過後，她肯定不敢再……」

「閉嘴！」宋銘驀然回身，臉色鐵青，青筋畢露。

林氏駭然失聲。

「我沒有這樣蛇蠍心腸的女兒，若非她妄想再次毒害她妹妹，豈會落此下場？一切都是她咎由自取！」宋銘一字一字道。

林氏半張著嘴，她從來都沒見過這樣震怒到猙獰的宋銘。她抓著金釵的手不由用力，尖端微微刺進皮肉，鮮血蜿蜒而下。

「老爺，算我求你，你救救卉兒吧。她要是有個三長兩短，我也不活了。」

「妳威脅我？」一字一字彷彿從齒縫裡蹦出來。

宋銘直勾勾盯著她，眸光陰沈晦暗，猶如滿月下的錢塘江潮水，裹挾著令人心驚的暗潮。

林氏流著淚，哀哀望著他。「老爺，我求求你，求求你，再給卉兒一次機會好不好？最後一次機會。」

「休想！」宋銘暴喝一聲。

林氏不敢置信地瞪大眼，眼角張到極致，隱隱冒著血絲。

「妳若想死，儘管動手。妳都不在乎自己性命了，我為何要在意？看在二十年夫妻情分上，我定然風風光光送妳走。」

這話，宋銘說得十分心平氣和，看著林氏的目光卻冷漠到極致，說完他轉身就走，毫不停留，任背後林氏如何撕心裂肺地悲哭，腳步都不曾有一步停頓。

天崩地裂，不外如是，宋銘竟然毫不在意她的生死。望著宋銘決然離去的背影，林氏覺得天都塌了。她握著金釵的手劇烈顫抖，眼神一厲，就要用力。

尖端刺破皮膚，穿過血肉，卻是再也前進不了半分。林氏失聲痛哭，整個人都抖起來，「哇」一聲，她吐出一口鮮血，金釵應聲而落。

嚇得手足冰涼的林嬤嬤飛身撲過去，扶住癱軟的林氏。「夫人！」

面無人色的林氏倒在林嬤嬤懷裡，雙眼渙散，喃喃不絕。「他不能這樣對我，他怎麼可以這樣對我，他不能！」

尖利的呼號聲，驚得窗外蟲鳴都靜了一瞬，忽而響起肝腸寸斷的嗚咽聲。

宋老太爺那也有了進展，那名喚瓔珞的丫鬟出奇配合，被人帶走時亦十分平心定氣，像是早有預料一般。

面對審問，都不用動刑，瓔珞主動招供。「老公爺，還記得去年在皇覺寺那場混亂中，死去的青娥嗎？」

宋老太爺面露茫然。

「老公爺肯定不記得了，我們這些做奴婢的對主子而言，不過是螻蟻罷了。」瓔珞臉上浮現一抹古怪的微笑。「可螻蟻的命也是命啊！若是自己運道不好，死在亂賊手下就算了，可青娥姊姊是被二姑娘推到亂賊刀口上的。」瓔珞眼裡落下大顆大顆眼淚。「青娥姊姊是那麼好的人，當年我被賣進府，怕得整宿都睡不著覺，躲在被窩裡偷偷哭，是青娥姊姊抱著我安慰，是她一點一點教我規矩，她像親姊姊一樣待我好，她是我在這世上唯一的親人。

「可這麼好的青娥姊姊卻被二姑娘害死，二姑娘要逃命，就把別人推過去擋刀！青娥姊姊死得好慘，胸口破了那麼大的口子。」

「可是！」瓔珞聲音驟然淒厲。「二姑娘竟然沒有半點愧疚之心，她像沒事人一樣吃吃喝喝。但凡她有絲毫愧疚，我都不會這麼恨，可她沒有！蒼天無眼，天道不公，好人不長命，禍害遺千年，那我自己來。」

瓔珞咯咯一笑，神情暢快至極。「二姑娘口內生瘡，我在她的醒酒湯裡也加了毒藥，她中毒了，她會痛苦萬分地死去。」

宋老太爺定定看著大笑的瓔珞。「那毒是誰給妳的？」

「我自己弄來的。」說話時，暗色的血順著瓔珞的嘴角流下。

抓著她的護衛一驚，伸手扳開她的嘴。

眨眼間，瓔珞鼻中也流下血來。她是隨著宋嘉卉去找宋嘉禾的，在外頭聽到那陣混亂時，她就知道宋嘉卉這個成事不足、敗事有餘的東西失敗了，宋嘉卉肯定會把自己供出來，所以她毫不猶豫地找機會服了毒藥，她不想生不如死。

瓔珞瞳孔擴張，失神地望著屋頂，沾滿血跡的嘴角一點一點彎起來。

青娥姊姊的仇，她終於報了！

雖然那人告訴她，事成之後，宋嘉卉必死無疑，讓她別衝動。可是她不信，她不信宋嘉卉能順利害了宋嘉禾，宋嘉卉那麼蠢，她三言兩語就能把她哄得團團轉，怎麼可能瞞得過精明的六姑娘？

她也怕即使宋嘉卉僥倖成功，宋家人捨不得殺僅剩下的這個女兒，宋嘉卉還有林氏保駕護航，萬一她還是死不了怎麼辦？

瓔珞只信自己，還是自己報仇更痛快，就是有些對不起那人了。

她發直的雙眸倏爾黯淡，變得一片青灰，臉上還掛著心滿意足的微笑，令人毛骨悚然。

宋老太爺閉了閉眼。冤孽啊！

「將她厚葬了吧，查清楚她和什麼人來往，不放過任何一個可疑之人。」

清亮的晨光穿過雲層灑在萬物上，枝頭上的鳥兒引吭高歌。

沐浴在金色陽光下的新房裡也有了動靜，喜床上的溫氏慢慢睜開眼，望著眼前的大紅喜帳愣了一瞬，不自覺轉頭，空蕩蕩的。

溫氏的心也跟著空了一瞬。她斂了斂心緒，緩緩坐起來，身上傳來的不適感讓她脹紅臉。

穿衣時，宋子諫的丫鬟狀似無意地解釋。「世子晨起打拳的習慣，十年來風雨無阻。方才離開時，世子還叮囑我們不許吵醒夫人，讓您多睡一會兒，敬茶不急於一時。」

溫氏抿唇一笑，之前生起的那抹失落蕩然無存。她怎麼就忘了他這習慣。

片刻後，宋子諫回來，與往常滿身大汗的形象不同，這次他身上清清爽爽。

「世子。」迎上前的溫氏停在三步外，含羞帶怯地望著宋子諫。

宋子諫壓下紛雜心緒，笑著上前握住她的手。

前去敬茶的路上，宋子諫緩緩對溫氏道：「母親和二妹昨晚吃壞東西，面上和身上出紅疹，不宜見人。」

溫氏心裡一突，面上不顯，連忙關切。「可是要緊？」

「不甚要緊，就是要養好一陣子。」宋子諫微笑道，背在身後的手微微握緊。

早上，父親把一切都跟他說了。

他真的以為宋嘉卉哭得那麼可憐，是想參加他的婚禮，於是他傻傻地去向父親求情。不承想，宋嘉卉只是想在他大婚當日謀害六妹，她將自己這個兄長置於何地？還有他的母親，跪求宋嘉禾包庇宋嘉卉，以死相逼父親放過宋嘉卉。在她眼裡，是不是只有宋嘉卉才是她的女兒，旁的兒女都不是親生的？否則，宋子諫想不通，母親怎能做出這樣的事情來？

說話間就到了正堂，見到宋嘉禾那一瞬，宋子諫眼底閃過濃重的愧疚。

宋嘉禾若有所覺般望過去，明媚一笑。她固然倒楣，被利用的宋子諫也挺可憐的。不過宋子諫比她還倒楣，畢竟她對宋嘉卉並無感情，宋子諫就不同了。

見她毫不在意，宋子諫心中愧疚更甚。是他一時心軟，才害她落入險境，萬幸她毫髮無傷，不然，宋子諫這輩子都不會原諒自己。

比不得宋子諫的思緒萬千，溫氏滿臉驚豔。昨兒婚事禮節繁瑣，她又緊張得不行，遂無暇多看，如今見宋嘉禾坐在圈椅上，嘴角微揚，雙目璀璨，明豔萬端，她不由驚豔。

溫氏是雍州人士，曾與宋家毗鄰而居五年，對宋家二房可算是十分熟悉。與宋子諫訂親後，兩家來往就更頻繁，然而對宋嘉禾卻只有隱約的印象，甚少聽聞，只知她養在宋老夫人身邊。

直到快要出嫁，母親為防日後姑嫂不睦，派人打聽，道是活潑良善、貌若天仙的姑娘。前者不提，對於後者……溫家人也是熟悉宋嘉卉的相貌，不免心下存疑，今日一見，才知傳言非虛。

宋嘉禾對溫氏軟軟一笑，笑容乖巧甜美，溫氏不自覺微笑以對。

向宋銘敬過茶，隨即溫氏又贈宋嘉禾、宋子諄和宋子諺見面禮。一番熱鬧後，一行人啟程前往承恩公府。因宋家祠堂遠在武都，故而今兒只認親，開祠堂入族譜暫且押後。

不見林氏與宋嘉卉，自是有人要問，宋銘一律用起疹不宜見人為由。旁人雖覺有些不對勁，可也不會追問。

其樂融融的家宴過後，宋銘帶著三個兒子並溫氏回齊國公府，宋嘉禾便留下不走了。

宋老夫人已經從宋老太爺那兒知道始末，摟著宋嘉禾一陣陣地心疼。

家門不幸，出了這麼一對母女，幸好暖暖福大命大。

宋嘉禾少不得反過來安慰宋老夫人。她是真的不在意，於她而言，睡一覺這事就算過去了。

待從宋老夫人口裡知道，瓔珞竟然對宋嘉卉下毒，宋嘉禾不勝唏噓。還真是惡有惡報，可見做人還是要善良點，否則不知道什麼時候就嘗到苦果。

見她真的不在意，宋老夫人才勉強放心，吩咐她回去好生歇著，並在心中打定主意，萬不能讓林氏輕易離開佛堂。今時今日的局面，林氏難辭其咎，宋嘉卉已經咎由自取，林氏也別想哭兩聲就把事情揭過去。

宋老夫人抓起一旁的佛珠握在手裡撚了撚，想起宋嘉卉，不禁唸了一句。「阿彌陀佛。」

到底是親孫女，她落得這樣的下場，終是不好受。

林氏一夜未睡，熬得兩眼滿是血絲，躺在床上望著床頂發呆。聽聞宋子諫來了，眼珠子動了動，一點一點恢復神采，身體裡也重新注滿力量。她吃力地坐起來，一雙眼眨也不眨地望著緊閉的房門。

鎖鍊晃動的聲音再次傳來，林氏不由自主想起昨日的宋銘，她忍不住打了個寒噤，抓緊身上的被子。

房門打開，宋子諫高大的背影映入林氏眼簾。他站在門口，神色冰冷，目光複雜。

林氏覺得更冷了，她不禁瑟縮了下，顫著聲道：「阿諫，你快救救你妹妹，救救她，她中毒了。」

說到後來，林氏再次哭起來，淚如雨下。

宋子諫的面頰重重抽搐一下，咬牙道：「那是她活該，若是她不害人，怎麼會害到自己？」

「再有錯，她也是你妹妹啊，你怎能狠心見死不救……阿諫，娘求你了。」林氏哭喊。

「我沒有這樣無情無義的妹妹，她要是真在乎我這個兄長，就不會選在我的大婚之日害人。是我求父親把她放出來，她卻乘機害六妹，她有沒有考慮過我的感受！」宋子諫逼近一步，冷冷道：「母親您以死相逼父親的時候，又可曾想過昨晚是我的新婚夜，讓我情何以堪？」

林氏臉色蒼白，無助地痛哭。「我不是故意的，可我沒辦法，我真的想不到別的法子了。」

「沒法子，所以您就逼迫別人，是不是？為了自己心裡好受，別人好不好受關您什麼事，只要您自己高興不就行了！」

「不是！」林氏受不得這樣的指責，尤其這指責還來自她的兒子。

宋子諫苦笑一聲，悲哀地望了她片刻。「您就是如此的，要不然怎麼會跪求六妹當作什麼事都沒發生過，您可曾考慮過六妹的心情？」

林氏張嘴欲言，宋子諫卻不給她辯駁的機會。「您只想著自己。二妹被罰您心疼，所以便求六妹。」他搖搖頭。「您不是求，而是以母親的身分，逼迫六妹打落牙齒和血吞，六妹的傷心難過，根本不在您的考慮中。後來，您又以死相逼父親，同樣也沒在乎父親感受。現在又來求我，我要是不答應，您是不是也要跪下來求我，甚至以死相逼？」

林氏雙目大睜，不敢置信地望著宋子諫。

宋子諫定定望著她。「母親，您怎麼可以如此自私！」

他的母親活了近四十年，卻還是沒學會為別人考慮。

林氏恍若被雷劈，耳畔嗡嗡亂響。她難以相信地看著宋子諫，彷彿不認識他一般。最驕傲、最看重的兒子居然說她自私。

「母親好生在佛堂唸經吧，兒子在的一日，用度上萬不會讓您受委屈。」說罷，宋子諫彎腰一揖，轉身離開。

房門砰一聲再次關上。

慢了一拍、想追的林氏從床上栽到地上，她趴在冰冷的地面，涼意從骨頭縫裡鑽入。大女兒中毒，小女兒怨她，丈夫不顧她的死活，就連長子都怪上她。「眾叛親離」四個大字猶如四塊巨石，砸在她腦門上，林氏突然發出一聲嘶啞驚叫，雙眼翻白，暈了過去。

東宮中，魏閎與魏歆瑤相對而坐，魏歆瑤的表情有些沮喪，紅唇微抿。

齊國公府傳出林氏和宋嘉卉雙雙抱恙的消息，宋嘉禾依舊活蹦亂跳，顯然計策失敗。去年她身邊一個丫鬟，機緣巧合下撞見瓔珞在寺廟裡哭訴，回來當個笑話說給她聽，當初她渾不在意，聽過就拋在腦後。前陣子忽然想起倒是可以利用，於是告知魏閎，調查結果令人欣喜，那丫鬟竟然就在宋嘉卉身邊，怕也是存了伺機報仇的心思。

費盡心機聯繫上之後，雙方一拍即合。瓔珞想報仇，苦於無計可施，他們則缺人手。

魏閎亦是失望，只不過他的城府到底在魏歆瑤之上，淡聲安慰妹妹。「世上沒有萬無一失的計策，妳不必介懷，機會還是有的。」

魏歆瑤依舊有些怏怏不樂。

「妳那丫鬟確定沒露出馬腳？她可靠嗎？若是……」

未盡的話語尾音打旋，魏歆瑤一凜，忙道：「大哥放心，瑪瑙慣來謹慎，她隨我一塊兒長大，很忠心耿耿。」

魏閎望她一眼。自從栽了幾個跟頭後，他便明白一個道理，這世上只有死人才能保守秘密。之前設計魏闕，讓魏廷吃了一個啞巴虧，就是最好的例子。牽涉到這件事中的棋子，除了瑪瑙，其餘人都已經被滅口。

「那便好，只不過妳還是要留神些，若有萬一，莫要心慈手軟。」

魏歆瑤臉色微微一變，定了定神，道：「我明白。」

瓔珞死後第四日，宋銘確認就是錦繡院裡一名清理穢物的成婆子，將毒藥交給瓔珞。這婆子好賭成性，欠了不少銀子，大約便是因此被人利用。然而她本人早在十日前因不堪巨債「跳河自盡」。

順著這條線索繼續往下查，發現放債給成婆子的一個混混趙扁生不見人、死不見屍，想來已經被滅口。

至此，線索又斷了。

宋銘眉頭緊皺。幕後指使者倒是謹慎，越是如此，他越是擔心。出事第二天，宋嘉禾便告訴他，魏闕曾提醒她要小心，魏歆瑤有異動。宋銘卻不大相信這是魏歆瑤一人所為，她雖是公主，到底年幼，只怕背後還有太子魏閎的手筆。

這個啞巴虧，宋銘吞不下，卻苦無證據，只能束手無策。

不承想，峰迴路轉，那個混混趙扁狼狽不堪地出現在齊國公府門前求助。

趙扁招認，有人拿錢讓他設局誘成婆子欠下巨債，至於原因他也不知。他只知道成婆子是齊國公府的下人，又在無意中見到來人的腰牌，曉得她是宮裡人。他越想越心驚肉跳，生怕牽扯到什麼陰私裡頭，所以決定去外頭避避風頭。

不想便是如此都沒有避開風波，路上遭遇追殺，虧得他機靈，僥倖脫身，可對方咄咄逼人，一副不殺了他誓不甘休的狠辣。逃得了一時，逃不了一世，趙扁心一橫，逃回京城向宋家求救。他只是騙了點錢，就算被官府抓了也犯不著判死刑啊！宋氏家大業大，也許能保下他一條命。死馬當活馬醫，他豁出去了！

宋銘便讓畫師根據趙扁所言，畫出與他接頭之人的頭像，隨即動用宮裡人脈，特別觀察魏歆瑤所在的涵香宮。

皇天不負有心人，終於傳來佳訊。

與宋老太爺討論一番後，宋銘進宮面聖。

若想憑這事把魏歆瑤或魏閎怎麼樣是不可能，畢竟宋嘉禾好好的，宋嘉卉完全是咎由自取。之所以決定把這事攤到明面上，一為震懾，對方下次再想做手腳，少不得要掂量一下；二來也是鋪路，將來宋家向魏閎發難，也師出有名。

池子裡的荷花開了，魏歆瑤讓人剪了幾枝，打算帶去清寧宮。

皇后的身體越來越差，魏歆瑤會忍不住在她睡著時，時不時伸手探探她的鼻息，唯恐皇后在不知不覺中停止呼吸。

危在旦夕的母親、岌岌可危的兄長、晦暗不明的前途，三座大山壓得魏歆瑤喘不過氣來。母后就算不得父皇寵愛，依然是後宮之主，她也是堂堂嫡公主，可一旦母后薨了，魏歆瑤很清楚自己的地位會大不如前。

偏偏大哥的太子之位又不甚穩當，一旦大哥被拉下馬，哪怕上位的是她同樣一母同胞的三哥，她的地位只會比現在更低。三哥待她遠不如大哥體貼，何況她未來的三嫂可是宋嘉禾。

魏歆瑤扯下一瓣荷花，慢慢捏碎。

「公主，陛下召見您。」

魏歆瑤一驚，一不小心被莖上的刺刺了一下。她皺了皺眉，又馬上舒展開，含笑問道：「父皇召我為了何事？」

無緣無故的，父皇怎麼會傳召她？要知道，一年到頭，父皇都不會主動找她一次，除非她闖禍。

魏歆瑤臉皮微微抽了一下，她捏了捏被刺痛的手指，強壓下心底不安。

「奴婢不知。」來人恭恭敬敬道。

魏歆瑤轉頭看著神情緊張的瑪瑙，目光在她臉上繞了繞，然後慢慢將手裡的荷花插進她懷裡的白玉瓶中。「妳把這些荷花送去母后那兒，免得蔫了。」

瑪瑙知道自己失態，不敢抬頭，緊張地抱著花瓶，屈膝應諾。

魏歆瑤笑了一下，擦了擦手，對傳話的宮女笑道：「那我們走吧。」

片刻後，一行人抵達御書房。

魏歆瑤理了理鬢角，又拉了拉衣袖，末了微微揚起嘴角，緩步入內，屈膝道：「兒臣拜見父皇。」

皇帝靜靜地望著她，良久都不聽叫起，腿腳微微發痠的魏歆瑤，不由自主地心慌起來。

魏歆瑤有些站立不穩，壯著膽子偷偷抬眼，猝不及防下撞見皇帝冰冷又陌生的目光，駭得呼吸一滯，晃了晃身子，忍不住踉蹌一步。

皇帝抬了抬眼皮，淡淡道：「平身。」

魏歆瑤心悸不止，勉強鎮定道：「多謝父皇。」

「知道朕找妳來，所為何事嗎？」皇帝捧起桌上熱茶，緩緩後靠在椅背上，姿態閒適。

魏歆瑤卻感受不到其中輕鬆，她捏著帕子道：「兒臣不知。」

皇帝笑了笑，漫不經心地甩出幾個名字。「宋嘉卉、瓔珞、成婆子、趙扁、瑪瑙……」

隨著一個又一個熟悉的名字出現，魏歆瑤的眼皮不受控制地抽搐。

笑意如同潮水在皇帝的臉上退卻。一開始他還抱著一絲僥倖，也許魏歆瑤被人陷害，兒子們已經鬧成一團，他真不想女兒也牽扯進去。

摩挲著杯緣，皇帝冷聲道：「妳現在知道朕傳妳何事了？」

魏歆瑤身形一顫，額角冒出細細的冷汗，腦子裡一團亂麻。

父皇怎麼可能知道？大哥說知情者都被滅口，瑪瑙不可能背叛她的！

瑪瑙，瑪瑙……

魏歆瑤不由後悔。她不該心慈手軟，若是沒了瑪瑙，她大可把事情推得一乾二淨，咬定自己毫不知情，瑪瑙被人收買，可現在……

魏歆瑤千頭萬緒，呆立在原地，不知該如何是好？

這時候李公公進來，附在皇帝耳邊輕聲道：「回陛下，趙扁指認瑪瑙，瑪瑙不承認，不過趙統領認為瑪瑙說謊，正在審問中。」前腳魏歆瑤離開，後腳瑪瑙就被人拿下。

皇帝不動聲色，揮手讓他退下。

魏歆瑤緊張得渾身僵硬如同石頭，又像是有一千隻螞蟻在她身上亂爬，她到底該怎麼辦？

隨著時辰流逝，皇帝臉色越來越冷。他給了她坦白的機會，是她自己不珍惜。

皇帝坐正身子，欲要張口。

「父皇！」魏歆瑤一咬牙，眼底閃過決絕之色。她雙膝一軟，撲通一聲跪在地上，當即淚如泉湧，跪伏在地。「是兒臣一時鬼迷心竅，請父皇降罪！」

皇帝注視她片刻。「都是妳一個人做的？妳哪來的毒、哪來的人手？」

「一切都是女兒做的，毒藥是女兒從黑市買來的，動手的是我的侍衛。」

把大哥供出來，對她而言，弊遠大於利，唯有大哥好好的，她才有翻身的機會。何況這事本就是她起的頭，大哥出手是為了幫她。

「父皇，女兒自知鑄下大錯，女兒不求其他，只求、只求父皇千萬不要將此事告知母后，女兒怕母后受不住打擊。若是可以，女兒求父皇開恩，讓女兒先送走母后，之後，父皇想如何懲罰女兒，女兒絕不敢有半句怨言。」

證據確鑿，抵死不認和求饒都是下下策，以魏歆瑤對父皇的瞭解，坦白認錯才是上策，有可能換來從輕發落。

「妳為何要害宋嘉禾？」

「女兒知道這想法不該，可我真的控制不住自己。要是她死了，母后的病情是不是就有可能好一些？父皇，我不能失去母親，我不想失去母親！」魏歆瑤嚎啕大哭，眼淚滾滾而下。

皇帝望著淚流滿面的魏歆瑤半晌，目光複雜。「待妳母后薨逝，妳便去皇陵守孝吧。」

魏歆瑤臉色一白。魏家初得江山，所謂皇陵不過是一片正在大興土木的空地，歷朝歷代，新君即位必不可少的一件事就是修建皇陵。皇帝登基才多久，皇陵環境之簡陋可想而知。

皇帝垂下眼，以手劃了劃杯盞。「不提妳祖母，只說宋銘，他替我們魏家江山立下汗馬功勞，妳卻無緣無故謀害他女兒，傳揚出去，從此以後誰還敢一心一意幫我們魏家打江山？這次幸好沒有造成太惡劣的後果，朕可從輕發落，若有下次……」

皇帝蓋上茶杯，語調幽涼。「別怪朕不念父女之情！」

迎著皇帝冷冰冰的目光，一股冰寒順著雙腿襲上心頭，臉色白到近乎透明的魏歆瑤，忍不住瑟瑟一抖。

恰在此時，李公公疾步而入。「陛下，皇后娘娘怕是不行了。」

魏歆瑤只覺被雷打到一般，頭暈眼花，忽然一骨碌從地上爬起來，招呼都不打，拔腿就跑。

# 第四十章

魏歆瑤一路狂奔，珠釵亂搖，衣角翻飛，哪有平日半點端莊優雅？她跑得上氣不接下氣，喉嚨裡彷彿有火在燒，終於到了清寧宮。

寢殿內，一片愁雲慘霧，幾名御醫眉頭緊鎖，束手無策；宮人則一臉徬徨無助，眼底帶著對未來的茫然。

皇后的精神竟是前所未有的好，這半個月來，她已經是出氣多、進氣少，睜開眼的時日屈指可數。可是今日，她竟然半坐起來，見疾奔入內的魏歆瑤滿頭大汗，皇后輕輕嗔了一句。「都是大姑娘了，怎麼還這麼毛毛躁躁？」

魏歆瑤心如刀絞，淚水洶湧而下。她跌跌撞撞跑到床前，支撐不住般跪倒在床榻上。

「母后，娘……」魏歆瑤慌亂地抓住皇后的手。

冷，就像摸到一塊冰似的，那種冰涼順著她的掌心沿著胳膊，襲向心頭。魏歆瑤覺得自己彷彿置身在冰窖中，渾身血液隨之凝結。

皇后無比眷戀地望著她，彷彿看不夠似的，又像是想永遠將她記在心裡。皇后慢慢抬起手，描繪著魏歆瑤的臉龐。她的手消瘦得可怕，皮包骨頭，骨節嶙峋，青筋畢露。

滾燙的淚水一滴滴灑落在皇后手上，燙得皇后也忍不住哭起來。

她走後，她的女兒要怎麼辦？她的女兒被寵壞了，唯我獨尊，驕傲又任性，還有些衝動，她不在了，以後誰來護著她？

皇后的眼淚奪眶而出。「阿瑤，以後妳要聽妳大哥的話，知道嗎？不要再任性胡鬧了。」她吃力地喘了一口氣。「季恪簡非妳良人，妳莫要再執迷不悟。」

她清楚自家女兒，長這麼大，第一次動心，偏偏又求而不得，皇后怕她難以自拔。季家並非普通人家，她若是走火入魔做得過分，皇帝也不會保她的。對皇帝而言，沒有什麼比他的江山更重要。

「妳好好找個人嫁了，生兒育女好好過日子，妳是公主，沒有人敢怠慢妳的。」字字句句，盡是慈母心腸。

「娘，我都聽您的，我全聽您的，您一定要好起來，要看著我出嫁。」魏歆瑤哽咽著點頭。

皇后的眼淚又如決堤江水，滔滔不絕。她也想，可她真的不行了，皇后能明顯地感覺到身體裡的力量慢慢流逝。

「皇上駕到——」

皇后眼神驟亮，抬頭看向門口，片刻後，終於聽到熟悉的腳步聲。循聲望去，便見皇帝出現在視野中。

明黃龍袍，尊貴不凡，她的丈夫來了，來送她最後一程，到底二十多年的夫妻呢。

「陛下，陛下。」皇后望著漸漸走近的皇帝，眼神明亮，臉色紅潤，她伸出手在空中胡亂地抓著。

魏歆瑤哭得幾乎失聲，趕緊起身讓出位置。

皇帝走到床前，握住皇后的手，望著憔悴不堪的皇后，神情不知不覺溫和下來。

皇后緊緊抓著皇帝的手，用盡全身力氣地道：「陛下，妾身不能再伺候您了……」

皇帝靜靜看著她，神色之間透出幾許蕭瑟與悲哀。陪伴他二十多年、為他生兒育女的髮妻，已經到了油盡燈枯的地步。這一刻，皇帝湧出幾分不捨和難忍，還有種難言的危機，他怕自己終有一天也將這樣。自古美人嘆遲暮，不許英雄見白頭。

「陛下，日後幾個孩子就交給您了。」皇后哀傷地望著皇帝。「阿瑤年歲不小，您一定要幫她擇一個好駙馬。」

皇帝望一眼淚雨滂沱的魏歆瑤，拍了拍皇后的手背。「妳放心，她是朕的女兒。」

皇后微微一笑，十分放心的模樣。

這時候宮人報魏閎來了。

魏閎滿頭細汗，聞訊之後，他便狂奔而來，唯恐遲了一步。魏閎飛奔至床前跪下，顫聲道：「母后！」

皇后哆哆嗦嗦地伸出另一隻手，魏閎連忙雙手捧住。

皇后握了握魏閎的手。「日後你要聽你父皇的話，做個孝順的好兒子，為你父皇分憂解難，做個優秀的太子。還要照顧好下面弟妹，做一個稱職的兄長。」

魏閎連連點頭。「母后放心，兒子會的。」

皇后欣慰一笑，將魏閎的手慢慢地放在皇帝手上，托孤一般。「陛下，阿閎便交給您了，他要是哪裡做得不好，您只管打他、罰他，玉不琢不成器，只求您千萬不要不管他。」

不管，意味著放棄，被放棄的太子還有活路嗎？

皇帝的目光從滿眼期盼的皇后身上，挪到傷心不已的魏閎身上，慢慢地點點頭。

罷了，讓她走得安心點吧！

皇后面上綻放出一抹微笑，她絮絮叨叨地說著一些事，神志就有些渙散了，說的話有一句沒一句，風馬牛不相及。說著說著，宮外的魏闕、魏聞兄弟幾人也到了。

強忍了一路的魏聞見到皇后，眼淚再也控制不住，撲在床頭失聲痛哭。

看著哀慟不已的小兒子，皇后悲不自勝。她走了，這孩子可怎麼辦啊？

百般不放心的皇后拉著魏聞，殷殷叮囑，囑咐他不要再胡鬧。魏聞含淚點頭，哭得像個孩子。

皇后的臉上布滿眼淚，卻沒有辦法再安慰他了，她很清楚感覺到眼皮越來越重。她咬咬舌尖，打起最後一點精神，目光挪到旁邊的魏闕身上。

魏闕跪在不遠處，滿面哀戚。

皇后不知道這哀戚裡有幾分是裝的，不過她希望都是真的。若是他多在乎自己幾分，想來對他大哥也會多幾分顧慮。

皇后滿心遺憾，遺憾那一次沒能成功殺了他，他一死，就沒人能威脅到魏閎的地位了。魏廷有勇無謀，就是個跳梁小丑，不可能威脅到長子地位。她高估了自己，小看了魏闕，然而現在說什麼都晚了。皇后甚至有些後悔自己太衝動，她怎麼就忘了他師出名門，身懷絕技？沒殺了他，反而把局勢弄到更糟糕的地步，不知道還能不能挽救？不管能不能，總要盡可能彌補。

「阿闕！」皇后聲音虛弱得彷彿在飄，朝他伸出手。

魏闕膝行上前。

「阿闕，」皇后眼裡滾下淚來，語氣卑微又可憐。「對不起，是娘對不起你，娘病糊塗了，才會那樣，你可不可以原諒娘？」

魏闕溫聲道：「您是兒臣的母后，何來對不起、原諒之說？母后且放寬心，好生保重自己。」

皇后的眼淚流得更急，似是欣慰。「好孩子，好孩子！下輩子、下輩子娘一定好好補償你。」

「阿閎，阿閎！」

魏閎急忙過來。

皇后抓著他的手放在魏闕手背上，緊緊握在一塊兒。「這一生我最對不起你三弟，你一定要替我好好補償他。」

魏閎含淚道：「母后放心，兒子會好好待三弟的。」

「好，那就好。兄弟齊心，其利斷金，你們兄弟倆好好的，為娘我便是死也安心了。你是兄長，要好好照顧弟妹，阿闕日後也要好生輔佐你大哥，為你們父皇分憂。」皇后盯著魏闕，雙手不自覺用力。「要不然我死不瞑目！」

皇帝心下微微一哂。皇后還真是慈母心腸，若是她早有這覺悟，也許還有點用，現在，晚了！

「大哥是太子、是儲君，兒臣自當盡心輔佐。」魏闕沈聲道。他從來不曾主動陷害過魏閎，不屑，也犯不著。但是魏閎犯錯還留下把柄給人抓，也怪不得別人不願裝瞎子。

皇后喉間一甜，抓著他的手背上青筋畢露，她忙去看皇帝，希望在皇帝臉上看到幾分怒氣。

沒有，什麼都沒有！

皇帝神色平靜如水，彷彿什麼都沒有聽到。他果然默許，甚至縱容魏闕和魏閎爭奪大位。

明明是六月天，皇后突然覺得冷得可怕，忍不住打了個寒噤，忽而眼前發黑，呼吸一窒，她張開嘴劇烈喘息，就像一條被拋到岸上的魚。

「娘！」

「母后！」

皇后雙手在空中胡亂抓了兩把，忽然，無力地下垂。

魏歆瑤接住皇后垂下來的手臂，喉嚨裡發出撕心裂肺的悲鳴。「娘！」

「皇后娘娘薨了！」

禮部第一時間發出皇后薨逝的訃告，皇帝輟朝三日，文武百官循以日易月之制服喪二十七日，百姓三日，全國一月內禁嫁娶作樂。

承恩公府上所有鮮豔的東西都趕緊收起來，最忙亂的是齊國公府，宋子諫大婚不過半月，彩旗錦緞便得撤掉，不見丁點兒喜氣。幸好溫氏不以為意，出嫁時就知道皇后時日無多，她早有心理準備。

次日，皇親國戚、王公大臣、內外命婦進宮哭靈，宋家人也在其中。

宋家地位高，故而哭靈時位置頗靠前，不巧，宋嘉禾與魏歆瑤跪了個斜對角，以至於宋嘉禾的目光不經意間與魏歆瑤撞個正著。

四目雙對，一個淡然，一個怨毒。

雙眼紅腫不堪的魏歆瑤胸中恨意滔天。魏闕與宋嘉禾的婚訊令母后的病雪上加霜，若不是受此刺激，母后不會去得這般急。

迎著她怨恨的目光，宋嘉禾只覺可笑。她已經從父親那兒知道，宋嘉卉下毒之事背後就是魏歆瑤在興風作浪，這人見了她不覺愧疚，反而還理直氣壯地恨她，怪不得能和宋嘉卉聯手，果然物以類聚，都是黑心厚顏之輩。

魏歆瑤轉過臉，望著面前的棺槨，閉了閉眼。這次是她看走眼，竟然相信宋嘉卉這個蠢貨，也怪她太心慈手軟。這個跟頭，她認了，青山不改，綠水長流，後會定有期。

皇后死得太倉促，陵墓不過剛剛起了個地基。商議過後，皇后的棺槨暫停在皇陵廟內，待陵墓修建完再送入陵寢。

出殯那一天，空中懸著一輪火日，豔陽高照，曬得眾人心中叫苦不迭，最苦的還是離棺槨近的那一撥，盛夏時節，即使棺槨再嚴實無縫，不免也透出異味。

到了皇陵，一眾皇子、公主哭成淚人兒，魏歆瑤更是險些哭暈過去；再往後的內外命婦、皇親國戚也跟著垂淚不止。

宋嘉禾伸出一隻手扶著宋老夫人。老人家身體到底比不得年輕人，頂著大太陽趕了一天路，身子便有些吃不消。

宋老夫人偏頭，望著孫女額上晶瑩的汗珠，抬手用帕子擦了下。

宋嘉禾不自覺想笑一下，嘴角剛升起馬上便拉下來。這場合若是露出笑影被人看了去，少不得引來一樁是非。

宋老夫人拍拍她的手，繼續望向前方，面容哀戚，可心裡怎麼想的，就只有她自己知道了。

皇后薨，對他們宋家而言是樁好事。他們清楚皇后偏心魏閎，還不是一般的偏心。林氏雖然也偏心，可只能說在幾個孩子裡，宋嘉禾分到的愛最少，大體而言，林氏還是希望暖暖好的。然而皇后可不是那麼回事，她簡直把魏闕當仇人，見不得魏闕好。

這樣一個人走了，自然是好事。魏閎少一助力，魏闕少一阻力，最重要的是暖暖以後不用因為婆媳問題吃苦頭，這般她也就能放下一大半的心，剩下的妯娌、姑嫂都算不得大問題。

宋老夫人之所以不喜歡魏闕，最忌憚的便是皇后。身為婆婆，想折磨媳婦太容易，裝病就能把兒媳婦折磨掉一層皮，還能讓人說不出苦來。

宋老夫人抿了抿嘴角，望向跪在前頭的魏闕。似乎老天爺都在幫他，也許這小子真是天命所歸。這般就好，宋家上了他這條船，總是希望他一帆風順。

日頭漸漸偏西，儀式終於結束，眾人返程。

上了馬車，青畫就遞過來一只冰碗，紅豔豔的西瓜、水靈靈的葡萄上還掛著冰凌。「居然還帶這東西出來，真聰明。」

宋嘉禾心滿意足地舀一勺。

青書小聲道：「是靖王身邊的人送來的。」

宋嘉禾動作一頓，嘴角不由上翹。撞進兩個丫鬟揶揄的目光裡，她努力把嘴角往下壓了壓，可怎麼也壓不住，她索性也不管，順應心意，大大方方一笑。

心裡一動，宋嘉禾按了按嘴角，掀開車簾往外看，就見一身白麻孝服的魏闕站在不遠處，靜靜望著她。

沒來由的，宋嘉禾心頭一澀，他模樣有些憔悴。出殯前，皇后還在武英殿停棺十四日，她們這些外臣尚好，無須日日前去哭靈，皇子、公主卻不成。再是鐵打的人也禁不住，魏歆瑤都要暈了，一半是傷心，一半是體力不支。

礙著人前，宋嘉禾也不好說什麼，只得對他點點頭。

魏闕頷首回應，眼裡泛起一絲柔意。

車輪轔轔聲中，人們各自回府。

一回到院裡，安娘便迎上來，滿臉心疼地望著無精打采的宋嘉禾。「溫水已經準備好，姑娘先沐浴解解乏。」

「我就知道妳最疼我。」宋嘉禾甜甜道。出了一身汗，難受死了。沐浴畢，頭髮都沒乾，宋嘉禾就去了書房。

青畫納悶地看著提筆的宋嘉禾。「姑娘要幹麼？」

待宋嘉禾寫下開頭，青畫就懂了，頓時朝青書擠眉弄眼，青書忍著笑。

寫完「三表哥」三字，宋嘉禾筆尖停頓，咬了咬唇，不知道接著要寫什麼？寫信是一時心血來潮，雖然知道皇后跟魏闕關係非尋常母子，不過那到底是生母，她去了，魏闕心裡總是有些不好受。

推己及人，她縱然對林氏失望透頂，甚至有些怨恨，可要是林氏走了，宋嘉禾覺得自己還是會難過，就是多與少的區別。

琢磨半晌，宋嘉禾寫下八個大字：節哀順變，保重身體。

凝視片刻，宋嘉禾覺得好像也想不出其他要說的話，遂放下筆，眼角餘光瞄到書桌上放著一碟蓮花形涼糕，笑逐顏開。「把這碟涼糕和這封信送去靖王府。」

青畫樂呵呵道：「姑娘可真細心，能娶到咱們姑娘做媳婦，王爺太有福了。」

宋嘉禾瞋她一眼。「再笑話我，扣妳月銀！」

青畫連忙做出討饒的動作，逗得宋嘉禾忍俊不禁，沒好氣道：「別在這裡貧嘴，趕緊把東西送去，久了就不好吃了。」

「誒！」青畫脆脆應了一聲，拿起東西往外走。

接到食盒的靖王府管家喜得眉開眼笑，覺得未來王妃可真是貼心人。

關峒見狀納悶。「什麼事讓你高興成這樣？」

管家整了整臉色。「宋姑娘差人送點心過來，還傳了話，讓王爺好好保重身體。」

這是投桃報李來了，之前的冰碗就是關峒去辦的。

關峒伸手接過，也笑道：「王爺見了必然高興。」

「可不是！」管家溜關峒一眼，開始碎碎唸。「關校尉也老大不小了，趕緊找個人成家立業，以後也有人知冷知熱地惦記你。」

關峒頓時頭大，腳底抹油，趕緊溜了。「我給王爺送去！」

留在原地的管家笑罵一聲。

魏闕剛洗過冷水澡，一身疲憊一洗而空，再次精神抖擻。半個月的守靈對他而言，根本算不得什麼，當年突襲東突厥時，一個月的急行軍都能熬下來，之前的憔悴不過是不想落人口實。

「王爺。」關峒行禮。

魏闕淡淡嗯了一聲。

關峒雙手捧起食盒。「這是宋姑娘剛剛遣人送來的。」話音未落，手裡一輕。

魏闕拎過食盒置於桌上，一打開便發現壓在碗碟下的信封，微微一挑劍眉，展開一看，不覺微笑，又不滿地挑了挑眉頭。第一次給他寫信，都不知道多寫幾個字。

再細看上面文字，魏闕笑了笑。

節哀順變，其實他並不哀，在皇后拿玉簪妄圖殺他那一刻起，他們之間的母子情就徹底斷絕。不過這點當然沒必要告訴她，他不想讓她覺得自己是冷心冷情之人。

拿起一塊涼糕，魏闕咬一口，淡淡的甜味與荷花香在口裡漫開，不知不覺溫柔了眉眼。

一旁的關峒忍不住吞了下口水。看主子這模樣，總感覺這涼糕特別好吃。

魏闕淡淡地掃關峒一眼，關峒眼觀鼻，鼻觀心。

「我記得之前上過一道玫瑰冰露，讓人做了，送去承恩公府。」

關峒忍不住覺得有趣。主子不是好口腹之慾的人，卻在開府時，搜羅好幾個各有所長的名廚。幾位大廚進府，磨刀霍霍打算大顯身手，卻發現除非宴飲，平時壓根兒沒有表現的機會。關峒實在不忍告訴他們，他們是王爺替未來王妃準備的。

晚間，宋嘉禾就收到來自靖王府的玫瑰冰露、一封信並一套文房四寶。

宋嘉禾盯著那套文房四寶有點懵，打開信一看，先是被他的字吸引，字如其人，鐵畫銀鉤，力透紙背。再看內容，想來他情緒尚可，都有心思婉轉抱怨她惜字如金。

再看那套文房四寶，宋嘉禾瞬間明悟。這什麼人啊！真討厭！

宋嘉禾托腮沈思，該要怎麼漂亮地反擊？

小倆口鴻雁傳書、互贈美食，不亦樂乎。

宋老夫人哪能一無所知。真沒見過天天送吃的，還送得樂此不彼。不禁啼笑皆非。

「老夫人，齊國公來了。」

宋老夫人納悶。昨兒他剛來請過安，因分了家，請安便是五日一回。行過禮，宋銘神色微微凝重。「母親，府醫說，嘉卉就是這兩天的事了。」

宋老夫人臉上笑容頓時消失得無影無蹤。她手心微微一顫，抓起一旁的佛珠在手裡轉了兩圈。對這一天她早有準備，可真來了，還是有些受不住。

宋老夫人在心裡默默唸了一會兒心經，徐徐睜開眼看著宋銘。他過來總不是專門通知她這個噩耗。

「嘉卉想見一見暖暖，說是要向她道歉。」宋銘沈聲道。

宋老夫人垂下眼，語氣不明。「她這是幡然醒悟了？」

「人之將死，其言也善。」宋銘知道宋老夫人怕什麼，她怕宋嘉卉執迷不悟，臨死再出么蛾子，但他覺得長女的確是想明白了。

「我問問暖暖再說吧。」宋老夫人淡淡道。

稍晚，宋嘉禾隨著珍珠到了正房，一入內就察覺到屋內凝重的氣氛，再看宋銘模樣，隱隱有了猜測。聽罷，果然不出所料，宋嘉卉的時日到了，算一算也近一個月。

「現在就過去嗎？」宋嘉禾輕聲問道。她倒是想知道宋嘉卉想跟她說什麼？道歉？委實有些難以想像宋嘉卉會向她道歉，她甚至更願意相信，宋嘉卉又藏了什麼壞水。

宋銘點頭。「現在就去吧。」

宋老夫人道：「我也過去看看。」

自她中毒後，宋老夫人還是頭一次過去，除了基於祖孫一場，也是不放心宋嘉禾一個人。宋嘉卉和林氏所作所為令她毛骨悚然。

如此祖孫三人便出發前往齊國公府，不一會兒工夫就到了。

方走到門口便聽見從裡頭飄出來的哀哀哭聲，聲聲泣血，是林氏的聲音。

聽得動靜，撲在床頭哭泣的林氏抬起頭來。見到宋老夫人和宋嘉禾，肩膀微微一抖，復又疾聲道：「卉兒，妳妹妹來了，妳妹妹她來了。」

望著臉色蠟黃、形銷骨立的林氏，宋老夫人暗暗一驚。一月不見，她竟然憔悴至此，乍看過去就像是個年過半百的老嫗，哪有當初的柔美。

躺在床上的宋嘉卉比林氏更顯枯槁，骨瘦如柴，整個人都病得面目全非，顴骨突出，臉頰凹陷。奄奄一息的宋嘉卉聞聲，吃力地睜開眼，一點一點地轉過頭。

林氏捧著她的腦袋，讓她側過臉面向床外。

宋嘉卉的視線在高燒下已經有些模糊不清，她眨了眨眼，再用力地眨了眨，還是看不清，只能看到一個灰濛濛的身影。

「宋嘉禾……」嘶啞的聲音從她喉嚨發出來，像是指甲劃過瓷器。

望著盯著宋子諫說話的宋嘉卉，百般滋味在宋嘉禾心頭翻湧。

她竟然已經看不見了！

林氏捣著嘴悲哭，破碎的哭聲從指縫中鑽出來。

「我要死了，」宋嘉卉扯了扯嘴角。「妳高興嗎？」

躺在床上這二十多天，回憶如走馬觀花一般在眼前掠過。宋嘉卉發現，她還真的挺討人厭的……討人厭到她親爹都容不下她。

她已經知道這毒不是從自己那根針上而來，是瓔珞給她下的。不過就算瓔珞不給她下毒，父親也容不下她了。

躺著的這二十多天，她都想明白了，想明白父親為什麼會騙她那根針上有毒？因為父親動了殺心，瓔珞倒是免了他親自下手，這樣挺好的。

高興談不上，難過也沒有。宋嘉禾沈默不語。這話有些涼薄，但她也不想違心說不高興。

宋嘉卉哼笑一聲。「如果我向妳說對不起，妳會原諒我嗎？」

「不會。」宋嘉禾淡淡道。一句對不起就想抹去給她帶來的童年陰影，這世上哪有這麼好的事，她永遠忘不了小時候的那種無助和難過。

「還真狠心……」宋嘉卉喃喃。「我都要死了，都不願意讓我走得安心些。」

「卉兒！」林氏慟哭不已，淚流滿面地看向宋嘉禾。「暖暖，妳就原……」

宋子諫搶步過去，重重拉了林氏一把。

林氏望著眼神嚴厲的宋子諫，後面的話才嚥回去。

宋子諫臉色陰沈。他不明白發生這麼多事，到了這般地步，母親怎麼還是一點長進都沒有？刀子不割在自己身上不知道疼，大妹對小妹做的那些事，擱在他身上，他都不敢說自己能既往不咎，小妹願意原諒那是她大度，不願意也是人之常情，母親怎麼有臉要求小妹原諒大妹？

「娘。」

聽到宋嘉卉喚她，林氏連忙撲到床邊。

宋嘉卉目光定在林氏臉上，注視她片刻。「娘，我知道，您最疼我，您最愛我，捨不得我受一點委屈，見不得我受一點苦。」

林氏淚如雨下。

宋嘉卉眼裡綻放出奇異的光彩，抬手攏住林氏的頭，忽然毫無預兆地張嘴，一口咬住林氏的鼻子。

屋內眾人大驚失色，離得最近的宋子諫連忙衝上去救林氏。

林氏發出尖利的驚叫，不自覺揮舞著雙手推開宋嘉卉。

宋嘉卉委實太過虛弱，兩三下就被推開，摔回床上。

林氏跌倒在地，疼得雙眼發黑，伸手一摸，滿手黏膩，望著雙手鮮血，失聲尖叫。

滿嘴鮮血的宋嘉卉躺在床上，突然笑起來，喃喃道：「我犯了錯，您怕爹罵我，就幫我隱瞞；瞞不住了，您一定會護著我。只要我一哭一鬧，您什麼都順著我，哪怕我的要求再不合理。我一直都覺得能做您的女兒，是我這輩子最大的幸福。可是這幾天我在想，娘，您要是不那麼疼我、不那麼愛我，我是不是就不會這麼早死了？」

失聲尖叫的林氏呆住，大張著嘴，直愣愣看著滿臉怨恨的宋嘉卉，就像被人施了定身咒。

宋嘉卉喉嚨裡發出「咯咯」的聲響，雙眼驟然睜大，嘴巴無力地張了張，放在被上的手開始抽搐，忽然沒了動靜。那雙占據小半邊臉的眼睛依舊大睜著，直勾勾望著泥塑木雕一般的林氏，漸漸地瞳孔泛起灰色。

宋子諫駭然，搶步上前一探鼻息，勃然色變。忍著悲意，他緩緩合上宋嘉卉的雙眼。

宋老夫人身形微微一晃，勉強站穩身子。

宋銘雙肩一顫，放在身側的雙手握成拳，越握越緊。

宋嘉禾垂下眼，發現自己竟然還是有那麼一絲難過，大抵是因為宋嘉卉臨終時悔悟了吧。只不過這悔悟只能算一半，她還是喜歡把責任往別人身上推。她落得今時今日的下場，林氏難辭其咎，可她自己才是根本原因。

輕輕嘆了一口氣，宋嘉禾抬眼看向林氏，林氏癱坐在地上，一動也不動，彷彿三魂七魄都已出竅，只剩下一個軀殼，哪怕鼻尖還在流血，也不覺得疼似的，任鮮血一滴一滴往下淌。

對林氏而言，宋嘉卉的怨恨，才是最大的懲罰吧！那麼寵愛的女兒，甚至為了她而眾叛親離，可女兒卻怨她的寵，恨她的愛。

這番話對林氏的打擊足以毀天滅地。

「啊——」一聲悲嘯自林氏口中發出，就像劈開胸膛一般，驚得在場眾人心跳陡然漏了一拍。

林氏手腳並用地撲到宋嘉卉身上，抖著手捧起宋嘉卉的頭。「卉兒、卉兒，妳醒醒，妳快醒醒，娘錯了，娘知道錯了！娘會好好教妳的，以後娘一定會好好教妳，妳快醒醒啊！妳睜開眼看看娘啊！卉兒！」鮮血自她鼻尖滴落在宋嘉卉灰白的面孔上。

林氏趕緊拿袖子去擦，血跡暈染開，糊了滿臉，其狀恐怖。

林氏恍若未覺，還在一個勁兒地擦著她的臉，眼淚和著鮮血落在宋嘉卉臉上，林氏焦急，顫聲道：「卉兒別哭，妳是最好看的小姑娘，在娘眼裡，妳是最美的小姑娘。」

宋嘉禾怔怔地看著神色迷亂的林氏，指尖輕顫，倏爾握成拳。

「母親！」駭然失色的宋子諫上前一步。

林氏抱著宋嘉卉的頭，不斷擦著上面的血淚，輕聲哄道：「卉兒乖，卉兒別哭，妳是最好看的小姑娘。」

宋子諫雙手不受控制地痙攣了下，忽而一咬牙，一記手刀劈在林氏後頸。

林氏兩眼一翻向下栽，宋子諫忙伸手接住。

宋嘉卉死了，大受打擊的林氏，神志時而清醒，時而混亂。清醒時淚流不止，混亂時自言自語，恍若宋嘉卉還在世。

因著她的情況，宋嘉卉的喪禮並沒有讓她參加。

在室的女子，喪禮要簡略得多，即便宋銘儘量隆重置辦，卻也不好過火。

宋嘉卉的喪禮前前後後都是溫氏在忙，宋嘉禾覺得挺對不起這位新嫂子。新婚燕爾，頭一件辦的大事就是喪事。

幸而溫氏是和善之輩，並未露出不悅之態。

相處一陣子下來，宋嘉禾覺得溫氏頗善解人意、知書達禮，管家手腕亦不俗，由衷替宋子諫高興。

雖然不孝，可宋嘉禾也得說妻賢乃福，看她父親就知道了。

盛夏時節，驕陽似火，酷暑難耐，唯有樹上的夏蟬不知疲倦地叫著，讓宋嘉禾感到心煩意亂。

武都的蟬沒這麼多，更沒這麼吵！

宋嘉禾生無可戀地躺在羅漢床上，煩躁地皺著眉頭，琢磨著要不要讓人去黏知了？

這時候青畫進來，提著一個紅漆食盒，看她模樣，分量頗重。

宋嘉禾支頤看她，將青畫打趣的視線視如無物，她的臉皮已經在這陣子被迅速磨厚。

「姑娘，這是靖王命人送來的紅毛果。」說話間，青畫打開食盒，露出紅彤彤的果子。這紅毛果可是稀罕物，只有洱海那邊有，中原難得一見。

「裝一盤，我帶去給祖母嚐嚐。」宋嘉禾立時道。

借花獻佛，要是能讓祖母對借出花的人多一分好感就更好了。宋嘉禾覺得祖母對魏闕不是很熱情，大抵是辛辛苦苦養大的孫女，竟然便宜了外人的鬱憤作祟。

想想也是心累。旁人家都是岳父看女婿不對眼，擱她這兒，倒成老祖母看孫女婿不得勁。

外頭豔陽高照，青畫打了一把傘，跟著宋嘉禾前往正屋。

見了她，宋老夫人就笑。「這大熱天的，難得妳肯出門。」

宋嘉禾笑嘻嘻地湊過去。「我給祖母送好吃的來了。」

宋老夫人溜她一眼。

宋嘉禾殷勤地打開食盒，獻寶。「祖母嚐嚐，我嚐著味道不錯。」

「靖王送來的？」宋老夫人看著剝果子的宋嘉禾問道。

宋嘉禾點點頭，把剝好的果子討好地遞到宋老夫人嘴邊。

宋老夫人給面子吃了。「挺甜。」

吐了核，宋老夫人看一眼那盤中難得一見的紅毛果，再看宋嘉禾一眼。「他倒是個有心的。」

宋嘉禾不好意思地撓了撓鼻尖。

宋老夫人拉過她的手拍了拍。「只要妳高興，祖母也就高興了。」

宋嘉禾笑起來，笑容燦爛如花。「祖母放心，我會一直這麼高興的。」

宋老夫人欣慰地笑了，忽然想起一樁事。「靖王可曾和妳提過他要出征？」

「出征？」宋嘉禾驚了。

見她瞪圓眼睛，宋老夫人便簡單將朝中近日動向說一遍。

冀州河間、上谷等地遭遇百年不遇的洪澇。當地官員卻因為河堤偷工減料，不敢據實上報，把十分嚴重的情況說成三分，遂朝廷也沒當回事，當一般天災處理。

得不到賑濟、流離失所的百姓憤然揭竿而起，短短一個月內聚集兩萬人馬，攻下河間郡，開倉放糧。起義首領游素自稱九天玄女轉世，奉玉皇大帝之命下凡解救蒼生，自封天聖大帝，百姓深信不疑。

九天玄女？居然是位女壯士！

宋嘉禾扶了扶下巴，覺得不可思議極了。「有人信？」

國孝家孝，以至於她這陣子都沒出門，對外頭風起雲湧一無所知，竟不知道發生了這樣的大事。

「人被逼到絕路上，就會抓住一切可能活命的希望。」宋老夫人沈聲道。

宋嘉禾想了想，莫名心酸。

「三表哥沒和我提過，難道陛下要派他去平亂？」宋嘉禾心頭一緊。

宋老夫人道：「聽人說他主動請纓，陛下有沒有准許尚未可知。」理了理她鬢角碎髮。「以他身分，不是這次，也是下次，出征是少不了的事。」

天下三分，皇帝絕不可能安於現狀。休養生息將近一年，只怕離天下再興戰火那一日也不遠了。屆時，魏闕必然要帶兵出征，他的地位是靠戰功堆出來的，戰爭於他而言是建立威望、鞏固地位的捷徑。

宋嘉禾抿抿唇，又彎了彎嘴角。「祖母，我明白。」

答應嫁給他前，她就考慮過這情況，只不過真的遇上時，依舊忍不住擔心。刀劍無眼，他再是身懷絕技也做不到刀槍不入。

御書房內，魏閎跪在皇帝面前，就在剛才，他主動請纓平亂。

魏閎需要戰功鞏固自己的太子之位，在他看來，區區一名女流之輩和一群烏合之眾，還不是手到擒來之事？

魏閎的用意，皇帝自然明白。

皇帝靜靜看著魏閎，不知怎的想起已經去世的柯皇后。

她活著時，只覺得她愚不可及，見之心煩；待她死了，不免想起她的好來。二十六年的夫妻，哪能沒有一點美好回憶？正是因為如此，他雖懷疑魏歆瑤利用宋嘉卉害宋嘉禾之事，背後有魏閎的手筆，卻沒有深究，只是敲打魏閎一番。

在絕對的實力面前，所有陰謀詭計都是笑話。計謀可能帶來一時的勝利，但絕不可能帶來最後的勝利。

眼下魏閎主動請戰，倒也沒白廢他的一番苦心。他的太子之位要靠政績功勞來穩固，而不是旁門左道。

沈吟片刻後，皇帝准了。

魏閎喜形於色，連忙謝恩，神采飛揚地回到東宮，興奮勁還未過去，馬上一個驚雷就打下來。

皇帝任命魏闕為吏部侍郎，吏部乃六部之首，掌官員考核與任命。

魏閎握著茶杯的手指咯咯作響。前腳父皇給了他立戰功的機會，後腳就給老三安排一個如此舉足輕重的位置。

父皇對老三還真是「寄予厚望」！

自走馬上任，魏闕三不五時拜訪承恩公府，美其名曰父皇命他好生向宋老太爺請教。宋老太爺貴為尚書令，領六部，他請教完順便再去園子裡蹓躂一圈，也是順理成章的事，十次有八次還能遇上佳人。

這一天也不例外，魏闕辭別宋老太爺，出了書房後，十分熟門熟路地前往花園，就跟在自家似的。走著走著，漸漸聽見清脆的說笑聲。

「六姊，這個蓮蓬大不大！」坐在船上的宋子諺，獻寶似地抓著一個比他臉還大的蓮蓬問宋嘉禾。

正在摘荷花的宋嘉禾回頭一看。「大，不過太老了，不好吃。」隨手摘了一個蓮蓬遞給他。「這個好吃。」

宋子諺鼓了鼓臉，不服氣，沒接，低頭剝自己的蓮蓬。

宋嘉禾挑了挑眉，把蓮蓬往船上籮筐裡一扔，繼續摘。

她過來時，正遇上宋子諺鬧騰著要摘蓮蓬，丫鬟們怕有個萬一，不敢答應。宋子諺這小霸王脾性，哪裡聽得進去，正好宋嘉禾過來，丫鬟們如遇救星。

宋嘉禾卻沒如她們所願勸宋子諺消停，她向來覺得，孩子麼，不用養得太精細，這也不敢玩，那也不敢玩的，養得膽小如鼠有什麼好？遂一揮手，命人去划一條小船過來，自己還湊熱鬧，說來她也很久沒摘蓮蓬了。

宋子諺把剝好的蓮子往嘴裡一扔，果然不好吃，又乾又老。「呸呸呸！」他嫌棄地吐進湖裡。

「說了，你還不信。」宋嘉禾嘲笑他，指了指他後面。「那蓮蓬應該甜。」

宋子諺將信將疑，摘下一嚐，果然是甜的，頓時眉開眼笑。

嚼著蓮子的宋子諺忽然興奮地揮手。「三表哥！」

宋嘉禾回頭，不覺笑起來，也朝他揮揮手，吩咐搖船的婆子回去。

魏闕已經等在岸邊，先接了迫不及待衝過來的宋子諺，雙手叉著小傢伙的胳膊，將人提起來放在岸上，宋子諺激動到小臉紅撲撲。

輪到宋嘉禾時，魏闕伸出右手，含笑望著她。宋嘉禾抿唇一笑，大大方方伸手，借著他的力道跨上岸。

上了岸，宋嘉禾就想抽手，豈料受阻。她白一眼便宜沒占夠的某人，又掃一眼瞪大眼看過來的宋子諺。

魏闕這才鬆手，看了看丫鬟們抬上來的籮筐。「摘了這麼多。」

「對啊，這些蓮子又甜又嫩，你待會兒帶一些回去。」宋嘉禾道。

「我摘的，我摘的。」宋子諺不甘寂寞地湊過來邀功。

魏闕便摸摸宋子諺的頭頂，誇道：「真厲害。」

宋子諺的臉更紅了，雙眼閃閃發光。

「你的槍術練得如何了？」之前他過來時，順手教了他一套新槍術。

宋子諺登時挺了挺胸脯，聲音裡帶著小小的驕傲。「我每天都在練！三表哥，你等等我，我去拿槍！」說著人就躥出去，又不放心地跑回來。「三表哥，你一定要等我喔。」

魏闕笑吟吟點頭。「你放心，我就在這兒等你，你慢慢來。」

宋子諺頓時放心地跑了。

丫鬟們連忙跟上。她們覺得自家小少爺真是太天真了，這麼容易就被打發，靖王爺分明是嫌棄他礙眼。一邊追小主子，一邊琢磨，用什麼法子讓宋子諺動作慢一點？

魏闕微笑地看著宋嘉禾，宋嘉禾微微一抬眉毛。

這麼欺負小孩子，他就不會良心不安嗎？

轟隆一聲，突如其來的雷聲嚇了宋嘉禾一跳，抬頭望著忽然暗下來的天，心想莫不是老天爺都看不過眼？

魏闕覺得宋嘉禾看向他的目光有些怪。「要下雨了，先避避。」

宋嘉禾點頭，一本正經道：「你說，這是不是老天懲罰某人欺負小孩。」

魏闕微微一笑，十分自然地取過青畫手裡的油紙傘。「難道不是幫我？」

青畫瞪著空空的雙手，再抬頭，就見魏闕已經撐著傘走到宋嘉禾身旁，面孔扭曲了下。

夏日的氣候說變就變，魏闕剛打開傘，雨花就飄下來，還越來越大。

宋嘉禾抬眼看看頭頂的油紙傘，又看看大半個肩膀露在外面的魏闕，往他的方向移一步。「前頭有個涼亭。」

魏闕勾了勾嘴角，盡職地做護花使者。

雨越下越大，還沒到涼亭，毛毛細雨變成淅淅瀝瀝的小雨，幸好沒有變成瓢潑大雨。魏闕的半邊肩膀都濕了，頭上臉上染著一層薄薄的水氣。

宋嘉禾掏出帕子遞給他。「擦一下。」

魏闕弓下腰，平視她。「妳幫我擦一擦。」

回應他的是一方迎面而來的錦帕，夾雜著淡淡的荷花香，沁人心脾。

宋嘉禾覺得這人真是越來越不要臉了。

接住帕子的魏闕低低一笑，愛極了她這惱羞成怒的模樣，倒也知道見好就收，柔聲道：「這陣子我剛到吏部頗為忙碌，眼下已經理順，妳有沒有想去玩的地方，我陪妳去？」

一聽到要出門，宋嘉禾便覺得大人不記小人過，不跟他一般見識，沈吟片刻後，道：「我聽說木蘭山裡有一道瀑布十分壯麗。」

「那我明日下午來接妳？」魏闕詢問。

「好啊。」宋嘉禾笑彎了眉眼。

魏闕在宋家用過晚膳才走。

避避雨，再調教一下未來小舅子，一晃幾個時辰就過去。想著明日就要出遊，他心情愉悅地離開了。

# 第四十一章

可惜天不遂人願，翌日出了衙門，正打算前往承恩公府的魏闕，被急召入宮。

河間八百里加急，魏閎被那位「天聖大帝」所俘，更糟糕的是，這位前無古人的「女帝」封魏閎為皇夫，還向朝廷要十萬兩黃金做嫁妝。

奇恥大辱，皇帝氣得當場砸了茶盞。

御書房裡，皇帝一張臉陰鬱晦暗，就像雷陣雨來臨之際的天空，被急召而來的幾位大臣個個大氣都不敢出。

聽到堂堂太子被個鄉野村婦搶去，大臣們的臉扭曲了一下。

最扭曲的當數魏閎的岳丈莊克勤。他把跟著魏閎一道出征的長子莊少遊大罵一頓，然而這於事無補，當務之急是趕緊把魏閎營救出來。早點救出就少一分危險，還可以避免這樁醜聞傳得更廣。

莊克勤下拜請求前往河間，討伐游素。

皇帝的目光在一眾人身上慢慢掠過。

魏閎當然要救，只不過這個人選……

「兒臣請戰！」魏闕越眾而出，一掀衣襬，下拜。

皇帝立刻道：「准！」

魏家人丟的臉，還得魏家人自己找回來。雖然如此一來對魏閦更不利，可在皇帝眼裡，魏閦的顏面如何能與魏家的顏面相提並論。

要怪只怪他自己不爭氣，給了他一萬人馬，加上當地三萬兵馬，居然還贏不了一個只擁有兩萬烏合之眾的弱質女流。輸了就算了，還被擄去！丟人現眼！

然而，縱使恨魏閦不爭氣，皇帝也不想他死，遂又點了黃茂達為副將，黃茂達乃魏閦擁護者。

「朕在京城等你們兄弟凱旋歸來。」最後，皇帝雙目直視魏闕，既是祝福，也是敲打。

「兒臣定不負所望！」魏闕擲地有聲。

此時，遠在千里之外的魏閦，想死的心都有了。他的模樣委實狼狽，手腳被縛在床柱上，身上還一絲不掛，連遮醜的被子都沒有，就這麼大剌剌袒露著，如同禁臠。

魏閦活了二十五年，從來不曾受過此等屈辱。他必要將這淫蕩賤女五馬分屍，千刀萬剮。

天聖大帝游素饒有興致地看著閉眼的魏閦。她年三十，生得頗為寶相莊嚴，若非如此，也不能令河間百姓對她深信不疑。

「皇夫手下可真是好本事，這才多久啊，就把十萬兩嫁妝湊齊了。」她笑盈盈從剛送來的十萬兩黃金裡拿起一個金元寶把玩。

魏閦面皮脹紅，羞憤欲死。

見他額角青筋暴跳，游素咯咯笑起來。「來人啊，把黃金拿下去給眾將軍們分了。」

虧待誰都不能虧待了手下，游素深諳此理。

「聽說南邊的綢緞極好，皇夫說，朕若是要十萬疋綢緞做嫁妝，你的手下肯不肯給？」

「妳莫要欺人太甚！」魏閎厲喝。

游素笑容驟斂，抬手一巴掌甩在魏閎臉上。「欺人太甚的是你們朝廷，河間上谷百姓流離失所，餓殍千里，你們卻不聞不問，任由此地成為人間煉獄。」

被打得偏過頭的魏閎深吸幾口氣，壓下心底暴虐之氣。「蘇武吉隱瞞災情，朝廷並不知，我父皇勤政愛民，若是知道，定然會賑災。我知妳亦是不得已才如此，只要妳願意歸降，我保妳無憂，還會上書父皇厚賞妳。其實妳應該清楚，哪怕妳占領河間，擁有二萬兵馬，可一旦朝廷大軍來征討，妳必敗無疑。」

「不是還有你嗎？」游素掐住魏閎的下巴，迫使他抬起頭。「他們要是敢攻城，我就先在你臉上劃一刀，嘖嘖嘖，這麼漂亮的臉蛋，劃了真是太可惜。算了，還是從手開始吧！」

游素慢條斯理地在魏閎手背上比劃了下。「他們攻一次城，我就斬斷你一根手指頭，攻兩次，就兩根；手指頭割完，就割手臂，省著點割，割上一百次總是可以的。」

魏閎四肢忍不住痙攣，覺得被游素觸碰到地方泛起一陣陰寒，就像被毒蛇滑過。

游素惡劣一笑，拍拍他的臉。「所以你最好祈禱你的援兵不要衝動行事，我的太子殿下！」

「欺人太甚！」河間城二十里外的營帳裡，突然傳出一聲暴喝。

臉色鐵青的莊少遊雙手按在桌上，怒瞪不遠處的褐衣男子。

那男子是游素派來討「嫁妝」的使者木嶺，他迎著莊少遊怒不可遏的視線，依舊笑意融融，完全不將他的憤怒看在眼裡。

古有挾天子以令諸侯，眼下他們是挾太子以令大秦。

「我家陛下說了，若是十日內沒有收到十萬疋布，那她便只好送一份大禮給將軍了。」木嶺嬉皮笑臉地說著威脅的話。什麼禮大家心中有數，之前那十萬兩黃金，他就是這麼要走的，誰讓他們家太子爺金貴呢。

莊少遊眉毛都立起來，目光如劍，恨不能在木嶺身上射出兩個洞來。

木嶺完全不以為意，就不信莊少遊敢把他怎麼著。再生氣，十萬兩黃金還不是乖乖送來。他敷衍地拱拱手。「女皇陛下的旨意，我已經帶到，恕不奉陪，告辭。」說罷，木嶺轉身就走，丁點兒面子也不給。

那分趾高氣揚，讓背後的莊少遊差點咬碎一口白牙，恨不得下令將人拖下去碎屍萬段。殺了木嶺不難，難的是魏閎在他們手裡，他不敢拿魏閎的安危冒險，所以莊少遊只能咬著呀，眼睜睜看著此人囂張離去。

平復了好一會兒，莊少遊轉頭看向一直默不作聲的季恪簡，整了整臉色，拱手道：「這十萬疋綢緞，又要麻煩季兄了。事後，太子殿下必然加倍返還。」

之前那十萬兩黃金，便是季恪簡代為籌集。他在冀州人生地不熟，哪能這麼快籌集到如此一筆鉅款，幸好有季恪簡幫忙，出面向當地望族籌集了十萬兩黃金。

季家在冀州經營幾十年，威望深重，皇帝派季恪簡參加此次剿匪行動，就是想著有他這地頭蛇在，如虎添翼。

季恪簡先是笑了下。「莊兄見外了，為太子殿下分憂是在下該做之事，只是……」話鋒一轉，眉頭微皺。「這般逆來順受，只會助長對方氣焰，只怕要不了多久，對方又會提出非分之想，這不是辦法。」

莊少遊的眉心皺成一團。他豈不知此理，對方欲壑難填，只會得寸進尺。可是他也沒有辦法呀，之前交付十萬兩黃金的時候，他經允許，派一人送黃金入城，看了魏閎一面。性命倒是暫且無虞，可處境……

莊少遊嚴令那人不得胡言亂語，傳出去，魏閎一世英名掃地。

現在，莊少遊只想趕緊把魏閎救出來，越快越好。他已經偷偷聯繫上內應，只等適合機會，他們就會營救魏閎。只要魏閎安然無恙，再設法拿下游素，魏閎才能挽回一絲顏面。

只不過這些，莊少遊都沒有向季恪簡透露一絲口風，蓋因季家與宋家有親，而魏闕是宋家的女婿。雖然不見季家與魏闕如何親近，可難保萬一。

莊少遊輕嘆一聲。「我也知這不是長久之計，然在沒有營救出太子殿下之前，為了確保殿下安全，只能如此。」

季恪簡也跟著嘆一聲。「如此，我先去籌集綢緞。」

「有勞季兄！」莊少遊連忙拱手，感激不盡的模樣。

季恪簡抬手回禮，客套兩句後離開。

回到營帳，季恪簡便伏案寫信，向當地望族借物。

小廝泉文一看十萬疋綢緞，忍不住驚呼一聲。十萬兩黃金送進去才沒多久，又要十萬疋綢緞，簡直沒完沒了，萬一要是太子不認帳，他家少爺不是虧大了？

寫完信，季恪簡裝進信封遞給泉文。「你親自送去。」

泉文跟著他十幾年，那些人都認得他。

見他眉頭緊皺，季恪簡笑了笑。「還不快去！」

泉文接過信，沒走，期期艾艾道：「萬一這些錢物打了水漂可怎麼辦？」

「陛下聖明！」季恪簡笑了下，又掃他一眼，警告道：「再敢說這話，軍法伺候。」

皇帝不會讓他們季家吃虧的！

泉文一個激靈，忙道：「小的再不敢了。」

這話被人聽了去，只怕要被人認為他們季家對太子不敬。

雖然這太子的確讓人一言難盡，居然被個女反賊捉回去做了押寨相公，簡直是開天闢地頭一遭。

待泉文走後，坐在圈椅上的季恪簡忍不住搖頭。出征前，作夢都想不到局面會發展成這樣。其實來之前，他也未將游素當作一回事，哪怕她占了河間，擁有兩萬兵馬，可那些都是倉促間聚攏起來的流民，一盤散沙。

反觀他們，精兵悍將，拿下河間城不過是時日的問題，可萬萬想不到魏閎立功心切，親自出戰。若擒獲游素，自然是首功，可現在的情況卻是輕敵的魏閎被游素擒獲。

必勝的局面，如今因為魏閎在他們手上而變成劣勢。縱然兵多將廣，他們也只敢縮在二十里外，絲毫不敢亂動，還得受對方威脅，予取予求。

窩囊透了！

季恪簡往後靠了靠，雙手交握，目露沈思。虧得魏閎還只是太子，要是皇帝被俘，情況更被動。

遠在京城的皇帝收到八百里加急，會如何看待此事？

魏家兄弟之間暗潮洶湧，但凡眼明心亮的人都有所察覺，尤其是在皇帝賜婚魏闕和宋嘉禾之後，朝堂上的氣氛都與之前不同。

靖王魏闕倒是人中龍鳳，單論軍事才幹，魏閎遠不如，血淋淋的例子就擺在眼前。

太子，靖王？

季恪簡劍眉微擰。季家已為世襲罔替的國公府，看似富貴至極，無可再爭。然而一朝天子一朝臣，當今天子感念季家歸順、厚待季家，下一任皇帝卻未必。手握實權的國公府與徒有其名的國公府，地位天差地別。

季恪簡的眉頭擰得更緊。他看得出來，魏閎因宋家之故對他有防備，不過，他倒也不用那麼急著押注，且等此事有了結果再說。

京城內，魏閎被俘一事尚未宣揚開，只不過河間戰事不利的消息倒是瞞不住。

點兵派將這麼大的事，哪裡瞞得住人？皇帝下令魏闕帶五萬神策軍前往河間平亂，只有勝利才能挽回朝廷在河間一帶丟掉的顏面。

事態緊急，皇帝只給魏闕兩天時日準備，第三天大軍就要開拔。

魏闕萬分抱歉地捎來口訊，向宋嘉禾道歉，不能陪她出去散心了。

聞訊的宋嘉禾不免擔心，她不只得到魏闕要出征的消息，還被告知宋子諫也要前往。一個是未婚夫，一個是兄長，宋嘉禾豈能不擔心？雖然兩人之前的戰役都安然無恙歸來，可那是過去的事。

惴惴不安的宋嘉禾去了一趟溫安院，出來後就命人套了馬車，前往皇覺寺求了平安符。許是因為出征的緣故，皇覺寺裡頗熱鬧。拿著好不容易求來的平安符，宋嘉禾一顆心不由安定不少。

行至靖王府和承恩公府的岔路口，馬車停下來。

「妳將平安符送去王府。」宋嘉禾對青畫道。

青畫應一聲，伸手就來接，卻見宋嘉禾突然收回手。

宋嘉禾咬咬唇，望一眼外面天色，日頭還沒下山。

「去靖王府。」她還是自己送過去好了，這樣才有誠意。

青畫張了張嘴。還真是女大不中留，又想待會兒王爺見了她家姑娘，必然喜出望外。

快到靖王府時，宋嘉禾才想起一個問題。萬一魏闕不在府裡呢？他這麼忙，很有可能不在……她念頭一轉。不在就不在吧，反正東西送到就行。

關峒正送幾位武將離開，一回頭就見路口拐出一輛熟悉的馬車，定睛一看，喜上眉梢，趕緊找來一名門房。「快去通知王爺，六姑娘來了。」

門房得令，一溜煙躥進門。
關峒熱情洋溢地迎上前。就算六姑娘不來，只怕王爺離京前也會抽空過去一趟。眼下六姑娘親自過來，王爺還不得高興壞了。
「六姑娘好。」關峒笑容滿面。
宋嘉禾也笑了笑。「三表哥在嗎？」
「在的。」關峒道。
「三表哥忙嗎？」
就算忙也必須不忙。
關峒笑咪咪道：「姑娘來得正巧，客人們剛走，王爺正空著。」
宋嘉禾想，不會打擾他的正事，那就好。
關峒迎著宋嘉禾去客廳，一路上，宋嘉禾問他：「三表哥行囊準備好了嗎？」
關峒道：「姑娘放心，都備妥了。」
宋嘉禾又問了兩句，正說著話的關峒突然咧嘴一笑。「王爺來了。」
抬頭一看，就見一身朝服的魏闕大步而來，臉上帶著毫不掩飾的歡喜。
關峒朝宋嘉禾行禮後，十分知趣地告退。「屬下讓人去備膳。」
宋嘉禾愣了一下。
備膳？她沒打算留下用膳啊……可是關峒早已走遠，只留下一個背影。
闊步走來的魏闕勾了勾嘴角，第一次發現關峒如此上道。

望著絕塵而去的關峒，宋嘉禾乾瞪著眼。出門前，祖母還叮囑她早點回家來著。

見魏闕走近，宋嘉禾忙道：「三表哥。」

「我後日就要出發，暖暖留下陪我用膳可好？」魏闕笑容溫和。「我這一去也不知要多久才能再見到妳？」

宋嘉禾撓了撓鼻尖。「可是祖母讓我早點回家的。」語氣卻不知不覺緩和下來。

「我這就命人向舅婆說明情況，她老人家通情達理，必然會答應的。」魏闕微笑道。

望著他眉梢眼角的笑意，宋嘉禾輕輕地點頭。

魏闕便抬手招來一人，吩咐他去承恩公府報信。

吩咐完後，引著宋嘉禾往花園裡去，魏闕邊走邊道：「本來還想著明日抽空過去一趟。」

宋嘉禾的臉悄悄紅了一下，嘴硬道：「我今日去皇覺寺為我二哥求平安符，嗯，順便……順便就幫你也求了一下，恰巧經過，就帶過來了。」

魏闕輕笑，側頭凝視她，聲音含笑。「那真是託了妳二哥的福。」

宋嘉禾一本正經地點點頭，從袖子裡掏出三枚平安符。她的習慣，每次求平安符都會多求上幾枚，以備更換，私心裡也是覺得多一枚平安符，多一份平安。

魏闕卻是沒有接過，而是停下腳步，面對宋嘉禾而站，微微彎下腰，平視著她的雙眼。

「暖暖幫我戴上好不好？」

宋嘉禾第一反應就想把平安符扔到他臉上去，不讓他得寸進尺。

「妳親自求來，親手戴上的平安符，肯定會保佑我平平安安。」

宋嘉禾動作一頓。看在他要出征的分上，忍了！

宋嘉禾把另外兩個備用的塞到他手裡，然後拿了一枚平安符扯開繩子。

魏闕彎腰的高度剛剛好，宋嘉禾一伸手就能替他戴上。將平安符套進他脖子，她還順手將它塞到衣服裡面。

魏闕眉頭一挑。這丫頭有時候防著他，有時候又一點都不把他當男人。

雙手一攏，魏闕將要離開的人按在胸口，宋嘉禾「呀」了一聲，伸手推他。

魏闕的雙臂紋絲不動，力道不輕不重地摟著她。少女的身體溫暖又柔軟，還帶著淡淡馨香，沁人心脾。

推了兩下還是推不動，宋嘉禾惱了，抬眼瞪他，卻撞進他含情脈脈的眼裡，突然洩了力道。

魏闕靜靜摟著她，下巴擱在她肩窩上，享受著懷裡的溫香軟玉。懷裡的溫度以及那美妙的起伏，令他有些心猿意馬。

稍一側眼，就能看見咫尺之內雪一般白皙無瑕的肌膚。隔得那麼近，他甚至能看見皮膚下淡色的血脈，眼神再往下，就是精緻的肩窩，彷彿盛了美酒般，只一眼他便覺目眩神迷。

靠在他胸口的宋嘉禾，清晰地聽到來自他胸腔的心跳聲，越來越響，怦怦怦怦，從他身上傳來的溫度也越來越高，讓她渾身不自在。

「抱夠了沒有？」宋嘉禾又羞又惱。

魏闕低笑一聲，呼出來的熱氣噴在肩頸那片白中透粉的肌膚上，燙得宋嘉禾忍不住瑟縮了下。

「當然沒有。」魏闕理所當然地抱著小姑娘耍流氓，話雖如此，卻還是抬起頭，也不知有意還是無意，唇角擦過宋嘉禾緋色的臉頰。

宋嘉禾呆若木雞，一雙烏黑的眼睛陡然睜大。

反觀魏闕沒事人般收回雙臂，見她睜大眼，還一臉無辜地望回去。

「你！」回過神來的宋嘉禾臉色脹紅，又氣結，瞪著他說不出話來。

魏闕忍俊不禁，隔著衣服按了按裡面的平安符。「我一定會平安歸來。妳在這裡，就算是爬，我也會爬回來的。」

聞言，宋嘉禾顧不上羞惱，目光落在他臉上。「嗯，你一定要平平安安。」低了低頭，小聲道：「我在京城等著你回來。」

魏闕含笑望著她，輕輕點頭。

後日卯時，大軍出發。

出了京城，魏闕讓婁金帶著大軍盡快趕路，自己則帶了一隊親衛，快馬加鞭趕赴河間。

駐紮在河間的莊少遊等人，已知道朝廷會派魏闕帶兵前來，只是萬萬沒想到，魏闕會來得這麼快。

得報魏闕已到，莊少遊急忙帶人迎出來。

「靖王。」

魏闕擺手，讓他們起身，開門見山道：「眼下什麼情況？」

莊少遊略略說了一遍，隱下自己已經安排內應搭救魏閎，他擔心魏闕暗中作梗。

設身處地一想，若是他有這機會，定會想方設法乘機殺了魏閎。一旦魏閎身故，魏闕就可名正言順上位，莊少遊不信魏闕不想魏閎死。

魏闕直視著莊少遊。「難道你就打算這樣任人宰割下去，沒想過其他方法？」

莊少遊道：「正試圖招安部分亂民，目前還未取得成效。」他自然不會告訴魏闕實話。

魏闕定定看他一眼，站起來。「我先去會一會這位九天玄女。」

莊少遊大驚，忙道：「萬萬不可！逆賊放言，若是我們敢攻城，就加害太子殿下。」

魏闕淡淡道：「我不攻城。」

河間城牆高而堅，又因為城內糧草豐足，還有大秦太子在手，女帝放話，秦軍若敢攻城，就把秦太子剁成一節節，嚇得秦軍龜縮在二十里外，一動也不敢動，故而守城兵將都頗為輕鬆，丁點兒不擔心敵襲。

這一日，牆頭城門校尉忽見遠處塵土飛揚，十幾騎由遠及近，不由一驚，定睛細看，終於看清旌旗上的「靖」字。

他還未反應過來，身邊同袍驚呼出聲。「靖王魏闕！」

說起靖王，不知者多，畢竟封王也才幾月，可說起魏闕、魏家老三那是如雷貫耳。尤其在軍中，魏闕戰無不勝之威名，無人不知，無人不曉。那校尉不敢小覷，連忙點了一個小兵傳信女帝。

游素占領河間後，便把知府衙門當作行宮，眼下她正在寢宮內享用戰利品。只聞女色誤人，至今才知男色亦能禍人。游素覺得，睡了堂堂大秦太子這樣的美人兒，這輩子算是值了。

「陛下，有急報。」

被打斷興致的游素十分不悅，可她也曉得輕重，只能懨懨地嘆了一口氣，爬下床，隨意披上一件外袍去外間詢問。

被綁在床上的魏閎，一張英俊的臉龐因為屈辱和情慾而扭曲猙獰。這世上豈會有如此淫蕩的女子，他不就範，竟然給他下藥，簡直令人作嘔！

去而復返的游素回來就見魏閎羞恨交加，臉色脹得通紅，她微微一笑。她就喜歡他這羞憤欲死的模樣，他越生氣，她就越高興。

「告訴你一個好消息，你三弟來救你了，眼下就在城門口。」游素慢悠悠地踱步到床前。

魏閎瞳孔一縮。

「嘖嘖嘖！」游素摸著下巴。「你說，要是你這副模樣被你弟弟、被你的下屬們看到，他們以後會怎麼看你？」

魏閎的額角青筋暴跳，他咬了咬舌尖，壓下百蟻噬心的痛楚，斷斷續續道：「我三弟用兵如神，妳絕對不是他的對手。妳放了我，我便既往不咎，還會上奏父皇封妳為異姓王。妳雖稱帝，可妳自己也該知道，眼下局勢，在這世道，妳這點兵力根本算不得什麼。」

游素指尖輕輕在他臉上游移。「你當我傻？你左眼寫著千刀，右眼寫著萬剮，放了你，只怕你得到自由的第一件事就是殺了我。我倒覺得現在這日子挺好，有你在，他們也不敢輕舉妄動，他們要是不聽話，大不了拉著你陪葬唄，反正我這條命也是撿回來的，拉你墊背，值了。」

魏闞眼前一黑，再不裝模作樣，怒瞪游素，那目光恨不能食其肉、飲其血。

游素不以為然一笑，意味深長地瞥他一眼。「你就在這裡好好享受這藥吧，這可是朕專程為你找來的好東西，朕先去會會你那威名遠揚的弟弟。」

游素披上戰袍，又取了金絲五環大刀，點兵派將，翻身上馬，奔赴城門。

守城將士見到她，頓時有了主心骨，參差不齊地山呼萬歲。到底是臨時聚攏起來的雜牌軍，規矩上不免有些凌亂。

游素也不在意，隨意擺擺手，直奔牆頭，瞇眼遙望。

半里之外，十數人騎於馬背上，被拱衛在中央之人，身披玄色盔甲，陽光下燦然生輝，恍若天神，好不威風！

觀其氣度，游素想，這該就是傳說中大名鼎鼎的魏家老三魏闕了。

百聞不如一見，果然丰神俊朗。若是能將此人收於帳下，該是何等滋味？游素不禁暢想。

忽地一個激靈，游素搖搖頭。早在魏闕展露軍事才華前，她就聽過他在江湖上的名頭，她怕是降不住此人。

「多年不見，蘇女俠風采依舊。」馬背上的魏闕忽然揚聲。

城牆上一眾人聽得莫名。游素大驚失色，不自覺道：「你我見過？」

話一出口，游素就後悔了。這不是不打自招？她改名換姓，就是不想讓人知道她真實來歷，連累家人，可現在再否認，不過是此地無銀三百兩。游素一張臉陰沈下來。

與她相反，魏闕面帶微笑。「早年本王途徑漠北，偶然中見過蘇女俠一回。不知蘇堡主近來可好？自從十年前隨家師拜訪令尊，一別經年，十分掛念。」

游素的臉已經陰沈得能滴下水來。她本名蘇蒙，乃漠北蘇家堡三女，遊歷到河間時遭人暗算，險些喪命，幸虧當地一名老婦救了她。養傷期間，老婦所在的村子淳樸和善，待她頗好。游素感恩，本想痊癒後找點銀子報答他們，不想沒等她報答，就迎來了滔天洪水，村民十不存九。

游素大怒，見當地官員竟然不開倉賑糧，便提刀將為首的幾個混帳官員砍了，隨後帶著災民分了糧倉。

吃飽之後，災民們開始怕了。搶劫糧倉乃十惡不赦的大罪，這時災民中一名喚霍亮的老秀才站出來對她道，左右都是死，乾脆一不做二不休反了。稀裡糊塗的，游素就當了女皇帝，當得還有滋有味。她已做好最壞的打算，大不了就是丟了性命，她覺得自己也活夠本了，可萬萬想不到被人戳穿真實身分。

遠處的魏闕勾唇一笑。其實他並未見過游素，不過蘇家堡倒是真的去過，也見過游素的兩個姊姊，游素和她兩個姊姊頗像。說來也是有趣，蘇家三姊妹明明都是女閻王，做的是刀口舔血的買賣，卻長了一張普度眾生的臉，十分具有欺騙性，故而魏闕印象深刻，至今還記得。

乍見游素，他便覺眼熟，再見她手中金絲五環刀，聯繫探子的情報，魏闕便詐了一詐，結果喜人。

江湖流派再厲害，在朝廷大軍面前也不堪一擊。眼下，游素也有軟肋在他手中，對方優勢不復存在。

城牆上的游素目光不善地盯著城下的魏闕，雙手捏得咯咯響。

他在威脅她！跑得了和尚跑不了廟，蘇家堡就在漠北。

魏闕拍馬近前。「河間官吏尸位素餐，危害百姓，罪該萬死。朝廷的賑災款已在路上，不日便能助此地百姓重建家園。陛下心知諸位起義也是不得已而為之，命本王帶來口諭，眾將士皆是我大秦子民，若歸降可既往不咎。」

上兵伐謀，其次伐交，其次伐兵，其下攻城。攻城之法，為不得已。若是可以，魏闕也不想屍橫遍野。

「還請蘇女俠三思。」魏闕微微一笑，朝牆頭抬手一拱，調轉馬頭離去。

游素死死盯著他的背影，突然抬手一刀，削去一角城磚，嚇了眾人一跳，大氣不敢出。

游素扭頭離開，剛下城牆就撞上姍姍來遲的霍亮。

「陛下？」霍亮納悶地看著游素。他還不知道剛才發生的事。「魏闕走了？」

「走了！」鐵青著臉的游素咬牙切齒道。

見狀，霍亮心頭一驚，小心道：「陛下這是怎麼了？」

「蘇家堡？」莊少遊詫異，忙追問。「王爺與蘇家有交情？」

魏闕掃他一眼。「一面之交。」

這麼巧？可若是陰謀，魏闕不可能直接說出來……

莊少遊心下狐疑，定了定神，拋開這點懷疑，問：「此地離蘇家堡多遠？」他想趕緊去把蘇家人抓來，他受夠那種受制於人的窩囊。

「相距千里，來回起碼要一個月。」魏闕沈吟，他敲了敲几案。「本王已經派人去蘇家堡，不過怕是沒有用得著蘇家人那一天。」

季恪簡心裡微微一動，就聽魏闕緩緩道：「游素為了家人可能投降，跟著她的那些人卻是未必，說不得城內就要出亂子。」

魏闕看向莊少遊，目光深沈。「這是我們的機會，你安排的那些人也該動起來了，若出亂子，趁亂營救太子殿下。」

「可萬一……」莊少遊不敢輕易決斷，恐魏闕有個萬一，那莊家這十年不是白忙活了？

魏闕眸光轉冷。「這世上沒有萬全之策，錯過這個機會，下次不知又要等多久？還是你想永遠受制於人？」

莊少遊閉了嘴。

河間城內，正如魏闕所料，鬧成一團，降不降，各執一詞，吵得熱火朝天。

主張投降的一方，覺得他們這點兵力根本不堪一擊，就算有魏閎在手，早晚要被朝廷破城。受制一時，還能受制一輩子不成？說這話的，早就後悔當初腦子一熱跟著造反，現在卻騎虎難下。眼下朝廷遞了梯子過來，巴不得順勢下坡，主動投降，也許還能混點好處。

不降的一方，覺得投降派窩囊，朝廷怎麼可能輕易放過他們，等他們投降，風聲過去，還不定怎麼整他們，估計死了都沒人知道。眼下做土皇帝才快活呢，金銀財寶，權勢地位，美人環繞，傻子才投降。

吵來吵去沒個結論，終於有人想起能作主的，紛紛看向上首的游素和她身旁的霍亮。

「陛下、丞相，該當如何？」

被他們吵得腦門疼的游素也看著霍亮。她能走到今時今日，霍亮功不可沒，游素十分倚重他。

「若是投降，就算秦帝願意既往不咎，只怕秦太子不願善罷甘休。」霍亮為難道。

雖然游素做了點遮掩，可霍亮哪能不知魏閎被游素當男寵玩弄。堂堂太子之尊，遭遇此等奇恥大辱，設身處地一想，他脫身之後絕不會放過游素以及一干同黨。

關於魏閎在行宮內的待遇，還是有不少人知道，當下知情人士，都以複雜的眼神望向主位。

游素乾咳兩聲。要知道老底會被挖出來，她肯定不色迷心竅，不過現在說什麼都晚了。

「可若是不降，恐陛下家人遭遇不幸，陛下可是已經去信通知？」

游素點頭。一回來她就去信通知家人避一避風頭。

「如此便好。」霍亮沈沈一嘆。「陛下此刻想來心緒繁亂，不如今日暫且議到這兒，大夥兒也回去好好斟酌。」

游素揉了揉太陽穴，無精打采地應一聲，率先起身離開。

剩下的文臣武將各有所思地互相觀望，眼神交會間，風起雲湧。

從議事堂出來，游素罕見地沒再去招惹魏閎，她現在看見魏閎就煩。現在好了，玩大了，自己死了不打緊，可連累家人是她萬萬不樂見的。

魏閎有多恨她，她心知肚明，此人心胸狹隘，肯定不會放過她的家人。為了保住家人，想得腦袋都疼了，游素也沒想出半點辦法來，便在昏昏沈沈中睡去。

守在外頭的宮女探身看了幾回，聽她呼吸均勻，輕輕喚了一聲。「陛下。」沒有回應。

「陛下。」那宮女往屋裡走了幾步，再次出聲試探。

見游素還是躺在那兒一動不動，她徹底放了心，慢慢掏出背後的匕首，躡手躡腳靠近床頭，抬手正要刺下。

床上的游素驟然睜開眼，一把扣住那宮女的手，輕而易舉將她制伏在床上，用匕首抵著她的脖子，聲若冷雨。「誰派妳來的！」

那宮女抖如篩糠，嚇得說不出話來。「陛下饒命、陛下饒命，是霍丞相……丞相讓我做的。」

「胡說八道！」游素用力，匕首割破那宮女的一層皮肉。

駭得那宮女失聲尖叫。「真是丞相！陛下，丞相想造反，他早就想造反了！」

游素雙目怒睜。

恰在此時，外頭的侍衛闖進來。「陛下，不好了！霍丞相、徐將軍、榮將軍還有薛尚書他們帶人殺進來了！」

游素勃然色變，一刀割斷那宮女的脖頸，隨即將她一腳踹開，抄起金絲五環刀，厲喝：「狼心狗肺的東西，老娘劈了他們！」

她跑出去幾步，突然一改方向，跑向關押魏閔的地方。這塊燙手山芋可是保命符，霍亮他們肯定會派人來搶。

「殿下，殿下！」

幔帳中的魏閔一無所覺，還陷在沈沈睡夢中。白天那媚藥差點脫了他半層皮，折磨得他整個人都虛脫了。

來人穿著一身宮女裝，輕輕推著沈睡的魏閔，一觸之下，發現他身體燙得厲害，一摸額頭，竟然在發熱，不由著急。又喚了兩聲，見他還是不醒，她壯著膽子掐了下魏閔的人中。

吃痛之下，魏閔驚醒，眼神茫然了一瞬，不自覺就要推開她。一抬手，猛然發現自己雙手得了自由，不禁一愣。

「殿下，屬下等奉莊將軍之命前來迎接您。」

魏閔大喜過望，不禁雙手緊握。他終於可以離開這該死的地方！待他回去，必帶人屠了河間，還要將游素那賤人挫骨揚灰。

那宮女趕緊扶他起身，小聲道：「還請殿下暫且委屈一下。」

魏閎一怔，待那宮女拿出一套女裝後，面龐扭曲了下，不堪的回憶爭先恐後襲來。被囚禁期間，他被下藥，渾身無力，只能任游素擺弄，這個女人就拿女裝侮辱過他。

魏閎額間青筋畢露，雙眼赤紅。

那宮女低垂著眼，不敢細看，她也是別無他法。

魏閎咬咬牙，知道現在不是置氣的時候，沈聲道：「幫我換上。」

大丈夫能屈能伸，今日之恥，百倍報之！

穿衣時，那宮女丁點兒不敢多看，可還是看到一些不該看的東西。

魏閎垂眼，望著臉色緊繃、強裝鎮定為他更衣的人，垂在身側的雙手不由自主攥緊，指甲深深陷入手心。

有多少人知道他的遭遇？

方更衣完，外頭就傳來兵戈碰撞聲，伴隨著呼嘯慘叫。想起白天游素說，魏闕來了，魏閎神情變得極複雜。

「靖王打進來了？」

可游素說，一旦秦軍攻城，便斷他四肢，魏閎忍不住一個寒噤。當時游素絕對不是在說笑。

「應該不是。」她三言兩語解釋了莊少遊收買徐礦，讓他乘機製造混亂，以便他們營救魏闋的事。

游素披荊斬棘，好不容易殺過來，看見的就是一片火海，目眥盡裂，拉過一個兵卒厲喝。「人呢？」

「不知道！」兵卒哆嗦著道。他過來這裡時就起火了，火勢太旺，想進去救人都不成。

望著那漫天大火，游素心肝都在滴血，也不知是心疼護身符沒了，還是美人香消玉殞？她揮刀將殺過來的士兵攔腰砍成兩節。

游素雙目染血，暴喝。「霍老匹夫，老娘扒了你的皮！」

提刀衝進亂局，來一個劈一個，來兩個劈一雙，鮮血濺了她滿臉，月色下顯得格外猙獰，猶如厲鬼，駭得周遭將士為之出了一身冷汗，忍不住往後退一步。

「秦軍攻城了！」

一聲驚呼由遠及近，喊殺沖天的戰場倏爾一驚，勃然色變。

殺紅眼的游素長嘯一聲。她早該料到的，只怕魏闕白天識破她的身分，就是為了製造矛盾讓他們內鬥，只怪她之前心神都在蘇家堡上，腦子裡一團亂麻，沒有想到這一點，眼下說什麼都晚了。

沒了魏闋這枚護身符，她如何擊退秦軍？她雖不擅長行軍作戰，可也知道正面對抗，他們絕不是秦軍對手。

「都住手！」游素用刀重重一擊地面。「吾等加起來都不是秦軍對手，抵抗只會造成無謂傷亡，投降吧，所有罪責我一力承擔，我會要求朝廷放過你們。」

其實之前她就在考慮投降，要殺要剮，她悉聽尊便，只求不傷害家人和這群跟著她揭竿而起的百姓，他們都是可憐人罷了，若非官逼，豈會民反。

原本殺聲震天的將士們面面相覷，鴉雀無聲，漸漸露出猶疑之色。幾個月前，這裡大多數人都是面朝黃土背朝天的老百姓，若非家園被毀、走投無路，哪裡會提起鋤頭造反？

「放屁！妳家人落在他們手上，妳就想投降，之前妳怎麼不投降？大家別被她蠱惑，咱們這可是造反，十惡不赦的大罪，就算不死也得被流放。朝廷的鬼話，你們也信？那群貪官還說倉裡沒糧食呢！大家莫怕，秦太子在我們手上，只要有秦太子在，哪會怕秦軍不就範！」有人厭倦這樣打打殺殺的日子想回歸正常生活，可也有些人在這種日子裡如魚得水。

「秦太子在哪兒？」游素精神大振，雙眼如炬。

魏閎在手，她就有與秦軍談條件的籌碼。

被她目光鎖住之人眼皮一跳，氣勢就弱了一分，與游素過招不到三回就敗下陣來，被她的金絲五環大刀抵住喉嚨。「說！人在哪兒？」

對方噤若寒蟬，哆哆嗦嗦道：「我不知道，我亂說的。」見游素臉色劇變，他驚叫。「在霍丞相那兒，肯定……」未完的話語隨著他的腦袋一起滾到一旁，再沒出口的機會。

砍了腦袋的游素猶不解氣。魏閎還真有可能落在霍亮這老奸賊手裡，畢竟這枚護身符，不管是投降還是頑抗，都能派上大用場。

可當下游素卻沒工夫去找霍亮，而是跑向城門。近前一看，駭然失色，只見城門轟然倒塌，秦軍如潮水般湧來，聲若滾雷，挾雷霆萬鈞之勢。

秦軍破城了！

游素大驚，掉頭就跑。

己方精兵悍將，上下一心；對方烏合之眾，人心渙散，結局可想而知。交鋒不久，河間城內守軍就潰散而逃，不待天亮，這場鏖戰便結束。

# 第四十二章

月黑風高，城內亂成一團，一路有驚無險，魏閎成功避到徐礦安排的落腳處。待城門大開，莊少遊不是忙著去殺敵，而是前去尋找魏閎。

彼時，魏閎正燒得天昏地暗，不間斷的藥物和折磨令他虛弱無比，一路就靠著一股勁撐著，暫時安全之後，這股勁散了，頓時病來如山倒。外頭那局面又能去哪裡找大夫，幸好有人找來一瓶烈酒，可以用來搽身散熱。

莊少遊進來時，正見女下屬在為魏閎搽身，但見他渾身痕跡，莊少遊眼皮重重一跳，抖著聲音道：「這是怎麼了？」

那女下屬便是之前那宮女，她早前就乘機混進行宮，故而知道些魏閎的遭遇，當下支吾著，把自己知道的說了。

莊少遊一張臉紅了又青，青了又白，白了又紅，十分精采。游素大言不慚說什麼皇夫、嫁妝，他只當這女人在挑釁，萬萬想不到，她居然來真的，世上竟然有此等不知廉恥的女子。

再看魏閎，他眼裡不由帶上幾分同情。從前只見他採花，不想有朝一日被人當花給採了，莊少遊的神情頓時有些微妙，又頭疼起來。知道這事的人有多少？萬一傳出去……

莊少遊眼角抽了抽，正頭疼時，錯眼間對上魏閎的雙目，他終於醒了。

莊少遊登時心頭一驚，他正想出去，假裝什麼都沒看見。魏閦個性驕傲，如此狼狽的一幕被他看了去，少不得要難堪。然為時已晚，他連忙收斂異色，若無其事一般走近。「太子殿下，您哪裡不舒服？」

魏閦嚥了一口唾沫，感覺到喉頭一陣刺痛，他看向那女下屬。「扶我起來。」

那女下屬給他罩了一件外衣，隨即小心翼翼扶起他。

「老三進城了？」魏閦冷凝著臉問道。

莊少遊不讓自己臉上露出一絲多餘的情緒，微微點頭。

「情況如何？」

莊少遊猶豫了下，才道：「勝局已定。」

魏閦一扯嘴角。「一群烏合之眾豈能抵擋他。」

話音未落，他突然發難，一刀劃過那女下屬喉嚨，她只來得及發出一聲短促的驚呼，便栽倒在地。

她躺在地上，捂著血如泉湧的喉嚨，一雙漂亮的杏眼大睜，不敢置信地望著魏閦，像是在問為什麼？

魏閦冷冷地望著她，目光冷漠得就像在看一樣物品，而不是不久前營救他的屬下。

抽搐痙攣了幾下，那女子便沒了動靜，只一雙眼依舊大睜著，死氣沈沈。

莊少遊心頭一凜。

被噴了滿臉血的魏閦，如沒事人般抹了一把臉。「游素呢？」

「目前還無下落，末將已經下令捉拿。」莊少遊恭聲道。

魏閎咬著牙，眼底燃起兩簇火苗。「生要見人，死要見屍！」

莊少遊行禮。「屬下遵命。」

說完，魏閎便覺熱度一陣陣上來，神志又開始迷糊，他撐著最後一點勁，道：「不許讓人知道孤的情況，尤其是老三。」

說罷，人便昏厥過去。

目光從暈厥的魏閎身上挪到地上的屍體，再從屍體移到魏閎身上，一股陰寒不可自抑地從腳底板鑽上來，莊少遊打了一個寒噤。他穩了穩心神，不敢再叫別人，親自就著旁邊的溫水幫魏閎清理身上血跡，又餵了他一些急救的藥丸。

隨即，招來人抬走屍首，莊少遊不由輕輕一嘆。殺了這女子不過是自欺欺人，魏閎的遭遇只怕知道的人不少，他還能殺了所有人滅口不成？

思及自身，莊少遊目光微閃。目下，魏閎自然不會動他，可將來呢？將來他大權在握，會不會看他不順眼？

萬千思緒在心頭翻湧，莊少遊枯坐在旁邊，直到再也聽不見外面的廝殺聲。他揉了一把臉醒醒神，命人去打探外面的局勢。魏閎情況不大好，得趕緊找郎中來瞧瞧，千萬別落下什麼毛病。

魏闕就是這時候找來的，聞訊的莊少遊眼皮重重一跳，起身出迎。

「太子殿下如何？」見了莊少遊，魏闕便問。

望著一身玄色鎧甲、氣勢凌人如戰神的魏闕，莊少遊不禁聯想到狼狽不堪的魏閎，恍了恍神。

魏闕皺眉。「太子殿下現下如何？」

莊少遊回神，拱手道：「回王爺，太子殿下身體抱恙，眼下還在昏睡中。」

魏闕面露擔憂。「可是要緊？」說話間，走向內室，便見魏閎躺在床上，臉頰凹陷，臉色青白，顯而易見的憔悴，看來在游素手裡沒少遭罪。

莊少遊道：「王爺放心，殿下不甚要緊，已經找人去請軍醫。」

目光在魏閎臉上一掠而過，魏闕微頷首。「此地簡陋，也不安全，先護送殿下換個地方調養。」

恰在此時，昏睡了小半夜的魏閎徐徐睜開眼，目光茫然了一瞬後才聚焦，啞著聲音道：「三弟來了。」

魏闕忙行禮，莊少遊上前扶著魏閎坐起來。

經過兩個時辰的睡眠，魏閎的精神略微好轉，腦袋也清明不少，他目光筆直地落在魏闕臉上。「游素抓到了嗎？」

魏闕面露遺憾。「臣弟無能，讓她跑了。」

一團混戰，也不知她怎麼溜走的，畢竟河間是她主場。

魏閎眼角繃緊，眉毛倒立，一字一頓道：「跑了？」

「殿下恕罪！」魏闕躬身拱手道。

魏閎牙齒咬得咯咯響，一句「廢物」差點就要脫口而出。意識到站在他面前之人是魏闕，而不是他的下屬，才硬生生嚥回去。「下令通緝，抓活的賞銀萬兩黃金，死的賞銀五千兩。」

生要見人，死要見屍，她休想一跑了之！就是追到天涯海角，掘地三尺，他也要將她揪出來凌遲以解心頭之恨。

魏闕應了一聲，又道：「殿下莫要動怒，保重身體。」

魏閎深吸了一口氣。「其他逆黨呢？」

魏闕便將情況簡單說了一回。「偽朝丞相霍亮在親衛保護下逃亡青州方向，我已命關峒帶兵追擊，其餘人等除去死在混亂中的，都被擒獲。」

「殺無赦，所有偽朝官員包括家眷全誅，將士活埋。」魏閎聲音冷極。

魏闕靜默。

魏閎雙眼泛紅，怒目而視。「怎麼，孤使喚不動你？」

魏闕沈聲道：「此舉有傷天和，恐遭非議。」

魏閎冷笑。「謀反、謀大逆者，不分首從皆斬。他們既然敢造反，就該料到有今日。難道三弟覺得謀反都不足以治死罪？」

「牽連太廣，還請太子上摺請示陛下旨意為好。」魏闕搬出了皇帝。

將在外，可行非常之法，歷朝歷代也不缺破城後直接大開殺戒的將軍。然他行軍作戰，從來都只誅首惡，不會對普通士卒下手。

魏閎登時大怒，瞪視魏闕。

魏闕不卑不亢，坦然面對。「殺俘不祥，還請殿下三思。」

「殿下息怒，此等逆賊，陛下絕不會輕饒他們。」莊少遊見勢不好，忙緩和氣氛，悄悄對魏閎使了個眼色。

殺偽朝官員，莊少遊覺得還罷，連將士都不留活口，難免太過。就算兩萬大軍在這場戰役中死了大半，起碼還有幾千活口。

魏閎深吸一口氣。「既如此，我便上奏父皇。剛剛破城，想來三弟繁忙，你先去處理正事，孤這兒無須你分神。」

魏闕便拱手告辭。

他走後，魏閎一雙眼變得極陰冷，寒沁沁的。

莊少遊垂下眼不敢細看。

「老三帶了多少兵馬過來？」

莊少遊道：「有五萬神策軍出京，不過大軍還在路上，靖王只先帶了五百精兵過來。」

那就好。魏閎盯著莊少遊的眼睛道：「你親自去傳令，誅殺所有偽朝官員，以儆效尤！還有……但凡知府衙門裡的人，一個不留。」

莊少遊心下膽寒，知魏閎此舉是洩憤，也是殺人滅口，他張了張嘴，想說便是如此，只怕也瞞不住，可迎著魏閎陰鬱的視線，那些話都變成冰坨墜回肚子裡。

「喏！」莊少遊躬身應道，見魏閎再無吩咐，便下去傳令。

約莫一盞茶工夫後，軍醫來了。

魏閎神色一緊，心悸不止。被俘期間，游素餵他吃了不少亂七八糟的藥。望聞問切一番，軍醫的臉色越來越難看，額頭上甚至冒出細細的汗水。盯著他的魏闕，神色也越來越緊繃。

到了最後，那軍醫的臉都白了，比魏閎的臉色還蒼白，不知道的還以為他才是傷患。

魏閎握緊拳頭。「你直說。」

這軍醫是他心腹，親自點名帶上的，要不魏閎也不敢讓他近身細看，他這身體外人一看就能猜到七、八分。

軍醫嚥了一口唾沫，抹了一把額頭冷汗，磕磕巴巴道：「殿下誤服助興藥物，這藥頗烈，且時日不短，以至於精泄過度，傷了腎水。只怕……只怕……」一滴冷汗順著他的鼻尖滑落。

魏閎直勾勾盯著他，臉色鐵青，一字一頓地逼問。「只怕什麼？」

挨不住這樣的目光，軍醫膝蓋一軟，跪倒在地，聲調都變了。「怕是會影響殿下日後行房，還不利子嗣。」

魏閎臉皮抽搐，握緊拳頭，指甲深深陷進皮肉裡。他像是不覺疼一般，鮮血緩緩順著指縫滲出，滴落在被褥間。

屋內鴉雀無聲，只有魏閎沈重的喘氣聲，他胸膛劇烈起伏。魏閎覺得有什麼東西在胸口橫衝直撞，迫不及待要破膛而出。

軍醫跪伏在地，一動都不敢動，恨不能挖條縫把自己藏起來。他也想過敷衍過去，可又怕魏閎找別人看出來，屆時給自己治罪，思來想去，只好據實以告。可現在他後悔了，他覺得魏閎的目光似乎釘在他脖子上，涼颼颼的。

好半晌，魏閎才壓下心中暴虐，緩緩道：「治得好嗎？」

「殿下還年輕，仔細調養幾年，有極大可能痊癒。」軍醫忙不迭保證。他怕自己說不能的話，就看不見今日的月亮了。至於真實情況，軍醫心頭蒙上一層陰影。魏閎子嗣上本就不順利，眼下又遭了這麼一劫，只怕更不容易了。

魏閎合了合眼，遮住眼中情緒。「孤的身體就交給你了，孤痊癒後，必重重有賞，今日之事，若是外頭傳出一星半點，孤誅你九族。」

軍醫手足冰涼，哆哆嗦嗦地磕頭。「殿下放心、殿下放心！」

「你下去開藥吧！」

軍醫如蒙大赦，幾乎是連滾帶爬地退出去。

剛出門，就聽見瓷器碎裂的清脆聲，抖如篩糠的軍醫擦了擦額頭冷汗，不敢再聽。

正在善後的魏闕，聽聞魏閎派了莊少遊去滅口，眸光閃了下，並無動作。魏閎難堪，朝廷面上也不好看。他不會刻意宣揚，出征前，他與宋老太爺有過一番懇談，老爺子說，兄弟鬩於牆，外禦其侮，萬事大局為重。

拆魏閎的臺，雖能重挫魏閎，卻也會在皇帝那裡留下重私利、不顧大局的印象。只不過就算如此，魏閎這樁醜聞想瞞天過海也不容易，知情人太多了。

魏闕搖搖頭。把自己陷於這般狼狽地步，他也是無話可說。目下看來，魏閎不足為懼，對他而言，最重要的是皇帝的態度。

日暮時分，奉命前去追擊霍亮的關峒帶回噩耗，霍亮逃入青州齊郡，青州屬於吳家地盤，關峒也只能鎩羽而歸。

關峒單膝跪地，滿面羞慚。

上首的魏闕眸底閃過精光，立刻書寫奏摺，命人快馬加鞭送往京城。

離京前，皇帝就和他說過，若有機會，讓他試探吳氏一番。

當今天下三分，魏據西北梁州、雍州、冀州、豫州，國號為秦；王氏占中原腹地兗州、荊州，國號為周；東南青州、徐州、揚州乃吳氏地盤，稱為夏。魏秦最強，王周次之，吳夏最弱，魏帝對此局勢早已不滿，蠢蠢欲動。

再說魏閎，得知他交代下去的事，莊少遊已經辦妥，魏闕也未乘機落井下石，城內暫且風平浪靜，心神略鬆。但是驟聞此噩耗，他險些一口氣上不來。

霍亮落在吳氏手裡，吳氏豈會放過這個羞辱魏氏的機會？區區一霍亮，居然讓他跑了，定然是魏闕故意放水，虧他還以為魏闕記著幾分兄弟情。

陰險狡詐的東西！

魏閎眼前一黑，忽然噴出一口鮮血。

「殿下！」莊少遊大驚。

流星馬自河間晝夜兼程，馬不停蹄奔向皇宮。

拿到奏摺的皇帝龍顏大悅，當即召集重臣至御書房；半個時辰後，又一流星馬風馳電掣般穿過京城鬧市，直往東城門。與此同時，幾處軍營也動起來。

略晚一些，承恩公府的宋嘉禾得到宋銘領兵出征的消息，不禁喃喃，拐了個彎，又回到原路上。在她的印象裡，並沒有魏閎被俘之事，但攻打吳氏之事倒是有的，只不過好像是明年的事。這輩子皇帝繼位提前，其他事提早也是理所當然。

那次征吳，無論父兄還是魏闕都平平安安地回來，還得了大勝。

宋嘉禾心下稍安，起身前往溫安院。

「妳都聽說了？」宋老夫人柔聲道。

宋嘉禾乖巧地點頭，依偎到宋老夫人懷裡。「二哥還未歸來，父親就要離開。」

宋老夫人輕輕扶著她的後背。「在其位，謀其政，待這天下承平便好了。」

自從次子從軍，隔三差五便要出征，從一開始的惶惶不可終日到如今的從容，她已經習慣，孫女也得慢慢習慣。「天下承平」四個字說來簡單，真要做到，快則三、五年，慢則幾十年都保不定，魏闕那身分、那野心注定不能置身事外。

「祖母，我想去一趟皇覺寺為父親求幾道平安符。」

宋老夫人自然無不應允。

如此，一行人便前往皇覺寺，上香、求籤、求平安符。

見所求都是上上籤，一眾人心滿意足地離開。

「宋六姑娘。」

正扶著宋老夫人胳膊說笑的宋嘉禾，循聲抬眼便見三丈外立著一絕色佳人，正是好久不見的驪姬，她身穿一襲月白色留仙裙，飄然出塵，望之心醉。

宋老夫人眼底滑過一抹驚豔之色，倒是很多年沒見過這般姿色的女子。靈光一閃，宋老夫人想起孫女提過的一人。

「驪姬姑娘也來燒香，好巧。」宋嘉禾微笑頷首。

皇覺寺為皇家寺廟，部分殿宇也對平民開放。

是啊，可真巧，在她打算離開京城之際，又見到了她。

「不知六姑娘可方便，能否借一步說話？」驪姬緩聲道。

她聲音清冷，如同珠落玉盤，宋嘉禾想，恐是難有人會拒絕的。雖不知她想找自己說什麼，可到底有過一面之緣，自己還蹭了她一頓飯，加上她和魏闕頗熟悉的樣子，前世兩人的流言可是甚囂塵上，魏闕還丁點兒都不解釋，也是因此，外人才會信以為真。

宋嘉禾微笑點頭。

好吧，她承認，找了那麼多藉口，她就是好奇，驪姬想找她說什麼？

「祖母，我去去就來，妳們先走。」

宋老夫人望一眼驪姬。果然是被暖暖錯認為魏闕心上人的那個女子，她拍拍宋嘉禾的手。「我和妳二嫂在前頭亭子裡等妳。」

宋嘉禾揉了揉鼻尖，知道祖母已經想起來，想起之前那個大烏龍，頗為赧然，幸好她臉皮厚，馬上就佯裝無事地點頭。

宋老夫人深看驪姬一眼，帶著溫氏先離開，特意多留幾個侍衛給宋嘉禾。

金秋時節，丹桂飄香，站在桂花樹下，甜香從四面八方襲來。

宋嘉禾與驪姬面對面而立，一個方及笄年華，猶如枝頭含苞欲綻的花蕾，清麗雅致，帶著一抹青澀嬌嫩；另一個二十有三，正是女子容貌最盛的年紀，如鮮花怒放，美不勝收。各有千秋，都是難得一見的絕色佳人，遠遠看去便是一幅畫，醉人心脾。

「不知驪姬姑娘尋我有何事？」宋嘉禾含笑道，稍微帶了些疏離。

驪姬豈會沒有發現，她十一歲被賣入風月場合，學的便是察言觀色之道，她的目光緩緩在宋嘉禾面上滑過。「我今日便要離京，不想在這兒巧遇宋姑娘，一時情難自禁，冒犯了。」

總不可能只是來告訴她，她要走了，若如此，何必專程把她叫出來？

宋嘉禾繼續望著驪姬，等待她的下文。

「早就聽聞靖王與姑娘的喜事。」驪姬不禁看向旁邊的桂花樹，一陣清風拂過，淺黃色的小花隨風飄落，落在塵土裡，她莫名地就想到自己。生逢亂世，她們這些人便猶如這離了樹的花，飄去何處，只能聽天由命。

驪姬忍著心頭蕭瑟，對宋嘉禾款款一福。「今日遇上，便想向姑娘道聲喜，靖王與姑娘門當戶對、郎才女貌，乃天生一對。祝二位百年好合，永結同心。」

她若有此顯赫出身，不，哪怕她只是平民女子，他是不是就不會拒絕她？

宋嘉禾微笑。「多謝。」

淡淡的酸澀從心底瀰漫開來，漸漸地順著喉嚨湧到唇齒間。

鬼使神差般，驪姬看著宋嘉禾的眼睛，輕聲道：「靖王話不密，卻是難得熱心人。當年若非靖王相助，我恐難贖身，這些年來也多虧靖王庇佑，我才能獨善其身。靖王大恩大德，我無以回報，只能來世結草銜環報答。」

笑容微微淡了，宋嘉禾在驪姬的話裡聽出一絲挑釁味道。她這話是想證明她與魏闕淵遠流長，交情不比尋常嗎？

宋嘉禾挑了挑眉。不管有意無意，當著一個女子的面，說對方未婚夫如何照顧她，都是不妥當的，若自己心眼小一點，只怕心裡要長刺。幸而自己足夠相信魏闕，也不是那等患得患失之人。

再看驪姬，不知怎的，再也找不到之前那種仙氣縹緲的出塵感，大家都是紅塵俗世之人罷了。

「話不密？」宋嘉禾歪了歪頭，像是納悶，卻沒繼續說下去，而是馬上轉到另一個話題上。「三表哥的確是個好心人，自幼就十分照顧我。」

宋嘉禾面頰微紅，一臉嬌憨。

驪姬雙手倏地握緊，莫名的羞恥、難堪填滿了胸口。

「我家人還在等我，先行一步。」宋嘉禾輕輕點頭。

「姑娘慢走。」驪姬垂下眼。「今日一別，他日也不知是否還有機會再相遇，驪姬在此祝姑娘一生安康無憂。」

這句話中帶著幾分真意，宋嘉禾壓下剛剛升起的不悅，也道：「祝驪姬姑娘此去一路順風。」

驪姬輕輕一笑，淡若輕煙。

告別後，宋嘉禾回到宋老夫人身邊，笑道：「讓祖母久等了。」

宋老夫人上下打量她，不消她開口問，宋嘉禾主動招了，語氣輕鬆。「驪姬要離京了，正巧遇上，便與我打個招呼。」

「就這麼簡單？」

宋嘉禾微笑。「那您還想怎麼樣？」

「她要去哪兒？」

宋嘉禾一愣，乾笑。「我沒問。」

宋老夫人失笑，忽地輕輕一嘆。「這倒也是個可憐人。」

自從在孫女這裡得知驪姬這個人後，秉持著小心駛得萬年船的原則，宋老夫人打探了一番。

一些事打聽起來並不難，如驪姬十三歲在豫州揚名，引得無數文人騷客為之傾倒，卻在五年前突然消失，再次出現是在雍州。不過彼時她已得了自由身，吟詩作畫，偶有佳作流出，美名更勝當年。

再打探下去，才發現她竟是昔年豫州大族張氏女。這世道，人命如草芥，縱是世家大族，稍有不慎，也會在朝夕之間覆滅，張氏便是亡於戰火。萬人之上的世家貴女，一夕之間從雲端跌下，流落風塵，但凡心性弱一點都活不下去，她能活成這樣，殊為不易。

宋嘉禾靜默下來。

大軍開拔之際，宋老夫人在承恩公府設宴為宋銘餞行。因為一大早宋銘就要出門，故而餞行宴結束得頗早，宋銘便順勢歇在承恩公府裡，省得來回折騰。

散場之後，宋嘉禾提著早就準備好的三個包袱去找宋銘，乖巧道：「這是我為父親和二哥準備的東西，就是一些護膝、手套，天越來越冷了。」

宋銘的目光意味深長地在三個包袱上劃過。

宋嘉禾抓了抓臉，支吾一下。「這個綠皮包袱是替三表哥準備的，煩勞父親幫我捎過去。」

說完，宋嘉禾的臉控制不住地有點發熱。

宋銘淡淡地嗯一聲，難辨喜怒。

宋嘉禾偷偷瞧著他，嘿嘿賠笑。

宋銘無奈地搖搖頭。「這還沒過門呢，他的地位就跟我和你二哥持平了。」

宋嘉禾一雙大眼睜得更大，斷然道：「怎麼可能！他哪裡比得上父親和二哥在我心裡的地位。」她拍了拍包袱。「最好的那一份是您的，稍差一點的是二哥的，最差的才是他的。」

瞧著女兒一本正經地胡說八道，宋銘似乎信了，滿意地彎了彎嘴角。

宋嘉禾忍不住笑開來，最後慢慢道：「父親此去，一定要保重自己，我和祖母在家裡等著您和二哥凱旋歸來。」

宋銘眉眼溫和。「放心。」又打趣了一句。「為父還要送妳出嫁。」

「爹！」宋嘉禾紅著臉跺了跺腳。

一聲含羞帶惱的爹，哄得宋銘身心愉悅，忍不住朗笑出聲。

九月底，魏閎回京。他壓根兒不想回來，此次出征，他本想以平定河間之亂為自己鍍上一層戰功，萬不想被俘，蒙受奇恥大辱。

眼見魏、吳之間有場大戰，他自是想留下以雪前恥，更想戴罪立功，挽回在皇帝朝臣中的形象。哪想皇帝派人來接他回去，往好處想，皇帝是怕他再出意外，君子不立危牆之下；往壞裡想，只怕皇帝不想他在這裡添亂。

魏閎控制不住自己往壞處想，越想越如墜冰窖，在惴惴不安中上路。越靠近京城，他心跳越快，險些順著喉嚨蹦出來。

「兒臣參見父皇，父皇萬歲萬歲萬萬歲。」魏閎跪拜在地。

端坐在龍椅上的皇帝定定望著魏閎，眼色晦暗不明。

久久不聽起身，魏閎忍不住屏住呼吸，背上冒出細細密密的汗，按在地上的雙手微微蜷縮。他嚥了一口唾沫，請罪。「兒臣無能，請父皇降罪！」

良久，皇帝才徐徐開口。「先起來吧。」

魏閎緩緩直起身，躊躇了下，抬眼看向上面的皇帝。

皇帝神色平靜，只一雙眼冷冰冰的，看得魏閎心頭發沈。

「你身體如何了？」皇帝淡聲道。

魏閎眉心一顫，頭皮發麻，強自鎮定道：「兒臣無恙，煩勞父皇牽掛。」

皇帝目不轉睛盯著魏閎，魏閎心跳驟然漏了一拍，他死死控制自己別過眼的念頭，儘量坦然回望皇帝。

「還是讓御醫瞧一瞧吧，如此朕也可放心。」皇帝掃一眼候立在一旁的李公公。

李公公會意，躬身下去請御醫。

魏閎身體一顫，微微張嘴。

魏閎的臉一搭紅，一搭白，十分精采。他想張口拒絕，可話到嘴邊，卻又一個字都說不出來。

這讓他如何開口？可不說，等御醫看過，也瞞不下去……

難以描繪的羞恥呼嘯而來，魏閎雙拳緊握，張了張口，還是難以啟齒，面上浮現徹骨的慘然。

注視著他的皇帝，臉色越來越凝重。魏閎被俘期間的遭遇，瞞得過別人，還能瞞得過他嗎？他派人打聽過游素，或者該說蘇蒙，報上來的消息讓皇帝心驚不已，是以魏閎一回來，他就請御醫，就是怕魏閎被游素壞了身子。

眼下看魏閎的模樣，御醫未到，皇帝心裡就有幾分了然，只怕他身體真的出問題了。

皇帝閉了閉眼。此次出征，魏閎讓他失望透頂，可再失望，他也不忍心見兒子損了身子。他轉了轉手上的扳指，定下心神。

一時之間，御書房裡安靜到落針可聞，唯有魏閎越來越急促的呼吸聲。

忽然，急促的喘氣聲中出現一絲哽咽，魏閎撲通一聲又跪倒在地，他紅著眼望著皇帝。

「請父皇治兒臣欺君之罪，兒受奸人所害，損了身子，兒臣恐父皇擔憂，故而隱瞞。」說話間，眼底聚起淚水。男兒有淚不輕彈，只是未到傷心處。

皇帝眉心微微一跳，語氣比之前緩和不少。「要緊嗎？」

魏閎咬牙道：「軍醫說調養三、五年即可。」

皇帝凝視著跪在地上的魏閎片刻，魏閎臉色漸漸發白。

半晌，皇帝道：「你先起來吧，宮裡有的是好御醫，想來能讓你更快恢復，你莫著急。」

皇帝的話落在魏閎耳裡，使得他的臉不禁火辣辣起來，神色又忽地變白。

父皇是不是什麼都知道了？

這時候，御醫到了，一番望聞問切後，結果與之前軍醫所言大同小異，頂著魏閎的視線以及來自龍椅上的壓力，御醫不敢直說魏閎這情況難有子嗣，只用精心保養糊弄過去。

魏閎脹紅著臉，如同被人剝了衣服遊街示眾。

御醫比他更不好受。要命喔，知道了這等秘辛。

百般滋味在皇帝心頭翻湧，他揮揮手讓御醫退下。再看魏閎，怒其不爭，竟被個女匪俘虜，還被折騰成這模樣；又哀其不幸，好端端的人遭受此劫，這等隱疾，對男子而言，比死還難受。

到底慈父之心占上風，皇帝輕斥道：「你輕敵莽撞，以致自己身陷囹圄，還連累大軍受反賊挾制，論罪當重罰。念你初犯，罰你三年俸祿，閉門半年深思己過，若再有下次，朕必不輕饒。」

前一句聽得魏閎屏住呼吸，待聽完後一句，魏閎如釋重負，伏地大拜。「兒臣領命！」

父皇到底還感念父子之情。他都設想過最壞的下場——廢太子！幸好，沒有發生。閉門半年，正好他也避開風口浪尖，等他出來，再多流言蜚語也該平息。

魏閎眨了眨眼，眨去流到眼睛裡的汗水。

魏閎卻不知，廢太子這個想法的確在皇帝腦海中閃現過，可鑑於諸多因素，又被皇帝壓下去。

「去給你祖母請個安，她老人家十分掛念你，」皇帝頓了頓，又道：「別讓她擔心。」

魏閎應是，行禮後起身退出去。

轉過身，他壓下所有不安惶恐，出現在眾人眼前的又是尊貴非凡、凜然不可欺的儲君。

在他走後，本該退下的御醫又悄悄回到御書房。

很快地，更讓皇帝頭疼的事情發生了。

趁亂逃亡的霍亮，連滾帶爬地逃到青州彭城，恰逢吳夏楚王吳世偉行經此地。吳世偉雖不識霍亮本人，河間之亂倒是聽過，還好生笑話過魏秦。堂堂太子，竟被被女流之輩俘虜。

一聽霍亮表明身分，就開城門接他入內，再聽他把游素豐功偉績一說，吳世偉笑得前俯後仰，險些笑出眼淚來，轉眼就叫人宣揚開。獨樂樂不如眾樂樂，還故意使壞，讓人傳魏闔已經被游素玩廢，不能生了。

不能生的太子對比上戰功赫赫的靖王，他就不信魏家兄弟不鬧起來。

吳世偉完全不知自己無意中說中了真相，正為自己的妙計得意之際，聞訊趕來的彭城守將魯瑞卻建議吳世偉把霍亮趕出去，免得給魏闕興兵攻伐的藉口。

吳世偉年十九，正是意氣風發的年紀，哪裡聽得進這等長他人志氣、滅自己威風的話？傳出去，天下人笑話的就該是他們吳家膽小如鼠了。

他「鏘」一聲，拔出腰間佩劍，劍眉倒立。「他若敢來，我正好斬了他，拿他人頭向父皇祝壽。」

魏闕還不知有人要拿他人頭當壽禮，他正在河間城內一邊秣馬厲兵，一邊等待朝廷大軍。

彭城守衛精良，守將魯瑞更是以擅守城聞名於世，魏闞還沒自大到拿五萬人馬就去攻城的地步。

忙碌間，宋銘帶著大軍趕到，顧不得休息，眾將領便聚在主帳內商議起來。

良久，諸人才散開，離開時氣勢昂揚。

魏闞望向沒有離開的宋銘，以眼神詢問。

宋銘道：「出門時，小女託我帶了一個包袱過來。」

魏闞一愣，立刻從運籌帷幄的主帥，變成滿臉愉悅的女婿，連忙拱手作揖。「有勞表叔。」

望著他眼底的雀躍，宋銘覺得有些礙眼，肅著臉道：「我待會兒著人送去你營帳。」

「我去取。」魏闞緩了緩語速，按下心中迫不及待，一本正經道：「豈敢煩勞表叔。」

拿到包裹的魏闞，再次鄭重地向宋銘道謝。

宋銘神色淡淡的，魏闞不以為意，他十分理解宋銘的心情。岳丈看女婿，心情大抵和婆婆看媳婦差不多。千嬌萬寵養大的女兒，即將成了別人家的，自然看不順眼。

將來他若是有了女兒，光想想，魏闞就覺得心塞。

嗯，女兒……魏闞嘴角控制不住地翹了翹。

見他嘴角那抹微笑，宋銘覺得刺眼極了。這有什麼可高興的，不就是兩副護膝、一雙手套、一盒糖還有一封信嘛？他早就看過了，看得毫無壓力。

察覺到宋銘目光不善，魏闞十分有自知之明地告辭。

離開的步履從容穩健、氣定神閒，出了宋銘的視野範圍，腳步驟然加快，忽見宋子諫迎面而來，魏闕腳步又緩下來，恢復到正常速度。

宋子諫上前行禮，目光在他手裡的大包裹上轉了轉，倒是沒問。

寒暄一句，各自分開。見父親臉色不豫，宋子諫心下納悶，待親衛拿來兩個包裹，一個是宋嘉禾為他準備的，另一個則是溫氏的。

宋子諫恍然大悟，不禁啼笑皆非。觸及父親冷冷的目光，他連忙憋住笑。「父親一路舟車勞頓，兒子便不打擾您休息了。」

「忘了告訴你，你兒媳婦有了。」

平地一聲雷，將宋子諫給炸暈，他雙眼微睜，嘴巴微開，傻愣愣地望著自家父親，好半晌才回過神來，不敢置信。「有了？」

瞅兒子這傻樣，宋銘心態平衡了些。等兒媳婦給他生個女兒，他就能明白此時此刻自己的心情。

「一個多月，母子倆情況都很好。」到底是親爹，給他吃了一顆定心丸。

宋子諫只會咧著嘴笑，喜悅一點一點填滿心房，滿腦子都是他要當爹了。

宋銘搖了搖頭。傻小子！

一回到營帳，魏闕便開始解包裹。

識相地留在外面的關峒，朝幾個親衛擠眉弄眼，大夥兒心照不宣地無聲大笑。

包裹裡，有兩副護膝、一對手套，還有一個木盒。

魏闕期待地打開木盒，入目的是滿滿登登的一盒桂花糖，讓他無奈地失笑。

還真是個孩子，居然給他送糖。

撿起一顆桂花糖塞到嘴裡，微甜之後，豐盈的桂花香擴散到整個嘴裡。

魏闕搖頭失笑，拿起一副護膝端詳，一看就知道是她親手做的，針腳疏疏密密，顯然不甚熟練。

眼底漾起濃濃的笑意。這女紅比他想像中好多了。思緒飄散，腦海中浮現她坐在繡架前做針線活的模樣，再看手中護膝，魏闕目光更柔。他又拿起另一對護膝，發覺手感有異，伸手一摸，摸出一封信，笑意頓時從眼角逸出，布滿整張臉。

打開信的魏闕第一反應是，這次總算不再惜字如金，密密麻麻三張紙，都是些閨中趣事，平平淡淡，卻令他心頭無比熨貼。

那盒桂花糕是她親手做的，怪不得如此香甜，她還在信裡說做護膝時戳痛了手指。

只看著文字，眼前便浮現她嬌滴滴抱怨的模樣。

魏闕不禁憐惜，看完信，立刻開始回信，墨跡乾了之後，裝進信封。他揚聲喚來關峒，令他派私人信使送回京城。

見他春風滿面，再看桌上那堆東西，關峒打趣。「未來王妃可真是細心，恭喜王爺喜得佳婦。」

「未來王妃」四個字大大取悅了魏闕。「還不快去。」

關峒行了一禮，笑嘻嘻地接過信退下。

撫著護膝內毛茸茸的內襯，魏闕不由輕笑。征戰數年，此次出征他才算真切體會到何為歸心似箭。

京城裡有個人在等著他。

京城內一片歌舞昇平，上自君臣，下至黎民，似乎完全不受前線戰局影響，依舊祥和安寧。這分安寧在游素的豐功偉績傳到京城後，戛然而止。

桃色事件，歷來最受人歡迎，尤其涉及到上層貴族，眼下魏闕是跳進黃河也洗不清了。傳成這樣，十之八九是有人故意在後面煽風點火。宋嘉禾覺得，應該不是三表哥做的，這不像是他的風格。這招損魏闕的同時，也損了皇室朝廷體面。

皇宮裡，聽到消息的太后難以置信地瞪大眼。起初她不信，可又壓不住心底那不祥之感，一邊著人出宮打探消息，一邊悄悄派人去傳太醫院正。

御醫得了皇帝封口令，豈敢據實以告，可太后何等人也？

一番逼問，御醫雖寧死不屈，可看他神情，太后已然心中有數，登時心底發涼，一口氣沒上來，昏厥過去。

慈安宮裡一陣兵荒馬亂，宮人們不敢隱瞞，連忙去稟告皇帝。

正與大臣們在御書房議事的皇帝急忙趕來。

太后那是急火攻心，御醫一針下去就幽幽轉醒，她兩眼無神地瞪著床頂，內心雜亂無章。

「皇上駕到。」

太后轉過頭，便見皇帝大步趕來，她一把抓住皇帝的手，顫聲道：「阿閎，他真的……」

見老母親嘴唇哆嗦，臉上更是一點血色都沒有，皇帝心頭發緊。「母后莫要聽信那些流言蜚語，那都是些包藏禍心之人故意造謠生事。」

「還要騙我！」太后恨聲道。

皇帝目光陰冷地瞪向旁邊的御醫。

噤若寒蟬的御醫忙不迭磕頭，嚇得求饒的話都說不清楚。

「不是他說的，我是猜出來的。」太后緊緊盯著皇帝的雙眼。「到這時候，你還不肯給我一句實話。」

迎著太后逼迫的目光，皇帝萬般無奈地嘆了一聲。「阿閎是有些弱症，不過仔細調養，還是有可能好轉的。」

可能？

太后身子晃了晃。這孫子沒病沒疾時都子嗣艱難，經此一劫只怕更難了。頓時悲從中來，悲苦中摻雜著滔天怒火。

太后厲聲道：「那女賊害我孫兒，定要將她五馬分屍，不得好死！」

皇帝安撫太后。「母后息怒，兒子已經發榜捉拿。」

「這都多久了，還沒抓到人，下面那些人都是幹什麼吃的！」太后遷怒。

皇帝忙道：「兒子這就命他們加強緝拿。」

太后怒氣稍平。「她家人呢？」

皇帝苦笑。「蘇家堡已經人去樓空。」跑得比兔子還快。

太后又是一怒，皇帝忙不迭安慰，半晌才平息下來，又道：「外頭那些流言，你盡快壓下去，這麼傳下去，以後讓阿閎怎麼見人，我們魏家的臉往哪兒放？」

「朕已經命人去處理，母后放寬心。」皇帝道。

太后點點頭，忽然揮手讓人退下。

皇帝也對身邊人使了個眼色。

僅存的幾個宮人離開，屋內便只剩下天家母子倆。

太后神情凝重，認真地看著皇帝。「你現在到底是個什麼想法？」

見皇帝眸色轉深，太后慢慢收緊雙手。

沈吟片刻，皇帝緩緩道：「阿閎已墮威望。」

威望這東西看不見、摸不著，卻是為君者必不可缺。上位者若無威望，政令不得通，為禍無窮。

太后眼皮輕輕一跳。「就沒辦法彌補了？」

理智上太后也知道魏閎這次出的紕漏太大，恐他不堪大任，可情感上到底邁不過那一闕。

「說易行難。」皇帝沈聲道，見宋太后面露蕭瑟，他又笑了笑。「來日方長，他若真的長進，將來未必沒有機會彌補。」

他身強體健，精力充沛，還不需要考慮傳位之事，有的是時日慢慢考量磨礪繼承人。太后出神片刻。這些年來，大孫子出的紕漏一次比一次厲害，不進反退，反觀老三扶搖直上；無子更是大忌，只怕皇帝心裡已經有了分曉，眼下不過是哄她。

「你一定要妥善安排阿閎。」太后直直望著皇帝。

皇帝點點頭，鄭重道：「母后儘管放心，阿閎是朕的嫡長子。」

天下就沒有不透風的牆，太后能知道，魏閎也不例外。他閉門思過，東宮上下也夾著尾巴做人，這不代表東宮與外面沒有消息往來。

魏閎知道得更早，當場就砸了書房，噼哩啪啦，動靜駭人至極。

好半晌，裡頭動靜才停，滿室狼藉中，魏閎坐在唯一完好無損的檀木紅椅上，雙目赤紅，眼角暴睜。

粗重的喘氣聲飄蕩在屋裡，魏閎胸膛劇烈起伏，抓著扶手的手背青筋畢露。

欺人太甚！流言如此甚囂塵上，必然是魏闕在背後推波助瀾！

他不仁，休怪他不義！

# 第四十三章

萬箭齊發，廝殺震天，彭城成為一座人間煉獄，鮮血浸透腳下土壤，舉目皆是斷臂殘肢。

經過一天一夜的廝殺，彭城破。

眼見大勢已去的吳世偉倉皇奔出，最終在彭城三十里外被魏闕追上。不久前，還在叫囂著要砍下魏闕頭顱向夏王祝壽的吳世偉，在爭鬥中被魏闕一刀削下首級。

大軍入彭城，魏闕下令不許將士侵擾百姓。稍事休息，繼續率領大軍一路南下，勢如破竹，連下三城。

一月之後，青州半壁疆土已經易主。

魏秦境內歡天喜地，三軍士氣高昂，勢不可當。與之相反，吳夏國內籠罩在城破家亡的陰影下，惴惴不安，人心渙散。

接二連三的噩耗讓夏帝吳章雷霆震怒，喪子之痛更令吳章恨不能將魏闕碎屍萬段。他連斬兩位臨陣脫逃的將領，震怒之後，為鼓舞士氣，吳章命太子吳世邦領三十萬兵馬趕赴青州，誓要奪回失地，一雪前恥。

吳世邦信心滿滿而去，遇上士氣如虹的魏闕，節節敗退，青州告急。

吳章大驚失色，在群臣建議下，發國書於周帝王沖求援。

夏滅，秦越強，周亦不能獨存。

遠在荊州的周帝王沖，見秦、吳兩家打得如火如荼，巴不得雙方打破頭，打得兩敗俱傷才好。可萬萬想不到吳氏如此不堪一擊，好歹也是三足之一。更讓他想不到的是，秦軍之悍勇，委實令他膽寒。

一面倒的局勢下，王沖坐不住了。若是繼續袖手旁觀，只怕吳滅之後就是他。當下最好的辦法是聯合吳氏共同抵抗魏氏，魏氏固然強，然聯合他們兩家之勢，穩占上風。再看局勢，如果可以，趁弱取吳，天下可得。

王沖心潮澎湃，封太子王培吉為征秦大將軍，率二十萬兵馬支援。

魏帝聞訊，立刻加派兵馬助陣。

一批又一批的兵馬在青州大地上展開廝殺，不死不休。

青州要塞高密城外，嘹亮的軍號聲驟然響起，若隆隆沈雷。

「秦軍攻城了！」城頭守衛疾呼。

吳世邦大驚失色，立刻指揮守城。

一時之間，鑼鼓喧天，廝殺聲令地動山搖。秦軍如同綿綿不絕的潮水，一波又一波地衝擊城門，在矢石之下，秦軍依舊悍不畏死，氣勢如虹，將夏軍帶入之前慘敗的陰影中。

人心漸漸渙散，吳世邦立刻鼓舞士氣，嗓子都快喊啞，卻換來秦軍更凶猛的攻擊。

望著城牆下密密麻麻如同蝗蟲的秦軍，吳世邦想起自己的弟弟吳世偉。第一次見面，魏闕就給他送了一份大禮，以吳世偉的人頭大挫他的士氣，以至於他節節敗退。

恐懼不可自抑地湧上心頭，吳世邦怯了。他是太子，他不想死。尋了一個藉口，吳世邦令副將指揮守城，自己則快速下了城頭，帶上親衛直奔南城門，奪路狂奔。

這反應落在守城將士眼裡，本就岌岌可危的士氣終於一洩到底。一群人有樣學樣，哪怕副將斬了幾個打頭的校尉都無濟於事。一帶十，十帶百，大勢已去，副將捶胸痛哭，城破之時，引頸自刎。

一入城，婁金問了好幾個夏兵，才知道吳世邦從南城門逃奔，立刻派人去追。

魏闕並沒有參與進攻，他立在王旗下指揮，望著湧入高密城的大軍，嘴角勾了勾。只等宋銘那邊拿下熙平，整個青州便落入魏氏囊中。

「稟王爺。」一小兵跑來，跪下。「夏太子逃奔，婁將軍追……」話音未落，一枚暗器從他袖口射向魏闕。

魏闕抬手一擋，飛射而來的暗器撞在刀上發出「叮」一聲。

周圍親衛出了一身冷汗，勃然大怒，衝向那小兵。

與此同時，十數個兵卒調轉方向，提刀衝向魏闕。

魏闕眉峰一動，露出一抹玩味的笑容。

不一會兒，這些刺客大半被斬於親衛刀下，剩下的也在無路可逃下，咬破嘴裡毒囊自盡。

闞峒皺眉望著一地屍首，倒是沒想到對方竟然還安排了死士。想要王爺的命之人，兩隻手都數不清，可有能耐在軍中插入這麼多死士的，屈指可數。

魏闕笑了笑。「還真是一點耐心都沒有！」

在這樣關鍵的時刻一而再、再而三地做小動作，看來是狗急跳牆，慌不擇路了。

魏闕輕輕嘖了一聲。

軍號廝殺聲漸漸從激烈歸於平靜，莊少遊知道，戰爭結束了。

營地內依舊井然有序，結果不言而喻，魏闕又贏了。

莊少遊輕輕地嘆了一口氣，吐出滿腹濁氣。機關算盡，也全是白費功夫。他們算盤打得精，魏闕也不是省油的燈，打得更精明。

莊少遊閉上眼，想起之前的一幕。在攻城前，一群人包圍他的營帳，打頭之人正是關峒，二話不說，上來就抓了他。

他厲聲質問關峒。「放肆！你要做什麼？」

關峒冷笑一聲。「我做什麼，莊將軍心知肚明。」

莊少遊當即心頭咯噔一下。

再見關峒命人搜查營帳，莊少遊面上強自保持鎮定，聲色俱厲。「你以下犯上，我定要向皇上參你。」

關峒不以為然一笑，繼續命人掘地三尺地搜查，終於在床腳那塊地方挖出一個木盒。

那木盒裡是魏閎寫給他的信，魏閎命他將他派來的死士安插到軍營中。

論理，他該將這封信閱後即焚，然而莊少遊到底留了個心眼。他怕狡兔死，走狗烹，也怕若有萬一，魏閎將所有罪責推到他身上。之前魏閎所作所為到底讓他膽寒，故而留了一手。

踢躂的腳步聲，拉回莊少遊的思緒。

「王爺。」門口傳來恭敬的行禮聲。

厚重的布簾掀起，魏闕高大的背影出現在門口。

關峒幾步上前，雙手奉上書信。「王爺，找到了。」

魏闕接過信，掃了一眼，嘴角掀起一個涼薄的笑容。「原以為你也算是個聰明人，可惜也不過如此。」

莊少遊臉色一白。

魏闕笑了一下，轉身離開。

獨留下臉色慘白的莊少遊。他何嘗不知此舉冒險，然而權勢動人心。

魏闕步步緊逼，魏閎已無招架之力，再這麼下去，魏閎座下太子之位，早晚得易主。

漫說魏閎做不到無動於衷，莊家也難袖手旁觀。為了扶持魏閎，莊家明裡暗裡做了多少事，魏闕絕不可能繞過他們。

身後已經沒有回頭路，只能硬著頭皮走下去。可是終究功敗垂成，時也，命也！

大步離開的魏闕，遇到了回來的婁金，身後還拖著傷痕累累的吳世邦。不久前還玉樹臨風的太子，眼下一張臉腫如豬頭，只有躺在地上呻吟的分。

望著頭頂的魏闕，吳世邦一顆心沈到底。

被俘的太子，父皇會如何取捨？他那群兄弟們呢？

吳世邦渾身發涼，就像在數九寒天裡被人浸在冰水下。

魏闕立刻派流星馬將此地情況上報京城。

拿到密摺的皇帝又喜又怒。喜的自然是順利拿下青州，還擒獲吳世邦；怒的則是因為魏闕，竟敢在這個節骨眼上出么蛾子。

他難道不知道若魏闕出意外，對戰局有什麼影響嗎？這個兒子，眼裡只有他自己的利益，根本不在乎大局。真是孽障！

皇帝怒不可遏，卻沒做什麼。眼下局勢未定，部分將領擁戴魏闕，皇帝也不好輕舉妄動，以免引得人心動蕩，故而去信大力安撫魏闕，回頭定然給他公道。同時發國書給夏帝吳章，要求用邊境五個城池交換吳世邦。

與此同時，王培吉叫苦不迭。吳氏因為吳世邦被俘，吳、魏暫且止干戈，魏家便有了更多兵力來對付王培吉。

王培吉盛怒之下，一日內連發三封密函給夏帝。

夏帝無奈之下，忍痛放棄吳世邦，另立吳世邦胞弟吳世達為太子，吳世邦成了棄子。隨即舉全國之力出征，誓要報仇雪恥。

周帝王沖也同時增兵二十萬。

魏家這邊將士再驃悍，在此攻勢之下，也不免捉襟見肘，疲於應付。眼見局勢越來越不利，周朝內部發生一件大事。

周帝舊傷復發，陷入昏迷，王培吉之弟王培其把持朝政，控制了京畿一帶，大有改朝換代之勢。身在前線的王培吉又驚又怒，大罵王培其這個愚蠢如豬的弟弟，居然在這個時候拖他後腿。

王培吉陷入兩難之地。好不容易將魏秦逼入絕境，倘若現在離開，之前的努力都付諸東流不說，往後只怕再難有這樣千載難逢的好機會。

可若是繼續和魏秦死鬥，便是勝了，自己也得傷亡慘重，拿什麼去奪回京城？到頭來，一切都便宜了王培其這個混蛋。

幾經考量後，王培吉咬牙切齒地決定帶兵回周奪皇位。

王培吉一走，魏秦這邊壓力驟降，倒楣的便成了吳夏，繼失了青州後，徐州也開始岌岌可危。

捷報頻頻傳入京城，京城百姓歡喜如同過年，可在這歡喜中，又摻雜了一份好奇。

坊間流言，太子遭人魘鎮，失了神志。

這等流言，宋嘉禾自然也聽說了，拐著彎也沒從長輩那兒打聽到一星半點的口風，她也就不再打聽，因為有一件更重要的事擺在她面前——林氏重病。

入了秋，林氏就病了，一直不見好，到了冬天，已是病入膏肓。幾位御醫搖頭嘆息，表示心有餘而力不足，暗示可以準備後事。

兩個弟弟徬徨不安。溫氏懷著雙胎，四個多月看起來就像六個月，且妊娠反應有些大，自顧不暇，宋嘉禾哪敢讓她操心，便搬回國公府。

屋裡縈繞著濃郁的中藥味，讓人忍不住心頭發悶。

沉香院裡伺候的丫鬟們見宋嘉禾來了，趕緊迎上前。

主母行將就木，這些丫鬟們個個如喪考妣，難過中還夾雜著幾分前途渺茫的擔憂。

宋嘉禾走到床畔，只見躺在床上的林氏臉頰凹陷、臉色發青，一點血色都沒有。

「今兒吃得下東西嗎？」宋嘉禾詢問。

斂秋抹了一把淚。「夫人只喝了點參湯和藥。」

宋嘉禾點點頭，靜靜地注視著林氏，說不上自己現在是什麼感覺。前世，自己死了，她也活得好好的，還能活很久的樣子，這輩子卻是……

這個變化是她帶來的。若說後悔，還真沒有，只是覺得世事無常。

駐足片刻，宋嘉禾輕聲道：「好好照顧夫人，要什麼只管派人來和我說。」

斂秋垂首應是，宋嘉禾便要轉身離開。

「老爺……」氣若游絲的聲音傳來。

林氏的嘴唇開開合合，發出微不可聞的動靜，她在喊宋銘，可是宋銘還在前線指揮作戰。林氏病重的消息，早就傳過去，宋銘回信讓人好生醫治，旁的也沒有了。

在這種緊要關頭，宋銘不可能丟下前線將士回來，倒是宋子諫已經在趕回來的路上。前線少他一個也好，多他一個也罷，建功立業的機會以後還會再有，然而母親只有一個。

喚了兩聲，林氏的眼皮顫了顫，她徐徐睜開眼，啞聲道：「老爺還沒回來嗎？」

說話間，她發現了站在不遠處的宋嘉禾。

怔了一瞬，林氏眼底忽然湧現巨大的歡喜。「卉兒，卉兒，妳來看娘了。」

她掙扎著要撐坐起來，可渾身軟綿綿的，一點勁都使不出來，只能急切地望著宋嘉禾，不停呼喚。「卉兒，妳快過來；卉兒，娘好想妳。」

斂秋央求地望著宋嘉禾，宋嘉禾抬腳走過去。

林氏一把抓住宋嘉禾的手，潸然淚下。「卉兒，娘錯了，娘不該那麼慣著妳，娘應該好好教妳道理。娘錯了，娘知道錯了，妳原諒娘好不好？」

宋嘉禾垂眼望著她的手，林氏的手已經瘦得脫形，骨頭上只搭了一層皮，看起來有些駭人。

大顆大顆的眼淚，順著林氏的眼角滑下來，她嘴唇哆嗦著，目光期盼地望著宋嘉禾。

宋嘉禾輕輕地點點頭。她命不久矣，就讓她高興點吧，畢竟她生了自己一場。

林氏喜形於色，握著她的手說不出話來。

最後，林氏哭得暈過去，她實在太虛弱，一場哭泣耗盡她所有力氣。她暈過去的時候，還抓著宋嘉禾的手不放。

望著緊緊握著她的那隻手，宋嘉禾掀了掀嘴角，慢慢地掰開那隻手，隨後將它放進被子裡。

林氏走的那一天，宋嘉禾正在整理帳冊，青書匆匆忙忙地跑進來。「姑娘，夫人快不行了！」

宋嘉禾心頭一跳，一邊往外走，一邊吩咐。「妳去通知祖母，再派人去給外祖家傳個信。」走出幾步想起來。「二哥、阿諄、阿諺那兒通知了嗎？」

宋子諫五天前趕回來。宋嘉禾則怕宋子諄、宋子諺來不及見林氏最後一面，遂在宋老夫人那兒求了通融，請一位師傅到齊國公府暫住，兩個小的暫且在家學習。

「世子、少爺那兒應該通知了，奴婢派人再去看看。」說罷，青書連忙下去安排。

沉香院裡，林氏破天荒地坐起來，宋嘉禾一進門就知道她這是迴光返照。更早一步趕到的宋子諫與溫氏站在床前，兩人眼眶都有些發紅。

見到宋嘉禾，靠坐在床上的林氏嘴唇顫了顫。「暖暖。」

宋嘉禾腳步一頓，慢慢走過去；宋子諫往邊上挪一步，讓出位置來。

林氏細細地看著她，目光在她臉上繞了繞，似乎要把她的模樣刻到腦子裡，她吃力地向宋嘉禾伸出手。

宋子諫望著宋嘉禾，目光中帶著一絲央求。

宋嘉禾垂了垂眼，走過去，伸出手。

林氏受寵若驚般，緊緊抓住宋嘉禾的手，眼底浮現水光。「對不起，暖暖……對不起，娘對不起妳……」說到最後已是淚流滿面。

她這一生，最對不起的就是小女兒！

宋嘉禾望著淚流不止的林氏，默不作聲。

「下輩子、下輩子……娘一定好好補償妳。」林氏泣不成聲。

宋嘉禾卻在想，若有下輩子，她不需要她的補償，只希望和她做陌生人。

「娘！」宋子諺大哭著跑進來，來到床邊。

宋嘉禾順勢抽回手，還讓開位置。

手裡一空的林氏愣了下，心頭狠狠一刺。還沒得及痛，就被小兒子抱住胳膊，宋子諺哭得滿臉都是淚，上氣不接下氣，宋子諄緊隨其後而來。

看著兩個還未長大的兒子，林氏一手拉著一個，哭得不能自已。他們還這麼小，她卻沒機會看著他們成家立業；她死了，以宋銘身分肯定會續弦，那會是個怎樣的姑娘？只一想，林氏就覺得喘不過氣來。

哭了好半晌，林氏拉著宋子諫殷殷囑託，讓他一定要照顧兩個弟弟；至於宋嘉禾，她實在沒臉求什麼。

悲切之中，宋家人和林家人陸陸續續抵達，又是一通哀哭。

宋嘉禾垂首立在一旁，被宋子諺突如其來一聲高亢的「娘」，引得她看向床榻。

林氏已經沒了動靜，雙眼依舊望著門口，似乎在等著什麼人，可惜終究沒有等來。

林氏的喪禮辦得頗為風光，大約是為了安撫連妻子最後一面都沒見上的宋銘，皇帝派魏廷代表皇室前來祭拜。魏閎還在禁足中，魏闕又在前線，這個差事只好落在魏廷身上。不過魏廷並不樂意，比起被拘在京城，他更想去前線建功立業。

皇帝怕他去了不是幫忙，而是拖後腿。這兒子莽撞，說不得就昏了頭。魏閎的前車之鑑猶在，王家兄弟更是內鬥得轟轟烈烈，皇帝可不想再出么蛾子。

林氏頭七過後，臘月已經過一半，京城的年味越來越濃。

不過邊關的戰火並沒有因為過年而暫停。繼青州之後，徐州也被魏闞收入囊中，大軍直逼吳夏都城揚州建康。

夏帝吳章夙夜難寐，幾次三番向王培吉求援。

王培吉倒是想幫他，唇亡齒寒，魏滅夏，實力大增，只怕周再無逐鹿之希望。可誰讓他攤上一個倒楣弟弟，目光短淺，只看得見眼前那點利益，竟然在這要命的關頭拖他後腿。

不久，周帝王沖駕崩，祁王王培其登基，還羅列數十條罪狀要問罪王培吉。

王培吉差點沒被他氣死，眼下兄弟倆正掐成一團，哪有餘力管吳家那攤事。

待王培吉終於收拾完自己的敗家兄弟，奪回皇位，穩定朝綱，再去看吳夏形勢，恨不得把王培其的屍體挖出來鞭屍。

赫赫吳氏，占據青、徐、揚三州之廣，竟然只剩下建康這座都城。

眼下，建康已經被魏闞領二十萬精兵圍了一個多月。

建康城牆高而堅，兵多將廣，防禦嚴密，強攻勢必損失慘重，故而魏闞挖溝築壘，圍而不攻。一邊令附近百姓日日夜夜在城外哭喊，呼兒喚孫，一邊想方設法在建康城內散播降而不殺的消息。

短短一月內，就有八個將領想以城倒戈應秦，不過尚未來得及行動就被發現。更糟糕的是，幾處糧倉接二連三被細作焚燒殆盡。

待到三月，城內開始缺糧，到了四月，莫說百姓，便是王公貴族也斷炊。

城內百姓與守城將士衝突不斷，一方要開城門求活路，一方奉皇命守城門，到了後來，每日都有流血事件發生。

四月二十八當晚，北城門被飢餓難耐的百姓打開，秦軍蜂擁而入。

自知大勢已去，夏帝吳章命心腹絞殺龍子鳳孫與妃嬪之後，自刎在龍椅上。堂堂吳夏就此灰飛煙滅。

聞訊當天，已經登基的王培吉在御書房砸了一套汝窯茶杯，再次冒出想把爛掉的王培其挖出來鞭屍的念頭。若非他搗亂，魏秦豈能如此順利拿下吳夏，起碼也得大傷元氣一番，屆時他們王氏正可乘虛而入，可現在他自己也傷筋動骨，心有餘而力不足。

此時此刻的洛陽城，已經處處洋溢著歡樂的氣象。建康城破的消息傳來，饒是情緒內斂的皇帝，當著文武百官的面，也難以自持地激動到滿面紅光，喜形於色。

「靖王真吾家千里駒，必成偉器！」

此言一出，舉朝譁然。

一些大臣忍不住拿眼去瞟前頭的宋老太爺和莊克勤，前者代表靖王，後者代表太子。

宋老太爺神色如常，彷彿皇帝誇讚的不是他未來孫女婿；莊克勤肅著一張臉，他皮膚黝黑，一般人也看不出情緒，不過有些人自覺透過表相看見莊克勤皮下的憤怒。

太子因河間之事威望掃地，靖王卻屢立奇功，在民間、軍中威望如日中天，高下立見。

龍椅上的皇帝，居高臨下審視文臣武將，不安、高興、惶恐、猶豫……不勝枚舉。這些反應都在他意料中。征夏大捷，之前那些帳也該算一算了。

魏閎實在令他失望透頂，一些小錯，他可以睜一隻眼、閉一隻眼，讓他糊弄過去。可他竟敢在王、吳聯手，形勢那般險峻的關鍵時刻，派死士刺殺魏闕，丁點兒不考慮此舉對整個大秦的影響。

王培其可不就是最好的例子。若非他在後頭搗亂，王周不會內亂，以至於無暇攻打大秦，大秦也不可能在一年內滅夏。一個不好，大秦甚至可能在夏、周聯合下，兵敗如山倒，多虧了王培其這個糊塗蛋。

說來，王培其會犯糊塗，魏闕也功不可沒。是他暗中收買王培其身邊的謀士，鼓動王培其造反。

這個兒子，有勇有謀，皇帝越看他越滿意。反觀魏閎，越看越不滿意，若給了魏閎機會，說不得魏閎也會似王培其。

縱然不願意，皇帝也不得不承認，他精心培養二十多年的嫡長子歪了。

一縷神思飄出去，皇帝想到去年，他將信件證據扔到魏閎面前時，魏閎痛哭流涕，只道自己豬油蒙了心，稀裡糊塗鑄下大錯。

幾日後，東宮花壇裡挖出巫蠱人偶，上面赫然寫著魏閎的生辰八字。魏閎聲淚俱下陳情，他是因為招人魘鎮，才會失常鑄下大錯。

這開脫之法倒是別出心裁，那他便成全他。一個神志失常之人，如何擔當太子之位？

大軍凱旋進城那一天，京城內萬人空巷，盛況空前，一些熱情奔放的少女，還向將士投擲鮮花、錦帕。

打頭的魏闕坐在高頭大馬上，劍眉星目，引得不少姑娘臉紅心跳，眼睛都挪不開。因為圍觀群眾太多，以至於從北城門到皇宮這一段路，整整走了一個時辰。到了宮門前，魏闕帶著將領入內。

皇帝帶文臣武將親自等在太和門下，見了魏闕一干人等，喜形於色。

「吾皇萬歲萬歲萬萬歲！」

鏗鏘有力的聲音讓皇帝朗笑出聲，上前幾步扶起魏闕，重重一拍他的肩膀。「辛苦了！」

魏闕道：「為父皇分憂，是兒臣本分，何談辛苦？」

皇帝大笑，接過李公公奉上的酒杯。

與此同時，一眾宮人捧著托盤走來，諸位將士連忙取了一杯酒。

皇帝舉起酒杯。「這一杯，朕敬諸位，爾等皆是我大秦棟梁，國家砥柱。朕有你們輔佐，何愁不能一統天下。」

說罷，仰頭灌下酒，諸位將士連忙喝乾杯中酒。

敬過酒，皇帝又親自對幾位立下大功的將士噓寒問暖，一一褒獎，隨後和顏悅色道：「一路奔波，諸位愛卿先行回府梳洗，晚間攜家眷進宮赴慶功宴，共慶盛事。」

眾人連忙謝恩。

魏闕卻沒離開，皇帝打發他去向太后請安。

見著載譽而歸的孫子，太后前所未有的慈眉善目，魏闕所立下的功勞，足夠讓她老人家心花怒放，她最看重的還是魏家的江山。

噓寒問暖後，太后才放他回府梳洗解乏。

魏瓊華理了理裙襬，笑道：「老三這一趟回來，看起來穩重不少，尤其這氣勢瞧著，越來越像大哥，到底是在戰場上磨練出來的。」

太后撚著佛珠笑了笑。一年不到的光景，三孫子取得天大的成就，就連皇帝在他這年紀都沒這份功勛，阿閎與他這兄弟一比，簡直天壤之別。

喟嘆一聲，太后撚著佛珠想，保他一世安康便是了。

齊國公府那邊，大開中門，迎接凱旋而歸的家主。

望著兒女們孺慕的眼神，一陣又一陣的柔意自心底湧起，宋銘穩了穩心神。「這大半年為父不在，辛苦你們了。」

宋嘉禾吸了吸鼻子，笑道：「我們在家錦衣玉食，何來辛苦之說？倒是父親在前線受了不少苦，回來可得好好補一補。」

驟然失母，他這個當父親的又不在身邊，此話讓宋嘉禾幾個人鼻子發酸。

宋子諫忙笑道：「妹妹最近勤練廚藝，正可給父親好生調補。」

「六姊做得可好吃了，尤其是魚。」宋子諺不甘寂寞地插話。

宋銘摸摸宋子諺腦袋。「那我可就有口福了。」

「只要父親不嫌棄，女兒願意天天給您做飯。」宋嘉禾笑吟吟道：「外頭日頭大，咱們先進府吧，清哥兒、媛姊兒還在大堂等著見祖父呢！」

四月裡，溫氏順利誕下一對龍鳳胎，還是宋銘在百忙中取了名字，派人捎信回來的。

溫氏尚且在月子裡，不便見公公，兩個小娃娃倒是能抱出來見人了。

不想還好，一想起那對龍鳳胎，宋銘便覺迫不及待。往上數三代，宋家連雙胞胎都沒有，更別提寓意大吉大利的龍鳳胎，這兒媳果然是有福氣的。

當下宋銘不再耽擱，連忙進門，見了被奶娘抱在懷裡的龍鳳胎，宋銘胸中慈愛四溢。

龍鳳胎十分給面子，精神地睜著黑瑪瑙似的大眼睛，好奇地盯著頭頂藻井，聽見動靜時，眼珠子動了動。

兩位奶娘知趣地抱過來，見過宋銘。

望著粉妝玉琢的兩個小傢伙，宋銘心頭感慨萬千，想摸一摸，又想起自己風塵僕僕，萬一害孩子生病就不好，剛出生的小娃娃嬌弱得很。

收回手，宋銘笑道：「清哥兒生得像他爹。」

宋子諺踮腳。「像我、像我，嫂嫂說，姪兒像我一樣英俊。」

宋嘉禾戳他腦袋。「就你最俊俏！」

宋子諺挺了挺胸脯。「那是。」

逗得一家人忍俊不禁。

宋銘再看小孫女，端詳片刻後又看了看宋嘉禾。「倒是隨了她姑姑。」

他這女兒越大模樣越出挑，女兒家生得美一些好啊，賞心悅目，反正他們宋家護得住。

宋嘉禾嘴角矜持地往上一勾。宋老夫人也說媛姊兒跟她小時候像，導致宋嘉禾越看越愛。

正樂呵著，管家笑咪咪地進來稟報。「靖王來了。」

一下子，所有人的目光都聚集在宋嘉禾身上，就連宋子諺也不例外。

宋嘉禾被他們看得不自在，又納悶，他怎麼這會兒就來了？

魏闕原本是想明日過來拜訪，可壓根兒坐不住。在死人堆裡打滾十個月，他迫不及待想見見她，這麼想著，也就這麼做了。

洗去滿身風塵，魏闕還特意刮了鬍子，然後帶上禮物。騎馬前往齊國公府。聽說宋子諫添了一雙兒女，他作為上司以及未來妹婿，於情於理都該來道喜。

進了門，當著宋銘的面，魏闕也是這麼說得義正詞嚴，旋即送上禮物。不僅龍鳳胎有，便是宋子諄、宋子諺兄弟倆也有，宋嘉禾亦沒遺落下，道是偶然得了一些首飾，送給她把玩。

見了魏闕，宋子諺兩眼放光。他本就崇拜魏闕，這下子更是佩服得五體投地，嘰嘰咕咕問不完的問題。

清哥兒許是嫌棄小叔叔太聒噪，抑或者不甘被冷落，張嘴大哭起來，他一哭，媛姊兒也不甘人後，跟著咧嘴大哭。

宋嘉禾忙去哄媛姊兒，小姑娘哭兩聲，抽抽噎噎地停下來。

魏闕就見她輕輕地拍著小襁褓，眉眼是他從未見過的溫柔，聲音更像是摻了蜜般。魏闕挑了挑眉，忽地勾唇一笑，眼神發亮，不知想到了什麼？

宋銘見未來女婿目不轉睛地望著女兒，眉梢、眼角都是脈脈溫情，也笑了笑。做父親的，自然樂見女婿愛重女兒。

「隨我去書房，我要考校一下你們的功課是否懈怠？」宋銘站起來道。

宋子諫瞅一眼笑容自若的魏闕，知道父親的意思。新婚離別過，故而宋子諫有些懂魏闕，遂忍著糟心站起來。

宋嘉禾耳朵有點燙。

宋家人魚貫而出，宋子諺老大不情願。他還有一堆問題沒問完呢。

宋子諄糟心地看傻弟弟一眼，不顧他的掙扎，扯著後領，將人硬拽出去。

宋嘉禾有些想笑，直到察覺落在身上的目光開始發熱，笑容微微一頓。

她摸了摸耳垂，一點一點抬起眼看向面前的魏闕。他一身玄色錦袍，襯得身形格外高大挺拔，修眉高鼻，目光深邃，英氣逼人。

魏闕邁開腿，眨眼間便停在宋嘉禾面前，兩人之間只隔一步距離。

「暖暖，我回來了。」魏闕握起她的雙手，柔聲道。

女兒家白皙柔嫩的手落在深色寬闊的手掌上，黑白分明，形成強烈對比。尤其是肌膚相觸間那種粗糙感，令宋嘉禾不禁心頭一酸。這一年他著實受了不少苦，人都黑了一圈。

宋嘉禾抬眼，目光從他的手移到他臉上，四目相對。她張了張嘴，似千言萬語要說，可臨到口，突然發現不知道說什麼才好，不由有些窘迫。

緋色布滿她的臉龐，就像塗了一層胭脂，魏闕低笑一聲，戲謔道：「暖暖見了我，歡喜傻了。」

宋嘉禾瞪他一眼，終於回神，凶巴巴道：「你才傻了！」

不想魏闕煞有介事地點點頭。「我想暖暖想得快傻了。」

不防他這麼直白，宋嘉禾一頓，愣怔間就被拉入一個寬闊堅硬的懷抱裡。

魏闕緊緊摟著她。一年不見，小姑娘長高不少，之前將將到他的肩膀，這會兒都快到他下巴了。他雙臂收緊，恨不能將人融到骨肉裡，又不敢太用力，唯恐傷了她。

她的柔順令魏闕心花怒放，輕輕蹭了蹭她的頭頂，含笑道：「暖暖有沒有想我？」

宋嘉禾靠在他的胸口，耳邊是他沈穩有力的心跳聲，聞言，睫毛輕顫，咬咬唇，忍著羞臊，輕輕點頭。

小小的動作引得魏闕胸口開始發癢，一直癢到心裡頭。魏闕身體微微緊繃，覺得嗓子眼有些乾，他還在逗宋嘉禾。「不說話是不想我？」

宋嘉禾惱羞成怒，掐著他的腰用力一擰，仰頭瞪著他。「有完沒完！」

魏闕眉頭一皺，倒抽一口氣。

這模樣嚇了宋嘉禾一跳。她有這麼用力嗎？

想起自己的力氣，宋嘉禾心虛，開始擔憂。「這個，我、我不是故意的。很疼嗎？」

魏闕眉頭皺成一團，一副很不好的樣子。「很疼，妳哄哄我，也許就不疼了。」

宋嘉禾大怒，推他胸膛要掙脫出來。「你這人怎地那麼討厭！」

魏闕哪捨得懷裡的溫香軟玉，連忙哄道：「暖暖大人有大量，千萬別跟我一般見識。」
宋嘉禾雙手按在他胸口往外推。「放開、放開，叫人看見像什麼樣子！」
魏闕挑眉，故意將人往懷裡壓了壓。「看見就看見了，妳是我正兒八經下聘的媳婦。」
宋嘉禾羞紅臉。「只是訂親又不是成親。」
「原來暖暖這麼想嫁我？暖暖別急，出了孝我們立刻就完婚。」
「誰急了？誰急了！」宋嘉禾跺腳。「曬成一塊黑炭，醜死了，誰要嫁給你？」
「我急，是我急。」魏闕趕緊哄，再瞧她白嫩的臉，瞅瞅自己的深色手背，是挺黑的，笑道：「我黑不正好顯得妳白，站在一塊兒襯得妳格外漂亮，多好！」
宋嘉禾斜睨他。「敢情我還要謝謝你，犧牲這麼大。」
「為暖暖效勞，是我的榮幸。」
宋嘉禾嗔他。「油嘴滑舌。」繃不住又笑了，眉眼彎彎，梨渦若隱若現。
一顰一笑，風情無限，魏闕目眩神迷，不覺低頭。
宋嘉禾一慌，伸手擋在臉前，魏闕順勢低頭吻她手心。
掌心一熱，宋嘉禾不自覺要縮回手，卻被捉住手腕。
魏闕握著她的手親了又親，慢慢地覆在自己臉上，小姑娘的手溫軟細膩，就像最上等的暖玉。
宋嘉禾已經滿臉通紅。
魏闕低低喟嘆一聲。「回來真好。」

望著他溫柔如水的雙眼，宋嘉禾點點頭。

是啊，他終於回來了。哪怕知道他戰無不勝，攻無不克，身手不凡，可依舊牽腸掛肚，唯恐有個好歹。如今人在自己眼皮子底下，一顆心才算是徹底安定下來。

「這一年表哥在外頭肯定吃了不少苦，現下回來，一定要好好休養。別仗著年輕，就不把身體當回事，年紀大了，就知道苦了。」宋嘉禾輕聲道。

魏闕的眼底漾著濃濃的笑意。「那要麻煩暖暖管著我，要不然我一忙起來肯定忘了。」

宋嘉禾瞅瞅他，擺出一副勉為其難的樣子，勉強地點點頭。

魏闕輕笑出聲，笑聲低沈悅耳。

兩人在廳裡絮絮叨叨說起話來，一年不見，自是有說不盡的話。

出了正廳，說是要考校兒子們的宋銘，把宋子諫幾個人打發走，自己回去沐浴更衣，洗去一身疲憊。

出來之後，先去給林氏上香。望著牌位，負手而立的宋銘思緒萬千。萬萬想不到此次出征就是永別，臨走時，她身體尚可，不過她那精神狀態……

宋銘搖搖頭。說來他這個做丈夫、做父親的失職，沒有更早發現林氏和宋嘉卉的問題，發現後也沒能妥善處理，以至於母女二人誤入歧途，害了性命。

宋銘感慨萬千，算著時辰差不多，命人去通知魏闕，該進宮參加慶功宴了。

# 第四十四章

戌時一刻，慶功宴結束。

魏瓊華婉拒太后留她在宮裡歇息的好意，乘車返回公主府。比起皇宮，她還是更喜歡待在自己那一畝三分地上。

今兒酒喝得有些多，她上了馬車便開始昏昏沈沈，遂歪在引枕上閉目養神，迷迷糊糊間睡了過去。

直到被一陣突如其來的搖晃驚醒，腦袋磕到車窗上的魏瓊華不悅地皺起眉，輕斥道：「怎麼回事？」

外頭傳來嬤嬤誠惶誠恐的聲音。「回長公主，車輪壞了。」

「一群人幹什麼吃的。」魏瓊華抱怨一聲，話裡帶著被驚擾的怒氣。任誰好好地睡著被弄醒都要不高興，何況還是以這種方式。

她揉了揉額頭，不耐煩地問：「修好要多久？」

這次回話的變成車夫，小心翼翼道：「回殿下，大概要半個時辰。」

魏瓊華可沒那工夫在這裡白等，掀起車簾走出來。「本宮騎馬回去。」

「這可使不得，殿下飲了不少酒。」丫鬟連忙勸阻，忽見下了馬車的魏瓊華立在原地，一動不動。

魏瓊華瞇了瞇眼，目光定在不遠處的轎子上。

隨從彎下腰，隔著門簾稟報。「公爺，平陽長公主的車輦似乎出了問題，停在路中央。」

「過不去？」宋銘淡淡道。

隨從打量一番，倒是能過，就是平陽長公主身分尊貴，對方出了狀況，他覺得怎麼樣也該向主子報備一番，免得落下個不敬的印象。畢竟誰都知道，這位長公主在太后和皇帝面前十分有臉面。

「倒是能過。」隨從恭聲道。

「那就走吧！」

隨從愣了下。就這樣？他摸了摸腦袋，正要吩咐，忽見一個青年驅馬越過他們，直奔平陽長公主。

這條路上除了魏瓊華和宋銘，還有別人，對方見魏瓊華遇上麻煩，哪好意思坐視不理，甚至將這作為一個向魏瓊華示好的機會。廣結善緣，一般而言總是對的。

這騎馬的青年便是奉家中長輩的命令過來雪中送炭的，表示他們家可以勻一輛馬車給魏瓊華。

魏瓊華懶洋洋一笑。「那本宮就不客氣了。」

再瞥一眼那頂紋絲不動的轎子，她輕輕一嗤，坐進剛剛趕過來的馬車，揚長而去。

坐在馬車裡，醉眼迷離的魏瓊華忽然哼起小調，一邊哼，一邊輕拍几案打節拍。「小和尚下山化緣去，老和尚有話要交代，山下的女人是老虎，遇見了千萬要躲開。」

唱著唱著，她突然咯咯笑起來，笑著笑著，倒在軟枕上沒了動靜，大概是醉過去了。

回到齊國公府，宋銘發現宋嘉禾竟然還沒有睡。

宋嘉禾睡不著，想著宋銘也快回來，便讓人煮了醒酒湯親自等他回來，做一回孝順女兒也是極好的。

一見宋銘模樣，就知他喝了不少，這樣大喜的日子，貪杯情有可原，宋嘉禾乖巧道：「父親喝一碗醒酒湯，好好睡一覺。」

宋銘微笑。「果然女兒是貼心小棉襖。」

宋嘉禾不好意思地撓了撓鼻尖。

「天色不早，早些回去，路上別著涼了。」宋銘含笑叮囑。

宋嘉禾點頭。「父親好生歇著，女兒便不打擾了。」

宋銘頷首，宋嘉禾屈膝一福，旋身離開。

「暖暖。」

走到門口的宋嘉禾聞聲轉過身來，疑惑地望著宋銘。

注視她片刻，宋銘溫聲道：「為父看得出來，靖王待妳一片赤誠，好好珍惜。」

宋嘉禾的臉微微泛紅，猶如三月桃花，又納悶父親怎麼突然說這話？不過，迎著父親柔和的目光，她輕輕點點頭。「父親放心，我知道。」

宋銘笑了。「早點回去歇著吧。」

小女兒自幼就乖巧懂事，沒讓他操過心，是自己杞人憂天，看來他果然喝多了。

接下來的日子，京城變得十分熱鬧，蓋因皇帝論功行賞，升官晉爵者，不計其數。最耀眼的當數立下首功的魏闕，受封正一品武侯大將軍，享親王雙俸。

加官晉爵後，自然要大擺宴席慶賀，故而這陣子每日都有人家擺酒席，王孫貴胄、文武大臣們忙得不亦樂乎。

這等熱鬧，宋嘉禾卻是無緣參加。她還在母孝中，不便出席這種喜慶。

宋老夫人倒是忙得很，她忙著給宋銘相看人家，偌大國公府哪能沒個女主人？之前在前線作戰，好些事都是未知數，故而宋老夫人沒怎麼挑人，眼下該賞的都賞了，該罰的也都罰了，宋老夫人也就放心大膽地相看起來。

這一天，宋老夫人正在襄陽侯府作客，一眾人說笑著，好不熱鬧。驀然傳來一個足可驚天動地的消息，皇帝在金鑾殿上頒布了廢太子的聖旨。

轟隆一下，把在場所有人都震住了。

好半晌才出現窸窸窣窣的議論聲，不約而同地看向宋家人。太子被廢，誰會取而代之？十個人裡有九個認為是魏闕，他正如日中天，而未來靖王妃可是宋家人，豈能不讓人對宋老夫人側目。

宋老夫人鎮定自若，彷彿沒聽見這個天大的「好消息」。

來了這麼一個消息，誰還有心思作客？哪怕很多人其實對這變故有了點心理準備，可真的發生，還是懵了，故而今兒的宴會早早就結束。

四平八穩離開的宋老夫人一上馬車，臉色就變了，吩咐下人趕緊回府。

廢太子的詔書好比在滾燙的油鍋裡倒了一瓢冷水，頓時噼哩啪啦，油星四濺。東宮內，宣旨的太監一讀完聖旨，跪在地上的魏閎又哭又笑，其狀倒是與聖旨上所描述恣意癲狂不謀而合。原本不大相信的宣旨太監心裡打鼓，唯恐他受不住刺激，傷人傷己。畢竟不管怎麼說，廢太子依舊是龍子鳳孫，身分尊貴。

「請大皇子接旨。」魏閎雖然不再是太子，可皇帝也沒將他貶為庶人，他依舊是皇子之尊。

又哭又笑的魏閎聞言，忽然表情凝滯。他抖著手接過聖旨，抱在懷裡，慢慢地跪伏在地。「謝主隆恩。」聲音嘶啞，彷彿含著血，聽得在場眾人心裡發怵。

宣旨的太監恨不得插翅飛走，可他還有旁的任務。「請大皇子收拾一下，明日移宮。」

既然不再是太子，這東宮自然也不好繼續住下去。

皇帝下令魏閎一家子遷居咸陽宮，魏閎失去的不僅僅是太子之位，還有自由。

莊氏木愣愣地跪在地上，慘白的臉上一片麻木。自從坊間傳出魏閎被那女匪首壞了身子，她去試探，反而被惱羞成怒的魏閎打了一巴掌，莊氏的心就死了。

魏閎不行了，這太子之位早晚是要易主的。隨著前線頻頻傳來的捷報，莊氏一顆心越來越冷。

等啊等，怕啊怕，這一天終於來了。

完了，完了，他們完了！

兩行清淚順著莊氏的臉頰緩緩滴落，帶著刻骨的絕望。這一刻，莊氏開始慶幸自己沒有一兒半女，不用跟著她遭罪。

好半晌，莊氏的眼珠子才動了動，來宣旨的太監不知何時已經走了，可她和魏閎還趴在地上，周遭的宮人一句話都不敢說，唯恐被遷怒。

莊氏看向抱著聖旨跪趴在地上的魏閎，他的肩膀一聳又一聳，也不知是哭還是笑？

莊氏抹了一把淚，就著宮人的手慢慢站起來。跪得太久，膝蓋發疼，讓她忍不住踉蹌一步，揉了兩下膝蓋才緩過勁來。

「殿下，地上涼，起來吧。」

從河間回來後，魏閎身體就不太好，這段日子以來又一直戰戰兢兢、如履薄冰，唯恐懸在頭頂的利劍落下來，可謂是寢食難安。

跪趴在地上的魏閎一點一點直起腰來，滿臉淚痕，幾縷頭髮還黏在臉上，狼狽不堪。

莊氏從來沒見過這樣狼狽的他。他是魏家嫡長子，是大秦太子，從來都是意氣風發、尊貴非凡。她心頭驀然發酸，到底是將近十年的夫妻。

莊氏扶住魏閎的胳膊，將他攙起來。魏閎如木頭人一般，垂著眼，死死盯著手裡的聖旨。

「孤還沒輸！」

莊氏一愣，睜大雙眼，不敢置信地看著魏閎。

魏閎垂著眼，眼底布滿血絲。他緊緊抱抓著聖旨，莊氏留意到他的指尖因為用力而發白。

太子被廢，立儲就成了頭等大事，立哪一位皇子，幾乎是明擺著的事，便是偏向魏閎的那一派都挑不出錯來。

可皇帝像是忘了太子之位空缺一事，丁點兒沒有另立儲君的意思。一些人坐不住了，上摺請立太子。

「朕這兒有十二封請立太子的奏摺，都言詞懇切道立儲乃國之根本，」皇帝往後靠了靠，笑吟吟地望著眼前的魏闕。「你知道他們推舉的人是誰嗎？」

魏闕眉峰不動，沈聲道：「既為國本，更該深思熟慮。且父皇春秋鼎盛，立儲之事完全不必如此著急。」

皇帝凝視他良久。不管這話是真心還是假意，皇帝都很滿意，他的確不想這麼早再立太子。

在魏閎身上他犯了錯誤，過早地將他拱上高位，讓他以為自己高枕無憂，所以自以為是，不思進取。在魏闕身上，皇帝想更謹慎一些。

片刻後，皇帝意味深長道：「朕對你寄予厚望，你莫要讓朕失望。」

魏闕躬身。「兒雖不敏，亦不敢有負父皇所望。」

皇帝笑了笑，與他商量起正事來。剛結束的大戰讓軍隊遭遇重創，招兵買馬、補充新血成為頭等要事，皇帝把這事交給魏闕，不可謂不信任。

好一會兒，魏闞才從御書房出來，回到靖王府，便問關峒。「上摺那幾人背後是誰，查出來了嗎？」自己這邊的人他下過嚴令，不許他們提立太子之事。

征吳大捷，讓他在朝野、軍中、民間積聚極大的威望，然天無二日，民無二主，做兒子的威望過重，並不全是好事。他的功勞擺在那兒，根本不缺太子這個虛名。

關峒拱手。「屬下查到幾人與肅郡王有來往，還有幾個隱約與莊家有關。」

魏闞掀了掀嘴角，笑意不達眼底。

京城尚且還處在廢太子的餘波中，宋老太爺卻突然病了。此病也不是什麼大毛病，就是貪杯著涼，拖拖拉拉一直不見好，到底年紀大了。

拖了大半個月都不見好，宋老太爺深感年老力衰，再三斟酌後，上了請辭的摺子。他今年六十有一，也該歇一歇了。

不過這聖旨被皇帝駁回來，帶著摺子一起回來的還有兩名御醫，連同一箱珍貴藥材。

皇帝跟前的大總管恭恭敬敬道：「陛下讓老公爺好生休養，養好身體再回來幫陛下分憂。陛下說了，您可是國之棟梁，少了誰也不能缺了您！」

宋老太爺滿面動容。「老臣愧不敢當，老臣何嘗不想繼續報效朝廷，奈何年紀大，不中用了。」

「您老當益壯，何必妄自菲薄。」

宋老太爺搖搖頭，嘆息。「不中用了，不中用了。」

寒暄幾句，宋老太爺讓宋子謙送李公公出去。

人一走，老爺子臉上的疲乏無力之色蕩然無存，他幽幽一嘆。這也是無奈之舉，他和老二都位極人臣，現在皇帝不覺，早晚有一天要嫌宋家礙眼，哪怕這是他親舅家。

既如此，還不如他知情知趣，急流勇退，在皇帝那兒還能落個好。反正魏闕那太子之位已經穩了八成。

雖然有些不捨，可一想宋家起碼還能繼續昌盛三代，那點不捨也淡了。這天下早晚是年輕人的，他這老頭子就不去摻和了。

心情不錯的宋老太爺，把宋嘉禾端來的排骨藕湯喝掉一大半，一點都不像病弱人士，這胃口都比她好。

喝完湯，宋老太爺接過孫女遞上來的帕子擦拭嘴角，望著宋嘉禾微笑。「咱們家丫頭廚藝是越來越好了，靖王有口福。」

宋嘉禾紅了臉。「祖父好端端的，幹麼取笑我。」

宋老太爺大笑，看一眼含笑坐在邊上的宋老夫人。「暖暖，知道祖父為什麼裝病嗎？」

宋老太爺說得十分坦蕩蕩。

宋嘉禾抿抿唇。早些她就看出祖父在裝病，原因也琢磨過。「凡事過猶不及。」

宋老太爺看著宋嘉禾，目光鼓勵。

「咱們家一門兩公，祖父為尚書令，父親為中軍都督，一文一武，皆是手握大權。」宋嘉禾垂了垂眼。「我還與三表哥訂親，三表哥離儲君之位只有咫尺距離，咱們家太顯赫了。長此以往，恐會遭忌諱。」

宋老太爺欣慰地點頭。「妳明白這個道理就好。日後妳也要記得這個道理，凡是都要適可而止。」

這丫頭與宋家的將來息息相關，她心頭敞亮就好。

「做人不能太貪心，太貪的人往往會被噎著。」宋老太爺語重心長。

宋嘉禾站起來，鄭重福身。「孫女謹遵祖父教誨。」

「好孩子。」宋老太爺笑吟吟點頭。

這個時候，丫鬟進來稟報，靖王過來探望。

魏闕上個月就離京整頓軍務，今兒剛回來。一回到京城，他先是進宮彙報，隨即王府都沒回，直接從宮裡來了承恩公府。

宋老太爺笑看宋嘉禾一眼，命人請他進來。

宋嘉禾理了理裙角，又扯了扯袖口，隨後挺直了背。

入內的魏闕第一眼便看向宋嘉禾。她眉眼彎彎，臉頰上浮現淺淺梨渦，甜美動人。

魏闕回以微笑，再看向宋老太爺，見老爺子精神矍鑠，又是一笑。看來他所料不差。

宋嘉禾十分知趣地尋了藉口離開。

魏闕目送她身影消失，隨後與宋老太爺說起話來。半個時辰的話說下來，魏闕不得不感慨，薑還是老的辣。

宋老太爺不只想讓宋氏低調，也勸魏闕低調些。權大遭忌，功高震主，以他今時今日地位，完全沒必要去爭那些風頭，低頭幹實事才是上策。

魏闕由衷道：「您老人家所言甚是！」

宋老太爺見他聽進去，欣慰一笑。

「王爺難得來一趟，若是無事，不妨留下用膳，待會兒我讓老二過來作陪。」宋老太爺留客。

魏闕欣然應允，見宋老太爺隱隱透出疲乏之色，便提出告退。

宋老太爺也不留他，命人送他出去。

出了院子，魏闕隨口問了一個丫鬟。「妳們六姑娘去哪兒了？」

那丫鬟恭聲道：「姑娘好像往湖邊去了。」

魏闕便邁步走向湖邊。

盛夏時節，湖中接天蓮葉無窮碧，翠綠中點綴著幾抹鮮豔，時不時還能看見幾隻白鴨在蓮葉中出沒，逸趣橫生。

再走近一些，便見宋嘉禾坐在湖心小亭的美人靠上，看樣子是在餵魚。

「姑娘，王爺過來了。」青畫提醒。

宋嘉禾撒掉手裡的魚食，引得群魚洶湧。她拍拍手站起來，笑吟吟看著走近的魏闕。

他沿著彎彎曲曲的遊廊走來，身後是燦爛陽光，碧葉紅蓮。宋嘉禾摸了摸下巴，突然間覺得他比以前要好看一點。

越走越近的魏闕忽然頓足，伸手折了一枝半開的荷花，思及粗礪手感，又摘了一片荷葉包住有倒刺的莖上。

進入涼亭的魏闕微微彎下腰，遞過荷花；宋嘉禾將手背在身後，好整以暇地看著他。

「鮮花贈美人。」魏闕輕笑一聲。

這還差不多！

宋嘉禾嘴角一翹，接過來，摸著包在莖外的荷葉。看在他這麼細心嘴甜的分上，又奉送一枚燦爛笑容。

魏闕跟著笑起來，揶揄道：「讓妳久等了。」

宋嘉禾撇嘴。「少自作多情，誰等你了。」

青畫連忙低頭忍笑。她們家姑娘啊，就是嘴硬。

魏闕愛極她這嬌軟的小脾氣，牽著她的手坐下，眉眼都是笑意。「我手上的事已處理得差不多，大概再三、五天整理一下便有空閒。妳有空嗎？」

宋嘉禾轉著手裡的荷花，點點頭。她就是個閒人。

「那想好去哪兒玩了？」魏闕笑問，迎面一陣熱風吹來，瞥見一邊的團扇，他拾起來，對著宋嘉禾輕輕搧風。

正在沈吟的宋嘉禾見他拿著一把仕女圖團扇，這迥然不同的畫風引得她一愣，繼而發笑，一笑不可收拾。

魏闕依舊氣定神閒地搖著團扇，還伸出空著的那隻手，扶住笑得搖晃的宋嘉禾，挑眉。「這麼好笑？」

滿面笑容的宋嘉禾點點頭，煞有介事地端詳他片刻，豎起拇指。「這扇子和你太配，簡直絕了，青畫妳說是不是？」

打死青畫也不敢說「是啊」。為了防止自己笑出聲，她死命低頭咬著唇。

「幽王烽火戲諸侯，只為博美人一笑。」魏闕笑道：「今我輕搖團扇，取悅暖暖。」

宋嘉禾瞪他，覺得這人真是越來越沒個正經，她趕緊轉移話題，免得他繼續說胡話。

「要不就去西山看瀑布吧，大夏天，那裡涼快。」

魏闕自然無不答應，本就是為了讓她高興。之前他一走就是一年半載，讓她擔驚受怕，好不容易回來，也沒機會好好相處就又離京。這次總算能喘一口氣，魏闕打定主意要好好補償她。

宋嘉禾拿著荷花輕輕戳他臉。「可別到時候我都準備好了，你又有急事。」

魏闕也不躲，想起去年自己食言而肥，頓時愧疚。「是我的不是。」

宋嘉禾本是逗他玩，見他一本正經，忙道：「我和你鬧著玩呢，當然是正事要緊。」

「暖暖的事也要緊。」魏闕捏捏她的手心。「這次定不叫妳失望。」

「你可別，心意我領了，還是以正事為重。」宋嘉禾真怕自己無意中壞事，都後悔自己嘴快。

見狀，魏闕便道了一聲好，戲謔道：「暖暖如此善解人意，實是我之幸。」

宋嘉禾被他說得臉紅，扭頭掩飾不自在。

日子按部就班地過，每天都有絡繹不絕上門探望宋老太爺的客人。

只不過這些人都是醉翁之意不在酒，意在宋銘。

眼瞅著宋銘妻孝過了一半，宋家也該在暗地準備續弦這件事，相看怎麼著，也得一年半載。目下宋家正是烈火烹油、鮮花著錦之時，想結親的人家不勝枚舉，就連宋嘉禾這也有人來走門路。她去外祖家請安時，就遇上一位作客的夫人，論關係，她得喚一聲姑外祖母。

這位姑外祖母對她十分熱情，話裡話外都是關切擔憂，擔憂他爹娶個厲害的後娘折磨他們兄妹四人，然後不著痕跡地推薦自己的女兒，讓宋嘉禾啼笑皆非。

宋老夫人也頗有點啼笑皆非。這一波又一波的，還真是八仙過海，各顯神通。

齊國公夫人這個位置到底還是有吸引力，她兒子雖然年紀不小，可也不到四十，正是官場上的黃金年齡。何況宋銘風評又好，單單不納妾這點就能打動不少人。

宋老夫人犯了難。這人選還真不好定，這一猶豫就到了八月，季恪簡迎娶許硯秋的大喜日子。

這次季恪簡的婚禮在京城舉行，而非冀州老宅。

當年之所以選擇在冀州完婚，也是時局所致。魏家拿下冀州不費一兵一卒，蓋因季氏歸順，因此冀州名門望族不似別的州府見識過魏家鐵騎，對魏家心悅誠服。冀州豪強心裡難免有些想法，隱隱覺得季氏被魏氏圈禁在京城，成了金絲雀，不免唇亡齒寒。

所以前世，宋嘉禾與季恪簡的婚禮定在冀州，一來彰顯魏氏大度，二來安撫人心。

這一世，魏氏強勢吞併吳夏，在民間聲望大漲，威名遠揚；且皇帝命季恪簡帶著冀州士族參與征吳，信任可見一斑。雙管齊下，冀州民心穩定。

如此一來也省了季家一通折騰，不必特地趕回冀州完婚，可以直接在京城寧國公府舉行婚禮。

宋嘉禾托腮坐在窗前的羅漢床上，皎潔的月光在花樹上鍍了一層銀光。前世的未婚夫要和別人成親，說實話，那感覺有些奇怪，不過也就是那麼一瞬間的情緒，她還是挺為他們高興的，他們二人各自有了自己的歸宿。

許硯秋應該不會遇上她的遭遇了吧？假使上輩子害她的人就是魏歆瑤，眼下魏歆瑤被關在皇陵，柯皇后死了，魏閎太子之位也沒了，魏歆瑤就是想做壞事也沒那本事，她掀不起浪花。

只是想起不知身在何處的那個刺客，宋嘉禾便覺得如鯁在喉。她問過魏闕，也問過家裡，兩邊都沒有那個人的消息，就像人間蒸發似的，一點痕跡都沒有。

宋嘉禾拍了拍臉，站起身來。

順其自然吧！這輩子只要他敢出現，她一定會讓他付出代價，她不能白死一回！

冷月高懸，靜靜地看著人間，忽地風起，秋風穿過樹林，呼呼作響。

同一片月空下，魏歆瑤輾轉難眠，彷彿有口惡氣在四肢百骸遊走，橫衝直撞，撞得她心浮氣躁，翻來覆去地睡不著。

越翻越清醒的魏歆瑤猛然坐起來，趿了鞋，隨手從衣架上扯一件披風裹上，大步往外走。

走到外頭，才有宮女發現她。被打發到皇陵的宮女能機靈到哪兒去，機靈的人早另謀出路去了。

「公主？」打瞌睡的宮女驚醒過來，詫異地看著魏歆瑤。

「我去走走，不許跟上來。」魏歆瑤不耐煩地呵斥道。

這丫鬟一臉呆相，看了就讓她心浮氣躁。

小宮女嚇得縮了縮脖子，眼睜睜看著她快步離開，在原地走兩步又縮回來。

魏歆瑤脾氣不好，莫名其妙就要發火，生氣起來便隨手抄起東西往她們身上扔，她也是怕了，萬不該違逆魏歆瑤。反正這兒是皇陵，周邊都有侍衛把守，安全得很。這麼一想，小宮女心安理得地把腳收回來。

烏雲遮住圓月，瞬間陰暗下來，沙沙作響的樹林變得格外陰森。從外面看過去，彷彿一張巨獸張大嘴，正等著人自投羅網，然後一口吞下，吞噬入腹。

魏歆瑤卻丁點兒不覺恐懼似的，逕自鑽進那片林子裡，走入黑暗中。

不顧髒亂與冰寒，她隨意在一塊凸起的亂石上坐下。

石頭上傳來的陰寒使得魏歆瑤打了個寒噤，她卻依舊沒有離開。

魏歆瑤雙手抱著膝蓋，一點一點蜷縮成一團，腦袋埋在兩腿之間。強壓在心底的絕望在這一刻傾巢而出，幾乎將她滅頂。

怎麼會變成這樣子？被父皇發配到皇陵的時候，她沒有絕望，因為她知道大哥一定會想方設法救她出去，她還可以東山再起。

然而大哥竟然被廢了太子之位！大哥自身難保，母后早早去了，九哥就是個吃白飯的，根本顧不上她，誰還能想得起被關在皇陵的她？就算父皇施恩讓她出去，母后沒了、大哥倒了，她又要如何立足？

細細碎碎的哭聲從她唇齒間逸出，越來越大。魏歆瑤雙手緊緊地抱著膝蓋，手背上青筋鼓跳。若非因為季恪簡，她不會惹怒父皇，也就不會淪落到這般境界，他倒好，竟然要娶美嬌娘了；還有宋嘉禾，要不是她，自己絕不會如此淒涼。

魏歆瑤狠狠咬住牙關，忽地耳朵一動，她警覺地抬起頭來。「誰在那兒？滾出來！」

樹林深處的陰影裡緩緩走出一個人來。

滿眼都是淚的魏歆瑤雙眼微微睜大。

八月初八，良辰吉日，宜嫁娶。

宋嘉禾沒有去寧國公府喝喜酒，因為她有母孝在身。雖然已經過了百日熱孝，不必再持齋茹素，可到底還沒過一年，婚嫁這樣大喜慶的場合尚需避諱，也是免得給別人添了晦氣。

她人雖沒去，卻忍不住派人留意那邊的一舉一動。聽聞婚禮圓滿結束，不禁鬆了一口氣。

寧國公府婚禮之後，宋老太爺致仕的摺子終於獲得皇帝批准。第一次被拒之後，宋老太爺緊接著就上了第二封，第二封不出意外也被退回來。過了幾日，宋老太爺又呈上第三封，這一回皇帝終於准了。

皇帝還下旨加封宋老太爺為文淵閣大學士，這是虛職，無須坐班上朝。

無官一身輕的宋老太爺接了聖旨，轉頭就吩咐人收拾行囊，他打算去西山別莊休養。病休總該有個樣子，況且辛苦大半輩子，也該享享清福了。

隨著宋老太爺一塊兒去的還有宋老夫人。宋嘉禾也想去，只不過皇帝突發奇想，要去木蘭圍場秋獮，宋老夫人便讓宋嘉禾跟著去幾日，再去別莊找他們。

想了想，宋嘉禾也覺得這主意不錯，故而送走二老後，她自己則回了齊國公府，隨著父兄一道參加秋獮。

這是皇帝繼位以來，第一次舉辦戶外盛典，場面頗宏大，五品以上官員皆可參加，三品以上官員則可攜帶家眷，故而出發當天，浩浩蕩蕩的車馬綿延十里，引得百姓爭相探看。

到了圍場，宋嘉禾的目的十分明確，她要打一頭鹿，然後讓魏闕烤肉給她吃，想想就忍不住口舌生津。她已經很久沒吃過他烤的鹿肉，還怪想念的。

以前只能乾忍著，現在可算是能光明正大地指使他幹活，宋嘉禾頓時喜上眉梢。

「妳想什麼，樂成這個傻樣！」宋嘉淇誇張地搓了搓下巴，覺得她六姊笑得有點瘆人。

宋嘉禾白她一眼。「會說話嗎？」

宋嘉淇撇嘴。「許妳做，還不許我說了？」末了，傲嬌地哼一聲。

宋嘉禾懶得搭理她。本來還想讓她也飽飽口福，這會兒她改變主意，藉著追野兔的工夫甩了人，她專心致志地尋找鹿。

該是她運氣好，很快就遇到目標，且一擊即中。

順利得不可思議，宋嘉禾都要忍不住哼起歌來。一晃眼，還發現魏闕就在不遠處，眉目溫和、笑意淺淺地望著她。

宋嘉禾喜笑顏開，覺得自己有如神助，歡快地驅馬過去，直接指了指後面侍衛馬背上的鹿。

魏闕了然，十分善解人意。「我做給妳吃。」

宋嘉禾差點就想說「乖」，幸好她還沒樂昏頭，話到嘴邊變成：「那就麻煩三表哥了。」

魏闕微笑。「前面有塊地方不錯，我們去那邊。」

宋嘉禾欣然點頭。

那塊空地旁邊有一小水潭，正方便處理食物，是個烤肉的好地方。

魏闕打發侍衛去處理鹿肉、拾柴火。

宋嘉禾如大老爺般坐在魏闕收拾出來的木樁上，炫耀自己的好運。「我今日運氣特別好，一下子就打到這頭鹿。。」

「暖暖真厲害。」魏闕捧場。

宋嘉禾驕矜地抬了抬下巴。「就是可惜，我本來還想打一隻麃子，結果讓牠跑了，就差那麼一點點。」

宋嘉禾忽然想起以前一樁趣事，眉開眼笑。「以前還在武都的時候，也是打獵，我就想打一隻大傢伙好交差。可我那天運氣背到家，遇上的都是野兔、野雞。最後我都要放棄了，你猜怎麼著？」

「怎麼了？」魏闕饒有興致地追問。

「結果我撿到一頭大麃子，有那麼大！」宋嘉禾喜不自禁，比手畫腳，漂亮的小臉上滿滿的興奮。

魏闕奇道：「撿到？」

宋嘉禾用力點頭。「就是撿到的，就在一棵大樹邊躺著一隻大麃子。我起初還以為牠帶著傷，從別人箭下跑出來，讓我撿了便宜，可檢查了一遍，一點傷都沒有，也不是吃了什麼有毒的東西，就是暈過去。我猜牠可能是逃跑的時候，慌不擇路，撞上樹，暈過去了。」

宋嘉禾得意洋洋地總結陳詞。「運氣來了，擋都擋不住。」

魏闕忍著笑附和。「暖暖福星高照，我遇上妳之後，運氣也好了許多。」

宋嘉禾扭過臉看他，輕輕哼一聲。「你就會哄我！」

「我說得句句屬實。」魏闕壓低聲音道。

遇見她，是自己這輩子最好的運氣！

宋嘉禾耳尖紅透，不好意思地摸了摸鼻子。

魏闕臉上笑意更盛。

盯著人處理鹿肉的關峒覺得有點刺眼。不一會兒，整頭鹿都被收拾乾淨。

宋嘉禾湊過去，眨巴眨巴眼，笑得又甜又軟。「三表哥，能不能教教我訣竅，為什麼一模一樣的調料，我做的就是沒你的好吃？」

不想美人計失敗，魏闕搖頭。

「沒聽過教會徒弟，餓死師傅？妳學會了，還會向我賣乖？」他順手捏了捏宋嘉禾的臉蛋，又軟又滑，如剝了殼的雞蛋般。

宋嘉禾拍掉他的手，怒瞪他。

「這又是煙、又是火的傷皮膚，女兒家哪能幹這種粗活？」魏闕哄她。「我會不就行了？妳想吃，我肯定給妳做。」

宋嘉禾哼哼唧唧。「外面那些人知道你這麼油嘴滑舌嗎？」

魏闕反問：「他們需要知道嗎？」

宋嘉禾認真地想了想。「不需要。」

「那不就行了。」

宋嘉禾瞅瞅他，終於繃不住地笑出聲，眼睛一轉，趁著他兩隻手都在忙，眼明手快在他臉上捏一把，為剛才一掐報仇。

掐完了，宋嘉禾往後退了好幾步，得意洋洋地看著他。

魏闕輕笑一聲，滿眼縱容。

站得遠遠的關峒，覺得眼睛都不知道該往哪兒擺，便盯著樹上的小黃花想，自己是不是也該成家，要不這日子沒法過了。

撲鼻的香味漸漸飄散出來，宋嘉禾一瞬不瞬地盯著架子上出油的鹿肉，那模樣大大地取悅了魏闕。

見差不多，他片了薄薄一塊遞到宋嘉禾嘴邊。「小心燙。」

宋嘉禾直接就著他的手叼進嘴裡，滿足地朝魏闕豎了豎拇指。

兩人一個餵得高興，另一個吃得開心，氣氛正溫馨時，冷不防殺出一群聞香而來的不速之客。

要是旁人認出魏闕，早就知趣地不再靠近，可來的是宋嘉淇呀！她雖然也怕魏闕，但是她不害怕宋嘉禾。見宋嘉禾也在，宋嘉淇頓時膽大包天，何況還有美食的誘惑。

「六姊，你們在吃什麼好吃的？」宋嘉淇明知故問。

宋嘉禾翻了一個白眼。

宋嘉淇假裝自己什麼也沒看見，笑嘻嘻地走過來，突然開了竅，她誇張地吸了吸鼻子。「未來姊夫，這肉好吃嗎？」

宋嘉禾紅著臉，狠狠瞪著宋嘉淇，但宋嘉淇的臉皮比城牆還厚，壓根兒不在意。

心情愉悅的魏闕含笑道：「若不介意，妳們可以坐下嚐嚐。」都是宋嘉禾的好朋友，他自然不會不給面子。

「哎呀，那多不好意思啊！」宋嘉淇假假一笑，做的和說的完全兩碼事，人已經大大方方坐下，還不忘灌迷魂湯。「謝謝未來姊夫。」

一口一個未來姊夫，叫得可順嘴了。

王博雅幾人都低頭憋笑，本來有些不好意思的人，被宋嘉淇一鬧，只剩下好笑了。

「還有完沒完了妳，趕緊吃妳的。」宋嘉禾沒好氣地瞪宋嘉淇一眼，轉過臉，朝其他人招手。

幾人互相看了看，最後還是王博雅膽子大，福了福身，道：「那我們就不客氣了，多謝王爺慷慨。」

其實她們也被這味道吸引得垂涎三尺。

魏闞陪坐片刻，對宋嘉禾輕聲道：「我還有事，先離開，妳別吃太多壓著胃，打獵時也注意安全。」

宋嘉禾點頭。「嗯，你去忙吧。」

魏闞對她輕輕一笑，又對眾人點頭示意，正吃得歡的幾人連忙起來福身恭送。

他一走，之前還有些拘束的姑娘們瞬間活躍起來，將宋嘉禾團團圍住，議論的中心是——想不到靖王殿下居然如此賢慧。

且說另一頭，季恪簡追著一頭麋鹿進了密林，忽感有異，不自覺拔劍一揮，「叮」一聲，一枚暗箭撞在劍上後掉落在地。

季恪簡神色一凝，不待他細想，接二連三的短箭從左邊樹梢射出。季恪簡與兩名護衛提著劍，左擊右擋，其中一名護衛在百忙中騰出手發射信號求援。

信號剛剛發出，這名護衛胸口就中了一枚暗箭，臉色瞬間發黑，一頭栽倒在地，已是氣絕身亡。

季恪簡大怒，帶著護衛避到大樹後，眼神示意他繞到背後，前後夾擊。那護衛顯然不放心季恪簡在前面吸引注意，可還是硬著頭皮離開。

恰在此時，一道灰影突襲而至，手中大刀寒光凜凜，來勢洶洶，刀法大開大合，季恪簡頓覺似曾相識之感。

眼見這灰衣蒙面人刀刀狠絕，完全不防守，招招只為攻擊，季恪簡神情凝重，全神貫注抵擋。只看刀刃上泛著冷光，就知上面塗了劇毒。

之前離開的侍衛去而復返，主僕聯手，卻因為對方手中塗了劇毒的武器，不得不小心翼翼地應付，一時間也占不到上風。

十幾個來回後，那灰衣蒙面人開始著急。再這麼拖下去，援兵就要來了。如此一想，他出招越發不要命，大有一命換一命的架勢。

# 第四十五章

「王爺？」聽著隱隱約約的打鬥聲，關峒神色一緊，看向魏闕。

魏闕自然也留意到了，他對周圍同僚道了一聲。「各位自便，我暫且離開一下。」

話音未落，人已經驅馬而去，留在原地的人茫然一瞬，面面相覷。

靠近之後，刀劍相砍的聲音越來越明顯。

那灰衣蒙面人自然也留意到有人靠近，眼角餘光一掃，駭然失色。

季恪簡抓住他這分神的空隙，一劍刺進他胳膊，緊接著要去揭他面上黑布。

灰衣蒙面人已經回過神來，狠狠看季恪簡一眼，奪路狂奔。

由於坐騎中了暗箭，早已倒地身亡，季恪簡只能徒步追擊，不一會兒，就被一道身影超越，是騎著馬的魏闕！

季恪簡心神稍定。他也見識過魏闕的身手，想來那刺客絕無逃跑的可能。

變故卻就此發生，一隻灰兔從旁邊林子裡慌不擇路地逃竄出來，緊隨其後衝出來的是騎著馬的宋嘉禾，手裡還提著箭，顯然是追著野兔而來。

季恪簡大驚失色。

魏闕更是心驚肉跳，嚇得渾身血液都在這一刻凝滯，厲聲道：「快走！」

本是在追野兔的宋嘉禾，望著迎面而來的蒙面人呆住了，看清露在外面的那雙眼之後，瞬間如墜冰窖。

這雙眼睛，她記得……就是他！他提著刀衝過來，是不是又要殺她？

宋嘉禾本能地拉開弓弦，箭矢離弦而去，卻射了個空。

險險避開的灰衣蒙面人神色一厲，衝向宋嘉禾。

抓了她，也許自己還有機會逃生，固然自己是抱著必死的決心而來，但若是可以選擇，誰不想活？

宋嘉禾再要搭第二枝箭卻是來不及了，不過她的護衛也及時趕到。上輩子死於非命，這輩子她長了心眼，出門時必然前呼後擁，護衛肯定帶夠。

原想衝上來挾持宋嘉禾做人質的刺客，一看蜂擁而來的護衛，腳尖一拐，調轉方向，可在他浪費的這點工夫裡，魏闕已經帶人驅馬趕到。

前有狼，後有虎，灰衣蒙面人自知插翅難逃。若是被生擒，大刑之下，只怕自己也禁不住酷刑會全盤托出，魏闕的手段，他豈能不瞭解？一抹決絕之色自他眼底劃過，他用力咬破口中毒囊，頃刻間栽倒在地，雙目怒睜，直勾勾盯著頭頂藍天。

魏闕翻身下馬，大步邁到宋嘉禾面前，將人從馬背上抱下來。「有沒有嚇到？」

宋嘉禾搖搖頭，直直地看著那具屍體。「揭開蒙面。」一連說了兩遍。

魏闕眸色深了深。

護衛長謹慎地提刀靠近，恐他詐屍，直接用刀尖挑開臉上黑布。

有驚無險，看來真的死了。

「就是他，三表哥，就是他！」宋嘉禾睜大雙眼。

就是這個人，前世就是他害她掉下山崖。

「他是誰？」

他背後之人是誰？是誰那麼大費周章要殺她？

宋嘉禾抓緊魏闕的手臂，那種粉身碎骨的痛苦，在這一刻又清晰起來，她控制不住地顫抖，臉色慘白，毫無血色。

魏闕一驚，顧不得旁人還在場，攬宋嘉禾入懷，輕輕撫著她的後背安慰。「莫怕，我在這兒，他已經死了，不會傷害妳。」

他一遍又一遍在她耳邊安慰。

宋嘉禾漸漸鎮定下來，臉色依舊難看，喃喃道：「是誰派他來的？」

魏闕一時間也不知該如何接話？這蒙面人正是李石，他明明派人盯著他，可他怎麼會出現在圍場，還和季恪簡打起來？

魏闕現在也是一腦門子疑惑，可他不能表現出來。季恪簡身分特殊，他手下的兵卻要刺殺他，一個處理不好恐會生出是非，他想把來龍去脈查清楚後，再向宋嘉禾解釋。

稍晚一步趕到的季恪簡望著李石的屍體，臉色有些古怪，他情不自禁上前幾步，死死盯著那具屍體。

季恪簡的劍眉緊緊皺成一團，覺得這一幕似曾相識，頓時有什麼在腦子裡攪拌，攪得他頭疼欲裂。

「世子？」一旁的護衛忍不住喚一聲，瞧他臉色難看，不由擔心。

季恪簡置若罔聞，仍舊一瞬不瞬地盯著那具屍體，英俊的面龐一片蒼白，額上滲出細細的汗水。

宋嘉禾也被他這奇怪的模樣吸引過來，蹙眉望著他。

神情有些奇怪，難道他也記得李石？

魏闕握著她的手捏了捏。「我會查清楚事情，妳先回營帳休息。」

宋嘉禾抿抿唇，輕輕點頭。事已至此，水落石出是早晚的事，這人終於被揪出來，她心中一塊大石悄然落地，只等揪出他背後黑手。

那廂，季恪簡揉了揉太陽穴，壓下腦中莫名而來的萬千思緒，他腦子裡一片亂糟糟的，強忍著不適，對宋嘉禾道：「是我的不是，驚擾了表妹，這人本是衝著我來。」

「你？」宋嘉禾又是一驚。他要殺的人居然變成季恪簡了？

魏闕嘴角沈了沈。他不喜歡宋嘉禾這模樣，彷彿她和季恪簡之間有什麼他不知道的隱密。就像李石，他一直都覺得宋嘉禾在李石身上藏著一個大秘密，一個不想讓他知道的秘密，這種感覺很不好。

魏闕定了定心神，沈聲吩咐人將李石的屍體抬走，又對季恪簡道：「季世子且放心，此事稍後定然給你一個答覆。」

季恪簡更想自己去查，不過被魏闕遇上了，又是發生在皇家圍場，魏闕想接手也在情理中，他於是拱拱手。「如此，便有勞王爺。」

魏闕略一頷首。這事想來皇帝那兒馬上就有召見，故而他命關峒護送宋嘉禾回營帳。「回去後別胡思亂想，好好休息。」

宋嘉禾彎了彎嘴角。「放心吧，你去忙正事，我沒事。」

魏闕望著她的目光帶著擔憂，宋嘉禾便輕輕推了推他。「我真的沒事。」

魏闕只能笑了笑，目送關峒護著她先離開。

望著宋嘉禾離去的背影，季恪簡低頭掐了掐眉心，忽然察覺一道不容忽視的視線。一抬眼，便撞進魏闕黑漆漆的眼底，季恪簡心頭微微一凜，又若無其事地笑了下。

另一廂，護送宋嘉禾回營帳的關峒背上冒了冷汗，蓋因宋嘉禾問他：「你們認識那個刺客，是不是？」

關峒的眉峰微微跳動，鎮定地望著宋嘉禾。「宋姑娘何出此言？」

在魏闕沒有坦白之前，他怎麼會拆自家主子的臺。

宋嘉禾注視他片刻，緩緩道：「剛才我留意到，好幾位侍衛看見那刺客的臉後，露出震驚之色。若是一個陌生人，何必驚訝？」

關峒一愣，頓覺棘手。眼睛怎麼這麼尖啊？這一刻他特別想把魏闕拉回來。誰惹的麻煩誰處理。

「姑娘想多了。」關峒硬著頭皮道。

宋嘉禾扯了扯嘴角。「這人是什麼身分？」

關峒沈默不語。

舌尖轉了轉，宋嘉禾說出自己的猜測。「是王爺手下的兵？」

闞峒眉頭又是一跳。三表哥都變成王爺，可見著實生氣了。

宋嘉禾心裡有了數，嘴角勾起一抹冷笑。

闞峒頭皮發麻。「這裡頭肯定有誤會，王爺待姑娘如何，姑娘難道還不清楚？」

宋嘉禾抿了抿嘴。魏闕待她如何，她自然知道，可就是因為他明明待她那麼好，他卻能如此若無其事地欺騙她。他早就知道這個人的下落，可他竟然一直瞞著她，在她幾次三番詢問後，依舊瞞著她。

宋嘉禾覺得自己就是個傻瓜！

他為什麼要騙她？其實她也騙了他，所以他們兩個人在互相欺騙？

宋嘉禾神色一僵，咬著下唇，覺得心裡亂糟糟一團。

李石服毒自盡，一死了之，倒是連累魏闕攤上官司，畢竟李石隸屬他的麾下。目下，他正向皇帝坦白李石的身分，若是遮遮掩掩反倒顯得他作賊心虛。

解釋的時候，季恪簡也在場，他臉色依舊不大好，頭疼欲裂，然攸關自己性命，不得不咬牙忍著頭疼，過來面聖。

聽聞這名刺客是魏闕手下，季恪簡臉色頓變，驚疑不定地望著魏闕。諸多念頭在腦中盤旋而過，又被他壓下去。

他與魏闕井水不犯河水，唯一的瓜葛大概是早年宋嘉禾對他有一絲朦朧的好感，可這都是幾年前的事了。他與魏闕共事過，覺得他並非心胸狹窄之輩。

冷不防地「李石」這個名字在腦中再次響起，季恪簡漆黑的瞳孔縮了縮，腦仁如針扎般疼起來，似乎有什麼不受控制，要破土而出，一陣一陣的劇痛襲向頭頂。

魏闕發現了季恪簡的異樣，他臉色蒼白，額上還冒出細細的冷汗。

「季世子？」魏闕試探地叫一聲。

季恪簡置若罔聞。

在場眾人在這聲之後，都留意到季恪簡的不同尋常，思及魏闕說刺客武器上塗了毒，皇帝頓時一驚。可別是不小心中毒了。

「快宣太醫！」

話音剛落，季恪簡突然一個踉蹌，幸虧魏闕拉了一把，才沒栽倒在地。再看時，人已經暈過去，一張臉也近乎雪白。

坐在上首的皇帝臉色微變。若季恪簡有個三長兩短，他可不好向冀州季氏一系交代。

御醫來得很快，一番檢查後稟報，季恪簡並沒有中毒，也沒有受傷，就是暈過去。

皇帝詫異。好端端的人怎麼會暈過去？

御醫也百思不解，吭哧半晌。「約莫是心神過於緊張的緣故，一下子放鬆下來，導致暈厥。」

他總不能說不知道，少不得要讓季恪簡委屈下名聲。

這理由一出，在場之人都靜默一瞬，可看季恪簡模樣，好像也沒有旁的解釋了。

再次確認季恪簡安然無恙後，皇帝派人把他護送回去，為以防萬一，還派重兵保護。

待人走了，皇帝的目光落在筆直而立的魏闕身上。他沒懷疑這事是魏闕做的，這兒子麾下將士千千萬萬，出了幾個有異心的，再正常不過。

皇帝更傾向於有人想挑撥離間。若是被傳出去魏闕的人殺了季恪簡，冀州一系必然會心生不滿。大秦打下江山也不過兩年光景，這可不是什麼好事，且剛剛收復吳夏三州，正是人心惶惶之際，需要安撫，這節骨眼上鬧出這種事，不利於穩定吳夏三州的民心。

皇帝越想神色越凝重，他揚聲命人去傳御林軍統領趙飛龍，想讓他調查此事。

「這涉及到你屬下，你還是避嫌為上。」皇帝溫聲解釋一句。

魏闕躬身道：「兒臣明白。」

父子倆又說了幾句話，皇帝才讓魏闕告退。

一出營帳，魏闕連忙去找宋嘉禾。

且說季恪簡處，寧國公夫妻連同新上任的世子夫人許硯秋聞訊趕到。

一見季恪簡臉色蒼白地躺在床上，季夫人的眼淚當場就流下來。她可就剩這麼一個兒子，要是他有個三長兩短，她也不活了。

奉命看護的御醫連忙勸慰，再三保證季恪簡毫髮無傷。

「那他為什麼不醒？」季夫人含淚追問。

御醫啞口無言，再次搬出之前的理由，可季夫人哪肯信，不由輕輕推著季恪簡的肩膀，試圖將人喚醒。

毫無作用，若非胸膛還在起起伏伏，季夫人差點就以為兒子不行了。

御醫硬著頭皮勸道：「世子筋疲力竭，睡上一覺，大概也就能醒了，強行喚醒他，說不得適得其反。」

這種情況下，季夫人只得信了，可她不捨得離開，一定要留在這裡守著兒子。

哪怕許硯秋勸了，季夫人也沒改變主意，反倒勸她回去休息，但許硯秋哪好意思離開，少不得陪著一塊兒看護。

看著看著，兩人發現季恪簡的神情出現細微變化，那是一種前所未有的愉悅，彷彿從骨子裡透出來的一般。

季夫人拿帕子輕輕擦了下季恪簡的臉。「這是作什麼美夢了，這麼高興？」語調柔和，聲音裡卻夾雜著濃濃的擔憂。

在季恪簡的夢裡，籠罩著大片大片的紅色，屋簷下張燈結綵，大紅燈籠高高掛，迴廊邊擺滿一盆又一盆奼紫嫣紅的鮮花。

整座季家祖宅都沈浸在喜慶的氣氛中，走在其中的丫鬟僕婦腳步輕鬆，透著喜悅。

季恪簡站在湖邊，頗有興致地餵著湖裡的錦鯉，不厭其煩地計算日子。再有五天，花轎就要到了。

他都有些後悔，為什麼要把婚禮地點定在老宅，要不然他此刻還能去看看她。雖說即將完婚的未婚夫妻不能見面，然而他有的是法子可以偷偷看她一眼。

「世子，不好了！世子。」泉文慌慌張張的聲音傳來。

季恪簡的眼皮沒來由一跳。

「世子，六姑娘遇刺……掉下懸崖，沒了。」泉文一句話說得磕磕巴巴，眼淚奪眶而出，緊張地盯著季恪簡。

季恪簡的笑容還定格在臉上，他一瞬不瞬地盯著泉文。「你說什麼？」語調輕飄飄的。

「六姑娘沒了……」泉文帶著哭腔的聲音再次響起。

季恪簡一動不動地站在原地，面無表情地看著泉文。

「世子？」泉文無比擔憂地看著他。「您請節哀，六姑娘在天之靈，肯定不想您太難過。」

平靜的面容上出現一絲裂縫，逐漸擴大。季恪簡指尖不受控制地開始痙攣，慢慢地整個人都顫抖起來。

泉文心驚膽顫地看著他，忽覺眼前一花，一陣風掠過，季恪簡的身影已經消失不見。

滿天滿眼的紅色忽然變成慘白，被刺眼的白幡、壓抑的哭聲給吞沒。

季恪簡站在一片縞素的靈堂中，那壓抑的白色壓得他喘不過氣來。他的手一點一點地在暗紅色的棺木上滑動，用力之下，指甲翻起，滲出血滴，引得周遭人一陣驚呼。

季恪簡像是不覺疼似的，布滿血絲的雙眼直勾勾地盯著那口棺木，啞著聲音道：「我想看暖暖最後一面。」

「暖暖愛美，她肯定不想讓你看見她……看見她狼狽的模樣。」宋銘難過道。他模樣不比季恪簡好到哪兒去，雙眼通紅，眼角皺紋深了不少，鬢角露出幾縷白髮。

季恪簡的身體再次不受控制地抖起來。她那麼嬌氣，從那麼高的懸崖上掉下去，該有多疼？她是不是曾經奄奄一息地躺在冷冰冰的亂石堆裡，在痛苦與絕望中死去？

一股鹹腥湧上喉嚨，季恪簡硬生生把它吞回去。

情景又為之一變，白茫茫的靈堂變成陰森森的義莊，敞開的薄棺內躺著一具屍體。就是這個人，帶著一群花重金從黑市請來的殺手，刺殺暖暖，他在宋家護衛的追擊下，服毒自盡。

刺客的身分也已經查明，神策軍斥候營李石，魏闕的下屬。

又是一晃，季恪簡抬起眼，目光筆直地望著眼前高大威嚴的男子。魏闕眉眼疏離，神情冷漠，彷彿什麼都入不了他的眼。「李石確是我的人，不過非我令他去刺殺宋家表妹。此事，我定然給你們交代。」

交代很快就有了，有人上報，曾經見此人在斥候營西邊的亂石堆盤旋，一查之下，挖出一個木盒，木盒裡放著一個荷包、兩條手帕、一支東珠蝴蝶簪，都是女人的東西。

那東珠十分名貴，名貴到整個大秦都沒幾顆，魏歆瑤便被揪了出來。

其實一開始，他就懷疑過魏歆瑤。暖暖那麼善良，哪有什麼非要置她於死地的仇家。

皇帝給了宋家和季家一個交代，找了個由頭，讓魏歆瑤被褫奪公主封號，永生圈禁皇陵；魏闕也因為管教不力，被罰了兩年俸祿。

然而對他而言，這遠遠不夠，血債必須用血來償！

他終於等到親手報仇的那一天。

魏歆瑤在皇陵過得還不錯，雖然院子外築起高高的城牆，被圈禁在四方天內，可她依舊錦衣玉食，還有兩個宮女伺候。

畢竟是金枝玉葉，父為皇，母為后，兄長為太子，誰敢慢待她？說不得再過幾年，還能正大光明離開皇陵，繼續做她風風光光的公主。

望著一步步走來的季恪簡，魏歆瑤嚇得肝膽俱裂，連連後退，直到被逼到牆角，退無可退。「你怎麼敢闖進來？你要做什麼？」

「妳真以為殺人不用償命？」

魏歆瑤色厲內荏。「你敢？父皇和母后不會繞過你的！」

季恪簡冷冰冰道：「我都到這兒來了，妳以為我還怕他們？」

「你做了什麼？」魏歆瑤駭然失色，哆哆嗦嗦道：「你造反了？難道你造反了？不可能，絕不可能！」

季恪簡冷冷地看著她，那目光就像在看一個死人。

縮在牆角的魏歆瑤狠狠打了一個哆嗦，嚇得語無倫次。「不可能的，你要是敢動我一根寒毛，我讓父皇誅你九族。」

季恪簡掀了掀嘴角，涼涼一笑。「帶走！」

「季恪簡，你要做什麼？你要做什麼！」魏歆瑤掙扎大叫。

待她發現自己被帶到一處懸崖邊後，魏歆瑤已嚇得滿臉鼻涕和眼淚。這是宋嘉禾摔下去的地方。

山風呼嘯，如刀子般割在人臉上，吹得季恪簡身上的墨綠色錦袍獵獵作響。

「掉下懸崖會有多痛苦和絕望，妳知道嗎？」季恪簡的聲音彷彿摻了冰渣。

被像小雞一樣拎著的魏歆瑤，嚇得大吼大叫。「季恪簡，你不能這樣對我！我是魏家的女兒，我是大秦公主，你會後悔的，你一定會後悔的！」

「我只後悔沒有早點殺了妳！」季恪簡從下屬手裡接過魏歆瑤，拎著她走到懸崖邊。

魂飛魄散的魏歆瑤哭得上氣不接下氣，崩潰尖叫。「不要！季恪簡我求求你，求求你，「若是摔不死，算妳命大，我認。」

我錯了、我錯了，我只是太喜歡你，你放過我吧，你想怎麼樣都行，只要別殺我，我不想死，我不想死！」

「妳不想死，暖暖難道想死？」溫和的面容驟然猙獰，季恪簡眼底泛起可怖的血色。

「季恪簡你這個混蛋，殺千刀的，我就是做鬼也不會放過你，我詛咒你下地獄！」似乎知道求饒沒用，魏歆瑤破口大罵，極盡惡毒，猶如潑婦。

「我先送妳下地獄。」話音未落，他鬆開手。

淒厲的慘叫聲響徹山谷，迴響不絕。

懸崖邊的季恪簡一張臉忽然變得慘白，整個人微微打晃。

「表哥，表哥……」嬌俏甜美的小姑娘雙手背在身後，嬌嬌地呼喚。「你過來，快過來啊，我給你看樣好東西！」

躺在床上的季恪簡突然睜開眼，眼底一片漆黑，如同化不開的濃墨。

「姑娘吃點葡萄。」青畫端著一盤飽滿晶瑩的綠葡萄過來，擺在宋嘉禾手邊。

宋嘉禾心不在焉地拿了一顆。

青畫知道宋嘉禾一直託魏闕在找一個人，而這人就是剛才那刺客，聽宋嘉禾和關峒的話，她是懷疑這人是魏闕屬下。如此說來，王爺一直在騙姑娘。

青畫生怕她鑽牛角尖，傷了與靖王之間的情分，遂勸了一句。「這其中怕是有什麼誤會，姑娘先莫要胡思亂想，等王爺來了，再細細問一問。」

「我明白的。」宋嘉禾抬眼望了望她，慢慢地剝了葡萄皮塞到嘴裡。

這葡萄真甜。豐盈甜膩的汁水順喉流下，宋嘉禾覺得自己的心情略好一些。

三表哥瞞著她該是有原因的。若是早幾年發現這個刺客是三表哥的人，她可能會有所懷疑，懷疑他是不是幫魏歆瑤出頭？畢竟他們兄妹感情看著還不錯。不過這輩子她對魏闕的瞭解加深不少，她覺得以他為人，應該不至於做這種事。

那刺客之事應該另有內幕，只是他為什麼要瞞著她？

宋嘉禾輕輕地咬咬唇。也許待會兒他還會問自己為什麼要騙他？之前她說了，她找的那人是家賊來著。他一開始就知道自己在騙他，可他沒有戳破，為什麼啊？

宋嘉禾覺得腦子裡一團亂麻，只能束手無策地揉了揉太陽穴。

「王爺。」門外響起請安聲。

宋嘉禾吃一驚，心想，怎地這麼快就過來了？

魏闕一把掀起門簾，燦爛的陽光隨著他一同湧入。
宋嘉禾不適地瞇了瞇眼，吶吶喚了一聲。「三表哥。」
瞧她緊張的模樣，魏闕安撫一笑，擺擺手。「你們都退下。」
宋嘉禾才留意到他隻身一人進來，並沒有帶護衛。
營帳內的青書與青畫看向宋嘉禾，眼底帶著憂色。
宋嘉禾朝她們點頭，二女只好帶著擔憂躬身退下。
宋嘉禾望著魏闕，魏闕也望著她，四目相對，誰也沒有說話。
最後魏闕笑了笑，他走過去，拉著宋嘉禾的手，在邊上的椅子入坐。
手沒有被甩開，魏闕臉上笑意加深一分。
不待宋嘉禾先問，魏闕先解釋起來。「那刺客名喚李石。」他留意著宋嘉禾的臉色。
「他是我手下一名斥候。」
宋嘉禾垂了垂眼，濃密的睫毛在眼下投下一片淺淺陰影。「他為什麼要刺殺季表哥？」
「我也不知道。」魏闕道：「父皇已將此事交給趙統領查辦，不過……」
見宋嘉禾抬眼，魏闕笑了下，又道：「早前我調查過他，他似乎愛慕我七妹。」
宋嘉禾渾身一震。「魏歆瑤？」又喃喃道：「果然是她。」
聲音很低，可魏闕哪能沒聽見。「妳早就知道是她指使的？」
宋嘉禾抿緊雙唇。
魏闕好脾氣地笑了一下，捏捏她的手。「我先向妳賠個不是，我早就知道他的真實身分，只是看妳模樣對他十分憎惡，還說是家賊。」

見魏闕頓了頓，宋嘉禾雙唇抿得更緊，神色也繃起來。

「我擔心其中有什麼蹊蹺，也存了私心，怕妳知道我與他的關係，進而與我生分，遂我想著先徹查一番，也好讓我有個心理準備。可一直都沒查出什麼蛛絲馬跡，本打算直接和妳坦白，不巧碰上出征，事情一樁接著一樁，就給耽擱了，以至於鬧了這麼一齣。是我疏忽大意，幸好沒有造成不可挽回的後果。」

他原本派人監視李石，大抵是時日久了，監視的人開始懈怠，無知無覺讓李石脫離監控。

宋嘉禾垂下眼眸，盯著手裡的帕子。如果早些知道那刺客的身分，又沒說開的話，她對魏闕應該會留下疙瘩。

「我都說完了，暖暖能告訴我，妳為什麼要找李石嗎？」魏闕包覆住宋嘉禾的雙手，他的手很寬闊，輕而易舉將她的手包在掌心裡。

該來的果然逃不了。雖然早有準備，宋嘉禾的心神還是忍不住亂了一瞬。

魏闕耐心地望著她，不曾出言催促。

半晌，宋嘉禾輕緩的聲音響起來。「幾年前我作了一個噩夢，在夢裡，那個李石，他帶著一群人來追殺我，慌亂中，我被他逼得掉落懸崖。那個夢真實到可怕，猶如親身經歷，我至今也忘不了。去年上元節，在街頭偶遇他，他和夢裡的那個人長得一模一樣，我很害怕，我怕那不僅僅是個夢，是老天爺給我的警示。」

半真半假，宋嘉禾只能說到這兒，總不能說她死而復生了一回。

魏闕望著眼簾輕垂的宋嘉禾，伸手將她攬到懷裡，愛憐地輕拍她的後背。「暖暖別怕，那只是個夢，何況他已經死了，有我在，這種夢絕不會發生。」

宋嘉禾乖順地伏在他胸口，輕輕點點頭。

冷不防又聽見魏闕問她。「在夢裡，是七妹派他追殺妳？」

話音剛落，魏闕便感覺到懷裡的宋嘉禾身體僵了僵。

她沒夢見，也只是猜測，因為魏歆瑤有這個動機。魏闕方才說那個李石愛慕魏歆瑤，原先的五分猜測成了九分，最後一分只等證據。只是……她若說是猜測，萬一魏闕問她，她為什麼猜是魏歆瑤，她要怎麼回答？難道說，魏歆瑤喜歡季恪簡，所以要殺了她這個情敵？

宋嘉禾有點不敢想屆時魏闕的臉色，於是她淡淡嗯一聲。

魏闕眸色沈了沈，下巴輕輕蹭著她的頭頂，放柔聲音道：「夢都是反著來的，妳看，現在和妳的夢不是反了？」

宋嘉禾如釋重負一笑。

是啊，這一世和上一世已經完全不同，很多人的命運已經發生翻天覆地的變化。

「嗯，那終究只是個夢罷了。」

聽出她語氣中的輕鬆，魏闕笑了下，問道：「那在妳夢裡，有沒有夢見我？」

宋嘉禾眼神飄了飄。「夢見了，你可嚴肅了，看了我都不帶正眼瞧，嚇得我都不敢跟你說話。」

前世，他倆也就是普通親戚，見面請個安的關係，宋嘉禾再次感慨世事之玄妙。

「這種噩夢還是快點忘掉的好。」魏闕一本正經地揉了揉宋嘉禾的頭頂。

宋嘉禾噗哧一聲笑了。

這廂宋嘉禾終於了了一樁心事，心情愉悅，魏闕看起來心情也不錯的模樣。

季恪簡那邊卻是出了麻煩，他一直昏迷不醒。過了一天還未醒，可把季夫人急壞，隨駕的御醫們都被她喊過來，各施手段。然而季恪簡還是未見醒來的跡象，嚇得季夫人險些暈過去。

幾位御醫也是急得不行，猶如熱鍋上的螞蟻急得團團轉。皇帝可是下令，讓他們務必治好季恪簡，可問題是季恪簡他沒毛病啊，一沒受傷二沒中毒，但他就是昏睡不醒，奇了怪了！

營地就這麼點大，如此大的動靜，第二天季恪簡昏迷的消息已是人盡皆知。

宋嘉禾自然也知道了消息。宋、季兩家是親戚，她知道了沒有不過去探望的道理；再說了，這麼多年的交情，做不了夫妻，兄妹之誼也是有的。

宋嘉禾讓青畫備了一些藥材，帶著人過去探病。

途中遇到魏闕，聽聞她要去探望季恪簡。

魏闕道：「那我和妳一道去。」

進了營帳，見到憔悴不堪、彷彿一夜之間老了十歲不止的季夫人，宋嘉禾心頭一澀。

姨母只剩下季恪簡這麼一滴骨血，若是季恪簡有個三長兩短，只怕姨母也熬不過去。

「姨母。」

季夫人扯了扯嘴角，擠出一抹微笑。「你們來了。」

宋嘉禾心頭酸澀。「姨母莫要擔心，季表哥吉人自有天相，一定會逢凶化吉。倒是您，若是傷心過度，壞了身子，等季表哥醒來，他還不得心疼愧疚。」

類似的話，季夫人已經聽了一籮筐，她自然知道道理，可身為母親哪能不擔憂？

「世子？」許硯秋驚喜地叫起來，一臉狂喜地看著床上睜開眼的季恪簡，望進他黑漆漆的眼底，忽地心頭一悸，亂了心跳。

季夫人迅速撲到床頭，又驚又喜地望著季恪簡，哆哆嗦嗦地摸著他的臉。「承禮，承禮你終於醒了。」緊繃了一天一夜的心終於放鬆下來，季夫人喜極而泣。「你讓娘擔心死了。」

「兒子不孝，讓娘擔憂了。」季恪簡眨眨眼，啞著嗓子道，一轉眼，呼吸瞬間一滯。

見季恪簡終於醒了，宋嘉禾滿臉歡喜，見他看過來，回以明媚笑容。

季恪簡直勾勾地看著她，宋嘉禾愣住了。

魏闕跨了一步，擋在宋嘉禾面前，關切道：「季世子可有不適之處？」

「多謝王爺關心，我已無大礙。」季恪簡扯了扯嘴角，慢慢撐坐起來。

季夫人連忙搭了一把手，一迭連聲喚御醫。

候在一旁的御醫趕忙上前，一番檢查後笑逐顏開。「夫人放心，世子並無不妥之處。」

御醫心裡納悶。季世子脈搏有力，強壯得很，可偏偏就是莫名其妙昏迷一天一夜，怎麼也喚不醒，莫名其妙又好了，奇哉怪哉！

「可我看他臉色……」季夫人憂心忡忡地望著兒子蒼白的臉頰。

御醫道：「這是因為世子一日未進食。」

季夫人忙道：「也是，這都一天沒吃東西了。」

她扭頭正要吩咐人去把一直溫在外頭的燕窩粥端進來，就聽丫鬟道：「世子夫人已經去取燕窩粥了。」

「娘放心，兒子真的沒事。」季恪簡溫聲道。

看了又看，季夫人懸在空中的那顆心終於落回肚子裡，輕輕打了下他的手臂。「你這孩子，可要嚇死我了，好端端的怎麼昏迷了呢？」

季恪簡笑了笑，眼角餘光掠過站在遠處的宋嘉禾。原來他只昏迷一天，可他覺得已經過了好幾年。

一場夢猶如歷經一生。多麼光怪陸離的夢，卻又那麼真實，真實到他現在還沈浸其中，不可自拔。

季恪簡想起早兩年作的那些離奇的夢，與這個夢連貫起來。他這是怎麼了？怎麼會作這樣的夢？

季夫人放心之後，終於想起被撇在一旁的魏闕和宋嘉禾，歉然一笑。「失禮了。」

魏闕微微一笑。「季世子剛醒，需要照顧，我們便不打擾，改日再來探望。」

宋嘉禾微笑附和著點點頭。憶及方才季恪簡的眼神，她覺得有些古怪，可又說不上來。

寒暄兩句，季夫人親自送他們出營帳，畢竟魏闕身分不一樣。

在帳門口，遇見了端著燕窩粥回來的許硯秋。

「王爺、嘉禾要走了？」許硯秋溫聲道。

宋嘉禾道：「嗯，我們有空再來。」瞧了瞧她的臉色。「表嫂也注意自己身體。」

「我會的。」許硯秋柔柔一笑。

離開的宋嘉禾心情頗不錯。季恪簡總算醒了。隨後便想起刺客一事，轉頭問魏闕。「事情查得怎麼樣了？」

魏闕微笑。「才一天工夫哪有這麼快，妳莫著急，我使人留意著，一有進展就來告訴妳。」

宋嘉禾點點頭「你待會還有事兒嗎？」

「無事。」魏闕笑吟吟望著她。「妳有事？」

「我想去跑馬。」

想起方才營帳內魏闕擋在她面前，宋嘉禾有點不自在，不知道他是不是生氣了，遂想哄哄他。

魏闕笑著點頭，終究將疑問壓下去。

早兩年，他就在無意間發現宋嘉禾對季恪簡有好感，不過落花有意，流水無情。再後來，那點好感就沒了。這一點，他能確定，也不擔心宋嘉禾會舊情複燃。問題出在季恪簡身上。想起他看向暖暖的眼神，魏闕劍眉微皺。

「這粥的溫度，正好入口。」許硯秋遞上粥。

季恪簡接過來，對她輕輕一笑。「讓妳擔心了。」

季夫人道：「可不是，這一天一夜硯秋都沒合眼，臉都熬黃了。」

小倆口結了婚，相敬如賓，可季夫人瞧著缺了點新婚夫妻的熱乎勁。

許硯秋低頭一笑。「這都是我該做的。」

聽了這話，季恪簡笑了笑，心思卻飛了出去，或者該說一直沒收回來。

他尚且還沈浸在那個夢裡，夢境真實得可怕，喜怒哀樂歷歷在目，猶如親身經歷，諸多情緒並沒有因為醒來而褪去。

季恪簡煩躁地擰了擰眉頭。他不喜歡這種感覺，可又控制不住，越想壓下去，越是壓不住，眼前不受控制地掠過宋嘉禾宜嗔宜喜的面龐，眼底漾著淺淺情意。

忽然間，季恪簡想起第一次見到宋嘉禾的時候，她的眼裡含著淡淡的思慕，可明明他們才第一次見面。她看著他的眼神，彷彿他們認識很久很久一般。

一個荒誕的念頭冒出來——是不是，她也曾經作過這樣的夢，所以被夢境影響？

季恪簡搖搖頭，覺得自己真是睡糊塗了，世上怎麼會有如此荒謬的事情。

# 第四十六章

為期五天的秋獮到了尾聲，大批人馬浩浩蕩蕩地返回京師。

宋嘉禾在半道上與大夥兒分開，去西山別莊尋找宋老太爺與宋老夫人。

魏闕要護送皇帝回宮，不便離開，遂安排關峒帶人護送她。

到了別莊，聽說刺客之事的二老，少不得問了幾句。

宋嘉禾言簡意賅地說一遍，倒是沒說那刺客就是她要找的那人，畢竟老爺子在呢。

晚間，宋老夫人拉著宋嘉禾遊園，直接問了。「妳這丫頭是不是還有什麼事瞞著我？」

宋嘉禾摸了摸鼻子，討好道：「祖母英明。」

宋老夫人瞋她一眼。自己養的姑娘，她哪會不瞭解？「說吧。」

宋嘉禾就把刺客的身分，還有自己與魏闕的對話大概複述一遍。

宋老夫人正色道：「他沒追問妳夢見什麼了？」

「沒有。」宋嘉禾忙道：「一句都沒有。其實就是問，我也說不出個子丑寅卯來，現在的情況和我夢見的已經大不相同。」

宋老夫人又道：「妳沒跟他說，妳和季家表哥的事吧？」

宋嘉禾搖頭。她哪開得了口。

宋老夫人嘆了一口氣。「這事他不問，妳千萬別說。」

哪個男人會不介意？沒必要拿這種事來以示坦誠。

「他要是問了，妳也不需要隱瞞，要說得坦坦蕩蕩。」死不承認是下下策，顯得虧心似的。

宋嘉禾應了一聲。她就是這麼打算的。

「這事啊，還真是趕巧。」宋老夫人搖搖頭。「也不知能不能查個水落石出？」

宋嘉禾靜默下來。若真是魏歆瑤，她畢竟是龍子鳳孫，誰也說不準皇帝會不會當慈父？

事實證明，皇帝沒當慈父，也許是一次又一次的變本加厲，終於耗盡皇帝的慈父心。最終，魏歆瑤被褫奪封號，並且圈禁起來，罪名是孝期作樂。到底要顧忌朝廷臉面，權衡了一個不那麼丟人的罪名。

魏闕來看宋嘉禾的時候，帶來這消息。

魏闕轉述調查經過。「……找到了李石藏匿起來的木盒，裡面是一些女人的東西，其中有一支東珠蝴蝶簪，十分珍貴，循著這條線索查到七妹頭上。一開始七妹不認，父皇親自審問她，之後便下了圈禁的聖旨。」

宋嘉禾捏著腰間玉珮。前世，魏歆瑤大概也就是這麼個結果了，身為皇家女，除非謀逆這種罪名，再怎麼樣都不會丟性命，對皇家而言，圈禁就是最大的懲罰。

可想想還是不甘心。前世她可是丟了性命啊！然而再不甘心，又能如何？再退一步說，這輩子，她不還活得好好的。

宋嘉禾甩了甩玉珮。算了，就這樣吧！

「世子，這兒風大，咱們回吧。」頂著寒風的泉文縮著脖子，雙手插在袖子裡，心驚膽顫地望著站在懸崖邊的季恪簡。

一望那深不見底的懸崖，泉文一陣暈眩，白著臉往後退兩步，覺得手腳更冷了。

背對著他的季恪簡置若罔聞，出神地看著峭壁。和他夢裡一模一樣。

魏歆瑤是因為一支東珠蝴蝶簪暴露，這一點也和他夢裡一模一樣，可真巧啊！

駐足良久，季恪簡旋身離開，途經香山，一眼望去，滿山遍野都是紅彤彤的楓葉，如同火在燒，恍惚間，憶起夢境。

楓林環繞的空地上，她垂首畫畫，露出一截弧度優美的細頸。

「暖暖的畫又進步了。」他含笑誇獎。

她翹了翹嘴角，似乎覺得這般不夠矜持，嘴角遂往下壓了壓。「誰叫我有個好師傅呢。」

「那也要徒弟是可造之材，師傅才有用武之地，否則，碰上朽木，也全是白費功夫。」他一本正經地哄她。

小姑娘沒忍住，眉眼彎彎，臉上都是融融笑意。

「不過感覺樹幹這一塊，妳畫得僵硬了些，可以這樣。」他很自然地從後面擁著她，握著她的手。

掌心裡的手輕輕掙了掙，沒掙開，她回過頭來，瞪了他一眼，顧盼生姿，叫人失了心魂。

教的人心猿意馬，學的人耳垂微微泛紅。

季恪簡閉上眼。這樣甜蜜溫馨的畫面，在他夢裡出現了不止一幕。

這些時日以來，他試圖從夢境中抽離，可越是努力，夢境越發清晰刻骨，所有的喜怒哀樂恍如親身經歷。

夢境與現實交融，混為一體，感情也從夢中蔓延到現實中。

當年他見到宋嘉禾所作之畫時，從中找到自己的痕跡。

季恪簡嘲諷地扯了扯嘴角。當時他還想著，這丫頭是不是暗地裡拿他的畫來臨摹過？現在他卻在想，宋嘉禾是不是也作過那樣的夢，所以被夢境影響？要不然第一次見面的時候，她怎麼會用那樣的眼神看他？彷彿他們早已相識、相知。

季恪簡抬起腳，不由自主地踏入這片楓樹林，忽然踩在一截枯木上，發出清脆的斷裂聲。

聽見動靜的宋嘉禾轉過頭，循聲望過來，就見季恪簡從火紅的楓葉林裡走出來，一步又一步，他的目光有些怪，如同籠罩著一層迷霧，又似藏在層巒疊嶂之後，看不分明。

宋嘉禾忍不住蹙了蹙眉頭。

「季表哥。」她屈膝福了福。

季恪簡注視著她，目光下落幾分，定在畫上，一時分不清這是夢還是現實？如火如荼的楓葉映在季恪簡眼裡，就像真的起了火，燒得他眼睛有些疼。

「季表哥也來賞楓葉？」宋嘉禾對他禮貌地打招呼。

她覺得季恪簡怪怪的，也許她該想個什麼藉口告辭。萬不想自己突發奇想來香山畫畫會遇上他。

望著她微微皺起來的眉頭，他知道這不是在夢裡。

季恪簡收回目光，看向近處的楓葉。他是為她而來，那個夢攪得他寢食難安，不解開這個疑團，只怕他這輩子都得不到安寧。

季恪簡淡淡嗯一聲，忽而一笑。「見到表妹，倒是想起一樁趣事。」語調不疾不徐，十分平靜。「自從我遇到的那個刺客後，突然開始作一些奇奇怪怪的夢。」

夢？

宋嘉禾沒來由心頭一緊，一顆心霎時提起來。

季恪簡轉過臉，目光落在宋嘉禾臉上。「有一回我夢見那個刺客在追殺表妹，表妹在走投無路下被他逼得掉入懸崖。大概是那天瞧著他衝向表妹，落下了陰影。」

宋嘉禾臉色驟變，就連嘴唇都失了顏色。

季恪簡內心掀起驚濤駭浪。一般人不是都會覺得滑稽嗎，她為什麼會是這副模樣？恐懼、震驚、不敢置信……

手心微微滲出冷汗，他握了握拳頭。

「姑娘？」看著臉色蒼白的宋嘉禾，青畫不安地叫了一聲。

宋嘉禾回過神來，乾乾地嚥了一口唾沫，難以置信地看著季恪簡。

難道他也和她一樣，回來了？他昏迷了一天！

宋嘉禾腦子裡霎時一片空白。

看清她眼底的情緒後，季恪簡心頭一刺。在她的眼裡，已沒有男女之情。

是的，當初他那樣冷漠，她豈能不死心？她還有魏闕，人中龍鳳、待她體貼入微的人，怎麼會不變呢？

季恪簡扯了扯嘴角，感覺到老天的惡意。但凡早些作這個夢，事情都不會是現在這個模樣。時也，命也！

「妳知道，在那個夢裡，害妳的人最後是什麼下場嗎？」季恪簡心平氣和地詢問她。在夢裡，她「死了」，應該不知道結果，想來會心有不甘吧！

宋嘉禾當然想知道，她穩了穩心神，問道：「什麼下場？」

「那個刺客在逃跑中也掉落懸崖，幕後凶手在五年之後，被人從妳掉落的那處懸崖，扔下去。」

宋嘉禾瞳孔不受控制地擴大，嘴唇輕輕顫抖。

她死後，到底發生了什麼？無論如何，魏歆瑤都是龍子鳳孫，想讓她償命，談何容易？突如其來的酸澀湧到眼角，似乎有什麼東西想要奪眶而出，宋嘉禾捏了捏手指。「善有善報，惡有惡報，這個結局，實在是令人大快人心。」

「是啊，殺人總是要償命的。」季恪簡揚了揚嘴角。「否則枉死之人，只怕在九泉之下也不能瞑目！」

宋嘉禾用力地眨眨眼，心口隨之一空，壓在上面的巨石不翼而飛。上輩子的枉死，一直是她心裡的疙瘩，因為魏歆瑤不會為她償命。現在這個疙瘩終於消散，她不用再對魏歆瑤耿耿於懷。

宋嘉禾張了張嘴，想說什麼，又覺得喉頭發堵，半晌才道：「那真要感謝那個人，幫我報了仇。那個人，後來還好嗎？」

宋嘉禾問得有些緊張。

「他很好，生兒育女，幸福美滿。」季恪簡輕輕一笑，眉眼恬淡。「我還有事，先行一步。」

此行目的已經達到，看來她作過那樣的夢，或許那根本就不是夢……莊周夢蝶，到底是莊周變成蝴蝶，還是蝴蝶變成了莊周，誰知道呢？

就這樣吧！

一片楓葉搖搖晃晃地飄下來，從季恪簡眼前飄過，他伸手接住，又隨手扔到一旁。那片楓葉在空中打著旋兒，最後落在地上，融入其中，再也找不到。

宋嘉禾佇立在原地，久久沒有動作，整個人彷彿魂遊天外。接二連三的衝擊，讓她還回不過神來。

「姑娘。」青畫小心翼翼喚一聲，見宋嘉禾沒有反應，她便輕輕推一下。

季世子與自家姑娘的對話，她聽得雲裡霧裡，什麼刺客，什麼夢，兩人都怪裡怪氣的。

宋嘉禾沈沈吐出一口腹中濁氣。「回去吧！」

這樣挺好的！

「唉唷。」林中驟然響起一聲慘叫。

這聲音聽著有些耳熟，宋嘉禾一怔，忽地臉色難看起來。

循聲疾步走過去，就見關峒一邊拍著身上落葉，一邊齜牙咧嘴。「瞧我這眼瞎的，那麼大塊石頭都沒看見，好險沒撞掉我的門牙。」

宋嘉禾卻笑不出來，她蒼白著臉，望著關峒旁邊神色淡漠的魏闕。

裝模作樣的關峒看向宋嘉禾，目光又移到魏闕身上，心道，自己只能做到這兒了。他這屬下當得也太不容易，連主子的感情生活都要操心。雖然他沒成親，連個相好的都還沒有，可也知道有什麼問題還是當面說清楚的好，藏在心裡，指不定哪天疙瘩潰爛成膿瘡，那就大事不妙了。

眼見魏闕想離開，關峒心急啊，少不得他這個做下屬的自我犧牲。

魏闕掃一眼多管閒事的關峒；關峒面皮繃緊，乾乾一笑。

青書、青畫齊齊臉色一變。

王爺過來多久了？他又聽見了多少？

魏闕來了有一會兒。今日他無事便打算過來找宋嘉禾，萬萬想不到，會看見季恪簡也在這裡。

之前在木蘭圍場探病的時候，他就發現季恪簡看著宋嘉禾的眼神有些奇怪，今日更加明顯，季恪簡的眼神複雜得讓人一言難盡，眷戀、遺憾、悵然、無奈……以及深深的不可思議。

他竟不知道，季恪簡居然能露出這樣激烈的情緒。

宋嘉禾的反應也讓他心裡有些不舒服。雖然早在幾年前就知道，宋嘉禾曾經對季恪簡動過心，不過他自信，現在的宋嘉禾對季恪簡再無男女之情。只是他們口中的那個夢又是怎麼回事？

兩人對話怪裡怪氣，那一瞬間，魏闕看過去，彷彿兩人處在一個誰也不能插足的境界中，這種感覺很不好。

魏闕不想現身，一來是要壓一壓這負面情緒。人非聖賢，他也有七情六慾。二來便是不想宋嘉禾尷尬，他可以往後找個適合機會，再問一問。現在不問，以後還是要問的，要不他心裡得留疙瘩。

不想關峒多此一舉，來了這麼一齣。這小子，果然是太閒了。

既然已經被發現，魏闕只好走出來，見宋嘉禾神色緊張，他緩了一下神情。

「你、你來啦？」宋嘉禾傻乎乎地問一聲。

魏闕神色自然。「今日無事，便來看看妳。」

宋嘉禾心跳如擂鼓，想問他是不是都聽見了，可又問不出來。她覺得自己和季恪簡之間坦坦蕩蕩，然而面對魏闕又不由自主心虛，季恪簡的確是她的曾經。

魏闕笑了笑，主動挑起話題。「遠遠聽著你們在說什麼夢和追殺，是關於之前的刺客案？」

聽他的語氣十分溫和，宋嘉禾的心神略略放鬆一些。他既然問了，她也不會隱瞞，正如祖母之前說的，藏頭藏尾反倒顯得作賊心虛，不利於二人感情。

「之前我不是和你說過，我作過一個夢。」

魏闕點點頭，目光柔和地望著她，似在鼓勵。

宋嘉禾深吸一口氣，對左右使了個眼色。丫鬟、護衛們知趣地告退，關峒幾個也退開。

「那個夢歷時很長很長，夢裡的情形真實異常。在夢裡，我像是重新活了一回，和現在完全不一樣，我不認得你。」

魏闕一挑眉。

宋嘉禾立刻改口。「呃，咱倆不熟。」她聲音又低了低。「在夢裡，我和季表哥訂親，夢醒之後，很長一段時日裡，我都分不清哪個是現實，哪個是夢境，那感覺太真實了。」

怪不得在她的夢裡，李石會追殺她，一開始他只以為是魏歆瑤的嫉妒作祟，之前魏歆瑤就這麼做過。現在想來，嫉妒是真，最大的原因還是在季恪簡身上。

「妳當初喜歡他，就是因為這個夢？」

宋嘉禾瞪大眼，像是在問「你怎麼知道」，但馬上又尷尬起來，低頭扯著帕子沒吭聲。

魏闕當她默認，不免啼笑皆非。

因為一個夢？可想起季恪簡提起夢境，難不成兩人作了同一個夢？

魏闕眸色沈了沈。這事雖然太過匪夷所思，不過那又如何？夢終究是夢，季恪簡當年親手將人推出去，現在後悔也遲了，這麼一想，老天爺待他不薄。

沈默讓宋嘉禾很不安，她悄悄抬起眼，有些忐忑地望著他。

瞧她這緊張的模樣，魏闕感到有些好笑，還是頭一次見她如此，本想板著臉讓她哄哄自己，可又不捨得起來，這丫頭天生就是來剋他的。

思及此，魏闕正想笑一笑安撫她。

「我現在喜歡的是你。」

魏闕一愣，目光落在害羞紅了臉的宋嘉禾面上。他一眨不眨地望著她，像是被這意外之喜給震住。

宋嘉禾雙頰滾燙，耳朵更是紅得要滴血，甚至有種自己整個人要燒起來的錯覺，可她不後悔說出口，就是覺得難為情。她腦袋越來越低，都快垂到胸口。

魏闕忍俊不禁，伸手捧住她的臉，戲謔道：「可別把腦袋給折了。」

溫暖的手覆在滾燙的臉上，讓宋嘉禾一個激靈。見魏闕露了笑影，緊繃的心弦一鬆。看來豁出去還是值得的。

「那個夢忘了吧，反正是個噩夢！」居然和別的男人訂親，對他而言可真是噩夢。

宋嘉禾用力地點點頭。其實這兩年她已經很少想起前世，甚至一些記憶開始模糊，有時候她都忍不住想，難道那真的只是個夢？

「乖。」魏闕的聲音柔軟得不可思議，含著淡淡笑意。

宋嘉禾的臉忍不住更紅了一些。

紅撲撲的臉，水盈盈的眼睛，她不知道自己現在這副模樣落在別人眼裡，是多麼活色生香。

魏闕覺得嗓子眼有些乾，熱度從她臉頰順著掌心蔓延到全身，整個人都熱起來。

他慢慢俯下身，湊過去。

被籠罩在他身影裡的宋嘉禾一怔，不自覺往後躲了躲。

魏闕伸手扣住她的後腦勺，抵著她的額頭，笑道：「躲什麼？」

宋嘉禾左顧右盼，就是不敢迎視他的雙眼，那裡頭像是有兩把火在燒，看一眼就要被灼傷似的。這樣的魏闕她沒見過，因此本能地害怕。

魏闕低低笑起來，呼吸噴灑在她嬌嫩的臉上，宋嘉禾的臉更紅了，一直紅到脖子。

「我知道一個地方，風景特別好，我帶你去。」宋嘉禾轉移話題，想脫離這個奇怪的境地。

「我特意抽空過來看妳，卻被妳嚇一跳，妳打算怎麼補償我？」

「你生氣了？」宋嘉禾氣虛道。

「我不生氣，只是難過。妳居然夢見和別的男人訂親。」

宋嘉禾覺得冤枉極了。「作什麼夢我哪能控制。早知道就不告訴你了。」

「晚了。」魏闕開始胡攪蠻纏，鼻尖輕輕刮著她的臉。「反正我現在挺難過的，妳得補償我。」

宋嘉禾咬咬唇。「你想怎麼補償？」

嘴唇因為輕咬，越發紅潤，魏闕眸色更沈，假裝猶豫了下，最後勉為其難道：「妳親我一下吧！」那語氣好似他才是吃虧的那個。
宋嘉禾大窘，伸手推開。「想得美！」
「那我親妳一下。」話音未落，魏闕不再壓抑內心的蠢蠢欲動，低頭含住她的唇瓣。
比他想像中還甜還軟，令他心蕩神搖，魂遊天外。
宋嘉禾僵住，整個人都成了木頭。
魏闕一手按著她的後腦勺，一手扶著她的後背往自己懷裡壓，恨不能把人揉進骨血中。到底不敢太過放肆，唯恐把人嚇到，魏闕淺嘗則止。
宋嘉禾還維持著發愣的神情，可愛極了。
魏闕又憐又愛地親了親她的臉頰，低笑。「現在我不難過了。」
被占了便宜的宋嘉禾終於還魂，霎時脹紅臉，惱羞成怒地瞪著魏闕。
魏闕笑咪咪看著她，心情十分美妙。
宋嘉禾氣不過，踢了他一腳。「你欺負人！」
魏闕將臉湊過去一點。「妳可以欺負回來。」
「不要臉！」宋嘉禾恨恨地推開他的臉。

季恪簡騎上馬，將漫山遍野的紅色楓葉拋在身後，一同拋下的，還有那個匪夷所思又真實異常的夢。
他快馬疾馳在官道上，迎面而來的風颳在臉上，又冰又涼。

回到寧國公府，季恪簡就把自己關在書房裡。他一動不動地坐在檀木圈椅上，神情一點一點平靜下來。

那真的只是個夢？為什麼會如此真實？為什麼兩人會作同一個夢？

「世子，夫人請您過去用晚膳。」泉文小心翼翼地敲了敲房門。這都大半天了，主子一點動靜都沒有，可讓他擔心得差點就想推門而入。

泥塑木雕一般的季恪簡，眼珠子動了動，抬抬頭，發現脖子疼得厲害，如生鏽一般。屋裡黑沈沈的，抬頭一看，天居然暗了。

季恪簡沈沈吐出一口氣來，腦海中閃過「天意弄人」四個大字。

「世子！」泉文不放心地又喊一聲。

季恪簡站起來，打開房門。

舉著手敲門的泉文，好險沒敲到他臉上，趕忙收回手賠笑，覷著他的臉色，一顆心沒個底。

季恪簡沒理他，繞過他走出書房，穿過花園，一直到了膳廳，廳內坐著季夫人和許硯秋。

見他過來，許硯秋站起來，屈膝福了福。

季夫人臉上露出慈愛的笑容。「去用膳吧。」又道：「你父親和同僚喝酒去了，傳話回來，今兒不回來用膳。」

季恪簡輕輕一笑，溫文爾雅，上前扶著季夫人入座。

「天涼了，咱們喝點酒，暖暖身子。」季夫人望著身旁的兒媳，笑咪咪道。

季恪簡神色微微一頓，又若無其事道：「今兒母親興致好，兒子當然奉陪到底。」

許硯秋便親自執壺為二人斟酒，又布了一筷子菜。

「好了，妳也坐下吧。」季夫人含笑道。

他們季家沒有婆婆吃飯，兒媳婦站著伺候的道理，意思意思就行了。

許硯秋應了一聲，坐在季夫人右方、季恪簡對面。

望一眼左邊的兒子，再看一眼右邊的兒媳婦，季夫人滿臉都是笑。以前啊，她最怕丈夫和兒子同時有應酬，因為那樣一來，家裡就會只剩下她一個人吃飯，冷冷清清的。現在好了，有兒媳婦陪她，再過兩年，兒媳婦給她生個大胖孫子，這日子就美滿不過。季夫人覺得整個人都敞亮不少。

「這老鴨筍乾湯是硯秋親自做的，燉了一下午，你嚐嚐。」季夫人笑呵呵道。

季恪簡看著眼前清澄透亮、浮著油花的鴨湯，聞起來看起來都不錯，他從善如流地盛一碗，點頭道：「味道不錯。」

這頓飯季恪簡吃了不少，還喝了兩碗鴨湯。

見他吃得津津有味，季夫人笑眯了眼，許硯秋臉上也帶著笑。

季恪簡也在笑。

這樣挺好！

一場秋雨一場涼，尤其山裡頭溫度降得更快。

在別莊住了一個月的宋老太爺和宋老夫人商量著，搬去溫泉莊子住。那宅子是皇帝賜下，裡頭好幾口溫泉，其中一口還是藥泉，最適合老人家。

宋嘉禾覺得老爺子真是太會享受，然後強烈要求把自己也帶上。

宋老太爺笑咪咪地應了。孫女在他這邊，魏闕過來也師出有名。

而他辭去的尚書令之位終於有人接手，接手的人就是魏闕。肥水沒有流到外人田裡去，宋老太爺十分高興，更高興皇帝對魏闕的栽培之意。

在尚書令這位置上，政務上的事情幾乎都包含進去，方方面面都能接觸到，十分磨練人。

魏闕的軍事能力無可挑剔，眼下他欠缺的，就是政務方面的能力，要讓滿朝文武、黎民百姓相信他不只上馬能定國，下馬也能安邦。

每每魏闕過來，都會向他虛心討教，瞧下來，有些地方略顯生疏稚嫩，畢竟之前從來都沒接觸過，誰也不是生而知之。不過難得的好悟性，也不剛愎自用，宋老太爺覺得魏闕是可造之材。

宋家祖孫在溫泉莊子的小日子過得美哉妙哉，宮裡的太后就沒這麼幸運了。

自林氏走後，一個念頭就在她腦子裡生根發芽，茁壯成長。她想讓宋銘與魏瓊華再續前緣。

她這輩子生了三兒一女，三個兒子不用她擔心，一個比一個活得好，事業有成，妻妾成群，兒女繞膝，唯獨小女兒讓她操碎了心。自己這女兒，看著日子是過得瀟灑自在，那是她年紀還沒到，等她再長幾歲，再好的風景也要看膩，開始想家。這人生在世，過日子還是要跟家人過。

這麼些年，她一直盼著魏瓊華能找個人定下來，不拘出身背景，哪怕就是個男寵，自己也能硬著頭皮認了。只要她願意跟人家好好過日子，再不濟生個一兒半女，老來有個慰藉也成。

可魏瓊華那反應能氣死人，什麼叫沒男人配得上她，想起她說話的模樣，太后就來氣。然而再氣，那也是親生骨肉，自己肚子裡爬出來的孩子，還不是要替她籌劃。

打林氏沒了，太后就開始琢磨起宋銘來。女兒這模樣，歸根究柢還是因為宋銘。曾經滄海難為水，兩人青梅竹馬長大，要不是死老頭棒打鴛鴦，指不定她女兒都能抱上孫子了。每每想起來，太后都想挖了老頭子的墳，誰叫他害了女兒一輩子。

別人魏瓊華看不上，宋銘總行了吧？

只是娘家會不會答應，太后心裡也沒底。魏瓊華的風評，就是她這個當娘的也得說一聲狼藉，宋銘能不計前嫌？

太后覺得這事有點棘手。要是其他人家，還能以權壓人，可那是她的娘家，她還能撕破臉強人所難不成？何況宋銘功勞威望擺在那兒，也不是她可以隨意掌控的，所以這事拖到現在，太后也沒跟娘家開口。

實在是張不開口啊！

思來想去，太后覺得這事不能直接說破，得找機會讓宋銘和魏瓊華私下見見面。要是兩人舊情複燃，再好不過，即便不成，也不傷情分。

哪想她這邊盤算得好，魏瓊華就跑青州去玩了。這丫頭倒是逍遙自在得很，可憐她這老母親替她操碎了心。

左盼右盼女兒都不回來，倒是聽了不少有關宋銘打算續弦的消息，甚至有人到她這裡來走門路，太后不禁著急起來。萬一娘家定了人，她總不能出手強搶。

太后合上茶蓋。「給長公主傳信，就說哀家病了，病得要不行了，速歸！」

太后鳳體抱恙可不是小事，哪怕是在溫泉莊子的宋老太爺都第一時間得到消息。

正好魏闕過來尋宋嘉禾，宋老太爺便問他。「太后哪兒不舒服？」

若是不嚴重，何至於將千里之外的魏瓊華召回來？宋老太爺越想越擔憂。

「老毛病了，就是為了姑姑的事鬱結於心。御醫給開了幾服藥，略有好轉。」魏闕微笑道。

宋老太爺瞇了瞇眼，慢慢道：「那就好。」轉臉對宋老夫人道：「明兒妳進宮去請個安。」

宋老夫人應了。

略說幾句，魏闕和宋嘉禾便退出去。

宋老太爺和宋老夫人的神情不約而同凝重起來。

良久後宋老夫人開口。「其實，要是老二願意，我也不會反對。這些年他過得著實不容易。」

若是兒子真的喜歡，宋老夫人願意認了。這麼些年，宋銘就守著林氏過日子，哪怕林氏再糊塗，她兒子也沒納妾蓄婢。說他喜歡林氏，宋老夫人是萬萬不信的。這麼個糊塗人，哪裡能讓人喜歡。只不過對他而言，不是心裡那個人，誰都一樣。

老二如此遷就林氏，以至於把她慣壞，就是覺得虧欠她，所以想補償她。

都是當母親的人，這會兒，宋老夫人能理解太后的心情。這當母親的，都盼著兒女過得幸福，其他旁的都可以睜一隻眼、閉一隻眼，尤其到了他們這年紀，看得更開了。

宋老太爺可沒宋老夫人那麼想得開。「瓊華太過荒唐！」

這丫頭聲名狼藉，宋家丟不起這人。

男人浪子回頭，可以馬上走回正道，旁人還要誇一聲迷途知返，可女人是回不了頭的。魏瓊華要是嫁別人，宋老太爺只有高興。外人和外甥女，當然是外甥女重要，可擱自己兒子上頭，當然是自家名聲要緊。

這門婚事一成，他們宋家還不得讓人在背後笑死？他丟不起這人。

宋老太爺定了定神。「眼看著老二就要出孝，你趕緊給老二把人定下，不拘出身，咱們家也沒必要聯姻高門大戶，只要性情好便可。」

鵝毛大雪紛紛揚揚地灑下來，在官道上鋪了厚厚一層。

白茫茫的道路上，一輛華麗莊重的馬車緩緩前行。

魏瓊華躺在毛茸茸的狐裘毯上，昏昏欲睡，直到咯吱一聲，馬車驀然停下。

打著瞌睡的魏瓊華睜開眼。「怎麼回事？」沙啞困頓的嗓音中帶著濃濃不悅。

「回殿下，前頭有人翻了馬車，擋了去路。」雪天路滑，難免有幾個粗心大意的人。

「嚴重嗎？」魏瓊華隨口問一句。

「殿下稍等，老奴去瞧瞧。」不一會兒，老嬤嬤回話。「只是受了點皮肉傷，並不要緊。」

「我怎麼聽著妳聲音有些怪？」魏瓊華漫不經心地道。

回話的老嬤嬤，臉皮抽了抽。她過去時看見被攔在對面的隊伍，是宋家人，打頭坐在馬上的人就是宋銘。她伺候魏瓊華二十幾年，知道自家主子跟齊國公早年那段舊事。

「嗯？」馬車裡傳出上揚的尾音。

老嬤嬤不敢再隱瞞，硬著頭皮道：「老奴瞧見齊國公府一行人也在。」

馬車裡有一瞬的靜默，忽然傳出一聲嗤笑。

今日是林氏的週年祭，宋銘和宋子諫特意請了一日假，一家人前往皇覺寺為林氏作法事。不想，從昨日開始一直下雪，路上積了厚厚一層，不僅行路艱難，還遇上一樁事故，所幸無人傷亡。

宋銘派了侍衛上前幫忙，引得對方千恩萬謝。

不經意間，他看見了對面的馬車。

目光一凝，隨即若無其事地轉開。莫名想起之前宋老夫人和他說的話，心頭無奈。太后姑母可真是異想天開。

宋嘉禾也發現對面的馬車，一眼就認出那是長公主的車輦。在這個時辰，往京城方向去的也就只有魏瓊華。臨近除夕，她也該回京過年。

她的目光又移到馬背上的宋銘身上。他脊背挺直，猶如一棵蒼翠古松，凜然挺拔。

說來，宋嘉禾一直對這兩人之間的關係，有那麼點疑惑，可細細觀察，又沒什麼特別之處。

倒在地上的障礙終於被清理走，道路恢復通暢。

既然遇上了，也沒有假裝視而不見的理。

魏瓊華倚在窗口，笑盈盈地說話。「這大雪天的是要去哪兒，倒是好雅興。」

宋銘淡聲道：「今日是亡妻週年祭。」

魏瓊華笑容頓收。「倒是我失禮了，齊國公與先夫人果然是情深意重，鶼鰈情深。」

宋銘扯了扯嘴角，沒說話。

不知怎的，宋嘉禾聽著覺得有點奇怪。

魏瓊華笑了笑。「那我就不耽擱你們了。」說著放下簾子，隔絕外面的視線。

待她的馬車經過後，宋銘才說一聲。「走。」

噠噠馬蹄聲中，魏瓊華回到京城，沒回公主府，徑直去了皇宮。

她是為了太后的病回來的，結果進了皇宮一瞧，她娘歪在椅子上，腳邊跪了兩個小宮女在捶腿，面前一群人在唱小曲，吹拉彈唱，好不快活。

魏瓊華瞬間沒了脾氣。有這麼欺負人的嗎？好歹也裝裝病啊。

太后抬了抬眼皮。「可算是回來了，哀家還當妳忘了慈安宮的大門往哪兒開呢？」

「瞧您這話說的，我就是忘了哪兒，也不會忘了您啊。」魏瓊華無奈道：「您想我回來，直說就是，犯得著咒自己病了，何苦來哉？」

太后冷笑一聲。「哀家要是不裝病，妳能這麼快趕回來？能在三十那天回來，就算妳有良心了。」

魏瓊華訕笑，這還真說不準。因為魏家和南邊幾家一直都是針尖對麥芒的關係，所以她都沒敢去南邊玩，就怕去了被人家扣下當人質。好不容易皇帝打下南邊，她當然不會錯過這個機會。

江南水鄉，吳儂軟語，有著與北地迥然不同的風貌，她正玩得高興，就收到太后送來的急信，否則真有可能連年都不回來過了。

「哪能啊！」魏瓊華眼皮都不眨地反駁道。

太后哼了一聲。「少在這兒糊弄人，傻子才聽妳說瞎話。」她揮揮手，唱曲的伶人低眉斂目地退下。

覷著上首太后端凝的臉，魏瓊華心裡一突，瞧著像是有大事。她仔細想了想，自己最近沒捅婁子吧！

「我在南邊得了兩疋綢緞，是那邊新出的料子，柔軟得很。」魏瓊華開始賣好。

太后興致缺缺。「行了，別拿那些東西來糊弄哀家，真想讓哀家高興啊，妳趕緊找個人嫁了，哀家比吃了長生藥還高興。」
魏瓊華覺得這下沒法聊天了，她唉了一聲。「這好端端的怎麼又提起這樁事來？」
太后冷哼。「要是妳早點把這事結了，哀家用得著老調重彈？」
魏瓊華撐著額頭，無奈地嘆道：「不都說好了嗎？該吃吃、該喝喝、該玩玩，兒孫自有兒孫福，您就別操心了。」
太后瞪她。「養兒一百歲，常憂九十九。要是可以，妳以為哀家願意搭理妳？」
魏瓊華靜默一瞬，就聽見太后徐徐道：「前兩天，你大舅母進宮跟哀家閒話，提了阿銘。阿銘馬上就要出妻孝，她的意思是，要是妳願意的話……」
臉不紅、心不跳，睜眼說瞎話的太后，目不轉睛地盯著魏瓊華。只要她有一分意動，她怎麼著也得把這事給辦成。
魏瓊華瞠目結舌，不敢置信地看著太后，突然眨眨眼，笑得前俯後仰，眼淚都飆了出來。
太后被她笑得上火。「笑什麼，有這麼好笑嗎？」
「哎喲，我的親娘，您就是扯謊也扯得可靠點呀。」
魏瓊華擦了擦眼淚。「就我舅舅那性子，他能樂意才是太陽打西邊出來。」
太后歪了歪臉，臉色難看。
魏瓊華生怕老佛爺氣惱，趕緊收了笑，一本正經道：「我知道您是為了我好，可是我跟宋銘早八百年前的事，您啊，就別翻老黃曆了。」

「既是老黃曆，妳幹麼不願意找個人安安生生過日子？」太后覺得女兒遊戲人生，就是因為宋銘已經成親，兒女成雙，沒了指望，所以放縱自己。

「我高興啊！」魏瓊華嘖了一聲。「各人有各人的活法，有人喜歡夫妻恩愛，兒孫繞膝，我就喜歡這醉生夢死的日子，別人想過還過不來呢！」

太后恨聲道：「妳現在是高興了，可妳有沒有想過等妳七老八十，怎麼辦？別人家兒孫伺候著享受天倫樂，妳一個人孤零零就不覺冷清？」

魏瓊華翻了下眼皮。「只要我有權有錢，還怕沒人伺候我？您怕我老來寂寞，就讓我給人當後娘去，您是我親娘嗎？」

太后瞪著她，說不出話來。

魏瓊華說得理直氣壯。「有句話怎麼說來著，前世殺人放火，今生做人後娘。我上輩子造了什麼孽，要去當四個孩子的後娘，哎！我還得去當後祖母。」

太后的眼珠子都快瞪出來了。

一看老太太氣得不輕，嘴快的魏瓊華連忙描補。「您要真想讓我養孩子，也行，您瞧著哪個順眼，過繼給我，我養著就是。」

魏瓊華真覺得她娘快走火入魔，居然想讓她嫁給宋銘，簡直可怕！為防止她娘使出什麼昏招來，趕緊想了這麼一個法子。

「妳真願意？」太后難以置信。這麼容易就答應？之前可是怎麼勸她都不願意。到了這年紀，太后也不指望她生了，她怕魏瓊華生孩子時把命填進去。外孫哪有女兒重要。

「我不願意成嗎？您還不得捶死我。」

太后深吸一口氣。「這兩天哀家就把這事給定了。」省得她回過神來反悔。

「您高興就成。」魏瓊華無奈道。只要老太太別想亂點鴛鴦譜。她又補充了一句。「別找爹疼娘愛的孩子，作孽。找那沒爹沒娘，要不爹不疼、娘不愛的。」

太后翻了個白眼。「還用妳提醒。」

這可是要給女兒養老送終的，當然要找能養熟的那種。

壓在心頭幾十年的一樁心事了了，太后輕鬆不少，又想起另一件耿耿於懷的事。「妳真不想彌補遺憾？別拿什麼後娘的來敷衍我，妳有公主府，他們礙不著妳。」

「不想，一點都不想！」魏瓊華說得斬釘截鐵。「這錯過就是錯過了，我已經不是二十年前的我，他也不是二十年前的他。」

二十年前的宋銘願意為了她放棄一切，二十年後的宋銘不可能為了她，讓宋家被人指指點點；二十年後的她也不願意為了他做賢妻良母。

魏瓊華的聲音驀然低沈下來。「況且沒什麼遺憾的，當年我和他都已經竭盡全力。」說話時，她眼裡帶著淡淡的笑意。

當年她為了抗議李家那門親事，跟她爹鬧過絕食；宋銘悄悄潛進來，竟然說要帶她走。誰能想到向來正經端肅的他，居然敢冒如此之天下大不韙。

魏瓊華哭得唏哩嘩啦，她覺得自己沒白喜歡他一場，她喜歡的少年願意為了她放棄一切。也許在別人看來，他是那麼感情用事。

她正感動著，她爹就來了，拿鞭子把宋銘抽了一頓。

至今她都記得他跪在她爹面前那一幕。他說，他願意為魏氏披肝瀝膽，替魏家攻城奪寨，總有一天，他會打下李氏，只求他不要將她嫁到李氏，嫁給那個好色暴虐的人渣。

她爹若是這會兒還活著，就會發現他說的都做到了，做得比當年說的還好。

可惜她爹看不見了！

# 第四十七章

太后做事向來雷厲風行，剛說完過繼，不出三天就把人送到魏瓊華面前。

魏瓊華被太后這效率給嚇一跳，不禁懷疑，打一開始這就是太后做的局，故意拿宋銘來嚇她，事實上是在這兒等著她呢！可任她怎麼懷疑，事已成定局，也沒了反悔的機會。

太后挑中的是魏氏族裡一個剛滿週歲的小男孩。他娘生他時，血崩而亡，親爹半年前出了意外，遂養在他大伯家裡。

小娃娃白白嫩嫩，看著挺機靈，太后一眼就挑中。這年紀也剛好，正是最討人喜歡的時候，容易養出感情來。

奈何魏瓊華打小就不是個喜歡孩子的人，瞅著白嫩嫩湯圓似的小娃娃，也沒生出點慈母心。不過既然過繼了，該盡的責任她肯定會盡到。這娃娃在原先家裡頭，雖然沒被虐待，可也是個無人問津的小可憐，有什麼好的都要排在堂兄弟後面。在她這裡起碼錦衣玉食不缺，偌大公主府裡就這麼一個小主子，下人自然會眾星捧月似地供著他。

過繼儀式之後，這孩子就正式成了魏瓊華的嗣子，改名魏德。皇帝大筆一揮，賞了一個長安伯的爵位給便宜外甥，以示自己對這外甥的重視。

可把一干皇親，尤其是魏家的公主們羨慕得不行。她們的孩子、正兒八經的魏家嫡親外甥、外孫都沒爵位呢，倒是讓個旁支小崽子越過去。

然而再羨慕也沒用，誰叫這孩子有個厲害的嗣母，皇帝可是說了，這爵位是褒獎魏瓊華歷年來養兵的功勞。這話一出，想厚著臉皮去討個爵位的公主們只能無奈地歇了心思。

魏瓊華是個摟錢的靶子，賺的錢大半都投在養兵上。某種意義上來說，這爵位是用金山銀山買來的，她們出不起這錢，自然就沒爵位。

這聖旨一出，莫說皇家嬌客們羨慕，就是旁人也要羨慕魏德的好運。這可是因禍得福，有這麼一個養母在，日後前程不可期。

只是，魏瓊華難道要改邪歸正，做慈母了？有此疑問的看客們立刻就知道自己想太多。魏瓊華身邊依舊跟著一名英俊男子，是張生面孔，溫文爾雅，風度翩翩，據說是江南帶回來的才子。

議論紛紛中，除夕夜如期而至，爆竹聲聲直至天明，成德三年到了。

初一，進宮朝賀；初二，開始不斷到其他人家作客。

宋嘉禾忙得腳不沾地。母孝二十七個月，不過一旦過了週年祭，規矩便會鬆乏很多，除了不能婚嫁，衣裳首飾素淡一點外，並不妨礙作客。所以她也不能再偷懶，要跟著長輩四處拜年。

一直到了初八，不用再出門，因為輪到承恩公府宴客。

這天一大早，宋銘和宋鑠便攜帶家眷上門。

宋老夫人抱著大曾孫子，眉開眼笑，眼裡的疼愛幾乎要滿溢出來。

客人陸陸續續到來，氣氛也越來越熱鬧。

正在垂花門前迎客的小顧氏驟然聽見魏瓊華來了，嚇了一大跳，連忙趕向大門口。宋家自然有發帖子給長公主，只是沒想到這位嬌客會來，誰不知道這位貴客不喜歡來這種正兒八經的宴會。

魏瓊華不只自己來了，還把新鮮出爐的兒子帶上，小男孩穿著一件簇新的大紅錦袍，脖子上戴著金項圈，富貴又喜慶。

他乖巧地揪著魏瓊華的衣襬，見了小顧氏，羞怯一笑，往魏瓊華裙子後面躲了躲。

這靦覥的小模樣哄得小顧氏心肝一顫，笑容不知不覺加深。

「小孩子怕生。」魏瓊華笑道。這娃娃膽小得跟一個姑娘似的。

小顧氏笑道：「長大些就好了。」

小顧氏迎著魏瓊華母子倆到了大堂，宋老夫人起身要見禮，被魏瓊華一把攔住。雖然她位分高了半級，可宋老夫人是舅母，魏瓊華雖然愛玩，這點禮數還是有的。

「德哥兒，還不向舅婆請安。」

魏德蹣跚著往前走幾步，奶聲奶氣道：「阿德見過舅婆。」

「乖。」宋老夫人笑逐顏開，接過朱嬤嬤遞來的紅包，塞給他。「拿去買糖吃。」

魏德沒接，怯生生地看向魏瓊華，在魏瓊華點頭後，才伸手接了。「謝謝舅婆。」

宋老夫人笑瞇了眼，愛憐地摸了摸他的腦袋，又抓了一塊糖給他。「真是個好孩子。」

此時此刻，宋老夫人心頭是安慰的。魏瓊華也是在她眼皮子底下長大，眼下她終於有了孩子，這孩子看起來還不錯，哪能不為她高興。

宋老夫人逗弄小娃娃幾句，旁人也跟著湊趣，然後一個勁兒地誇讚，誇得小娃娃的臉蛋紅得像個蘋果。

宋老夫人見他羞得不行，不免好笑，見宋子記過來，便道：「德哥兒要不要和哥哥去外面玩？那裡有好多小哥哥、小姊姊。」

魏德有些怕生，期期艾艾地看向魏瓊華。

魏瓊華對他鼓勵一笑。「去玩吧！」玩著玩著，膽子也就大了，她魏瓊華的兒子哪能是個膽小鬼。

胖乎乎的宋子記笑嘻嘻道：「我們去玩藏貓貓。」不由分說就把人拉走了。

到了園子裡，聚著十幾個男孩、女孩，大的就八、九歲，小的三、四歲，一群人開始捉迷藏。最小的幾個就是來湊數的，誰也沒當真，都有下人寸步不離地跟著。

見別人跑，魏德也跑，跑了兩圈茫然起來，邁著小短腿在院子裡亂轉，轉著轉著，想要上茅房。

跟著他的小太監趕緊抱著他往淨房跑，唯恐小主子尿褲子哭鼻子。好不容易伺候好，他自個兒肚子一疼，哎喲叫喚一聲。

「主子，您在這裡等等小的，小的馬上回來。」

見魏德點頭，小太監連忙衝入淨房。

魏德乖巧地站在原地等，東張西望時，就見一隻雪白的哈巴狗從他面前跑過，登時眼前一亮。

解決好三急的小太監出來一看，小主子不見了，找了一圈，險些軟腿。不敢再抱著僥倖之心，連忙抓了個人去通知魏瓊華。

找了個地方透氣的宋銘，聽見假山裡傳出一道細細的哭聲，伴隨著狗叫，起初沒在意，可走了幾步也沒聽見有大人哄。

他不禁皺了皺眉頭，腳尖一轉走過去，就見山洞裡面蹲著個小娃娃。小娃娃懷裡抱著一條雪白的哈巴狗，娃娃哭兩聲，小狗叫一聲。

聽到動靜的魏德抬起頭來，重心後仰，一屁股蹲坐在地上。

宋銘失笑，想著這該是個迷路的小傢伙。「跟我來，我帶你出去。」

坐在地上的魏德沒動，啪嗒啪嗒地往下掉金豆子，嘴裡嘟嘟囔囔地叫著。「母親，母親……」

宋銘無法，上前抱起他出了山洞。

魏德一邊用小胖手抹眼淚，一邊怯生生地望著宋銘。

這孩子可真會哭！

左右看了看，沒有下人在，宋銘只能認命，打算抱他去人多的地方。

「母親！」魏德驚喜地叫起來。

高大挺拔的男子抱著稚嫩的孩童，這一幕落入魏瓊華眼底，觸動隱藏在心底最深的一根弦，泛起淺淺漣漪，然而很快又歸於平靜。

魏瓊華輕輕笑著走過去。「德哥兒。」

「母親！」魏德破涕為笑，奶聲奶氣叫了一聲，在宋銘懷裡扭來扭去要下地。

宋銘放他下地，一著地，小傢伙就飛奔到魏瓊華身邊，眷戀地拉著她裙襬。

寄人籬下的生活，讓這個孩子過早學會了察言觀色，他分得清誰真心對他好。

魏瓊華彎下腰，用帕子給他擦眼淚。她以為自己不喜歡小孩，可人非草木，孰能無情，養了兩天，就發現養小孩其實挺有趣，當然，前提是這小東西不哭不鬧，很是乖巧。

「你怎麼跑這兒來了？」魏瓊華問。

「狗狗，狗狗……」魏德一邊嘟囔，一邊四處張望，終於發現蹲在假山腳下舔爪子的小白狗，興奮地指了指。「狗狗！」

魏瓊華大約也明白了，想來是追著狗跑，結果跑丟了，遇上宋銘。還真有緣分。

「倒是麻煩表兄照顧德哥兒了。」魏瓊華笑吟吟道。

宋銘平聲道：「舉手之勞罷了。出來太久，我要回去招呼客人，公主隨意。」

「等一下。」魏瓊華喊住意欲離開的宋銘，彎下腰對懵懵懂懂的魏德道：「瞧你這小臉髒得跟花貓似的，去洗洗。」

魏德摀了摀臉，羞答答地看著魏瓊華，像是不好意思，他乖巧地點點頭。

一旁的女官翡翠便上前牽了他的手。

魏德抬頭看看含笑的魏瓊華，又扭頭看向不遠處的宋銘，忽然抬手朝他揮了揮肉乎乎的胖爪子，宋銘溫和地笑了笑。

翡翠帶著魏德離開，剩下的宮人俱是有眼色地往後退了退。

魏瓊華緩緩走向筆直站立的宋銘，好整以暇道：「年前母后問我想不想嫁給你，再續前緣，你猜我怎麼回答的？」

見他神色平靜，沒有一絲一毫驚訝之色，魏瓊華自己先笑起來。「看來你早就知道了。聽說舅母忙著給你相人，這麼著急，是為了躲我不成？」

「不是，我知道妳不會答應的。」宋銘淡聲道。

其實他並不想續弦。兒媳婦溫氏進門近兩年，人情往來從沒出過紕漏，家裡打理得井井有條，兩個小兒子也被她照顧得很好，家裡不缺人主持中饋。

林氏鬧得他筋疲力竭，他怕了，他只想安生地過日子，於他而言，妻子並非必不可少。只不過宋老夫人作為母親，哪捨得兒子做鰥夫，在這件事上立場十分堅持。

魏瓊華嗯了一聲，眉梢抬高。「你怎知道我不會答應？畢竟我當年那麼喜歡你。」

當年她一氣之下廢了李堅那個賤人，千辛萬苦逃回梁州。回來後，她便去找宋銘問，他們還有沒有可能？

他卻對她說，對不起。

其實這結果在她預料中。彼時他已經娶了林氏，以他性格，萬不能停妻再娶。然而饒是她有了心理準備，那一刻還是如墜冰窖。

當時的她恨不得一劍捅死林氏，再一劍劈了宋銘，可最後她什麼都沒有做。她醉生夢死，縱情聲色，以此來麻痺自己，何嘗又不是一種報復？報復父親，報復宋銘。

父親臨終前拉著她的手說對不起她，讓她找個人安生地過日子。她嘴上答應，出了孝，依然如故。她早習慣這種聲色犬馬的生活，一開始是為了報復，後來卻是為了取悅自己。權勢、地位、財富，她應有盡有，那又何必嫁人，給自己找個枷鎖套在脖子上？

「妳也說了是當年。」宋銘沈聲道。

他們都是四十的人，不再是十幾歲的少年，以為感情是生命中至關重要的東西。他們都很清楚，怎麼樣對自己最好。

瀟灑了二十年的魏瓊華過不來賢妻良母的拘束日子，何況便是魏瓊華願意，他也做不到對她豐富多彩的私生活視而不見。他非聖賢，他就是個俗人，強行在一塊兒，只會破壞最後那點情分，眼下這般好歹還有個念想。

魏瓊華輕輕嘖了一聲，扶了扶頭上金釵，倒打一耙。「可不是，錯過這個村就沒這個店了，誰讓你當年拒絕我來著。」

宋銘笑了笑。

魏瓊華眼波輕轉，揚起一抹輕笑，問出了困擾她十幾年想問又不敢問的疑惑。「這些年來你為何不沾二色？」

就是平民百姓，手裡寬鬆點，養不起二房也得去秦樓楚館找找樂子。她身邊也就宋銘這麼一個異類了。

「我對這些無甚興趣。」宋銘淡淡道。

魏瓊華欺近一步。「是為了我嗎？」

宋銘的眉峰輕輕一動。魏瓊華咯咯笑起來，笑得花枝亂顫。

這麼些年，雖然早就知道兩人不可能重歸於好，可見著他，尤其是他嚴肅著一張臉，好像看見了無關緊要的人，她就壓不住心裡的火，好像只有她還記得曾經似的。世間男子多薄倖，誠不虛言！

她這心氣一不順，就不想讓別人也好過。現在她這口氣終於順了，再也不用憤憤不平，他們扯平了。

心情大好的魏瓊華扶平輕顫的步搖，懶洋洋說了一聲。「我走了。」

她搖曳生姿地離開，水紅色的石榴裙漾起層層波浪，逶迤而去，留下一陣嫋嫋暗香。

宋銘在原地佇立片刻，轉身大步離開。

遠處假山背後的宋嘉禾久久回不過神來。隔得太遠，她聽不見兩人在說什麼，可看得清兩個人的神態。一直以來的猜測原來真不是她在胡思亂想。

想想也有道理，宋銘和魏瓊華年齡相仿，有太后在，想來小時候沒少見面。青梅竹馬、郎才女貌的，日久生情是再天經地義不過的事。

不知這中間到底發生什麼，變成這情形，瞧著兩人的神情，她心裡也怪不是滋味。

時光匆匆，桃花謝了，荷花開，再一晃眼就到了秋天。

秋高氣爽天，本是賞桂吃蟹的好時節，可京城的達官顯貴卻沒了這份閒心，蓋因出了名耿直的包御史在朝會上請立太子。

迄今，太子之位已經懸空年餘，其間皇帝沒有表露過丁點兒立太子的意思。

這一年多來大臣們偶有上書，也被皇帝輕描淡寫地壓下去，越到後來越引得滿朝文武開始猜忌，皇帝是否對靖王有所不滿？

畢竟靖王繼位太子，算得上眾望所歸。

就在不久前，皇帝因為賞月吹了涼風，又多吃了幾隻螃蟹，導致腹瀉發燒，病了十天才堪堪康復。

包御史看在眼裡，急在心頭。皇帝可是近五十的人，前頭被追封的仁祖皇帝享年四十九，再往上皇帝的祖父熙祖活了四十六。魏家人可不怎麼長壽，才有包御史淚灑金鑾殿的一幕，言詞懇切，句句肺腑，只不過皇帝臉色不大好。

紫檀座掐絲琺瑯獸耳爐裡，升起裊裊輕煙，散發著淡淡桂花香。

華賢妃靜靜地看著魏廷。年初的時候，皇帝到底看在二十多年情分上，終於把她從昭儀的位置晉升到賢妃之位，沒讓她繼續被宮裡那群妃嬪嘲笑。可也就這麼多了，新人一個接著一個往外冒，一年到頭她們這些老人也難得見幾次天顏。

魏廷被她看得不甚自在，挪了挪屁股。「母妃這麼看著兒子做什麼？」

把他喚過來，卻又不說話，魏廷心裡毛毛的。

「外頭那些流言蜚語，是你做的？」疑問的語句，華賢妃卻用了肯定的語氣。

魏廷目光輕輕一閃，納悶道：「什麼流言？」

華賢妃心裡就有了數。她果然沒猜錯，神色一厲。「還在這兒跟我裝模作樣，你是我生的，我還不知道你的性子？」

魏廷臉色僵了僵。

華賢妃嘴裡發苦。包御史一番話在朝堂上引起軒然大波，這一波還沒平靜下去，坊間就出現一些流言，都是誇魏闕的話，稱讚他如何英明神武，青出於藍而勝於藍，繼太子位乃順應天意。一時之間，魏闕的聲望直沖雲霄。

隨著這些流言越演越烈，朝堂上的氣氛越來越緊張。

這些流言剛剛出來的時候，華賢妃就有些擔心，眼看著事態發展方向逐漸詭異，華賢妃越發懷疑是不是兒子搞鬼？找來一問，果不其然，真是他做的。

「你知不知道你在做什麼？」華賢妃無奈地看著魏廷。

話說到這分上，魏廷也不再遮遮掩掩。那些流言的確是他在背後推波助瀾，他這麼做自然不是幫魏闕，要知道捧殺也是殺。

這兩年他痛定思痛，發現自己之前太冒進莽撞，才失了父皇的歡心。這兩年來，他臥薪嘗膽、小心翼翼，再不敢輕舉妄動，皇帝的態度終於和緩，慢慢地交給他一些事。

可這與魏廷的期望遠遠還不夠，皇帝最重視的還是老三。雖然不甘心，可魏廷不得不承認，再怎麼樣，他都比不上魏闕。

不能爬到他那樣的高度，那麼只能把他拉下來。

「天無二日，國無二主。」魏廷的雙眼閃爍著異樣的神采。「父皇再喜歡老三，可要是老三的威望超過他，父皇能樂意？朝上不少文臣武將都對老三推崇備至，他身邊圍繞一群能臣幹將，一呼百應。就算他無心結黨營私，可事實上，靖王黨已成，我就不信父皇一點都不忌憚，臥榻之側豈容他人酣睡。老大都被廢了年餘，可母妃您看，父皇可有意立太子？那天朝堂上包御史那番話一出，父皇的臉色，您是沒瞧見。」

魏廷哼笑一聲。「我再添柴加火一下，老三遭厭棄是早晚的事。老三下去，父皇不就得把我提上來？要是老三不甘，私下串聯，只會讓父皇更生氣，屆時，就是兒子的機會。」

魏廷眼神狂熱，似乎已經看到那一天。

華賢妃望著雙眼放光的兒子，簡直不知道說什麼才好？就算皇帝對魏闕生了隔閡，有意打壓，可她覺得也不可能一竿子把魏闕打到底，除非魏闕造反，畢竟他的功績、威望還有能力擺在那兒。皇帝再糊塗，總不至於拿江山社稷開玩笑，去捨了魏闕。

若魏閎還是太子，她一定會爭，除了一個嫡長子的身分，魏閎還有什麼？漫說她兒子不甘心，就是她也不甘心。何況她和柯皇后，那是結了死仇的，兩人之間不是妳死就是我活，一旦魏閎上位，他們母子只有死路一條。

可柯皇后死了，魏閎也被廢，魏闕和柯皇后不親近，他們母子又和魏闕沒什麼深仇大恨，已經沒了性命之憂。再說這些年她也看明白了，兒子與魏闕之間的差距，不是靠陰謀詭計就能拉近，所以她也歇了心思，這幾年都安安分分的。

見兒子也消停下來，像是認命，華賢妃心疼之餘也放了心。

本想就這樣吧，日後當個親王也不錯，哪想他魏廷居然都是裝的，依舊野心勃勃。

「你父皇縱然對他有些不滿，會打壓他，可也不可能放棄他啊。這幾年，你父皇花了多少心血培養他。」單單一個尚書令的位置，就能看出皇帝對魏闕的期望。

魏廷不以為然。「老大還是父皇花了二十多年心血培養出來的呢，還不是照樣說廢就廢了。不試試看，誰知道結果會是什麼？難道母妃就不想進宗廟，享萬世香火？」只有皇后或者太后才有資格入宗廟。

華賢妃靜默了一瞬。「我只想你們兄弟幾個平平安安。」

「平平安安地卑躬屈膝？若要兒子一輩子屈居人下，兒子寧可死。」魏廷神色冷厲。「母妃，您從小就要兒子跟老大爭，要從他手裡把魏家繼承人的位置搶回來，您現在卻讓兒子別爭。認命？兒子做不到，兒子也不想認命。」

魏廷站起來。本來還想把自己的打算說出來讓母妃把關，可現在看來沒必要了。沒了柯皇后這個死對頭，母親的好勝心也跟著沒了

望著華賢妃頭上藏不住的白髮，魏廷想，他母親老了，失去了當年的雄心壯志，只想安穩度日。

「母妃好生歇著，兒子先告退。」魏廷彎腰行禮，大步離開。

「回來，你給我回來！」華賢妃在後面喊。

魏廷充耳不聞，大步離去，腳步堅定。

立太子一事鬧哄哄了十幾日，皇帝依舊沒有反應，這當口，又有人上書請皇帝立后。

眼看著柯皇后去了兩年多，后位一直空懸。立后這事牽扯到嫡子，又把立太子這潭水攪

得更混了。此言一出，文武百官臉色都變了，不由看向上首的皇帝。

「孝昭皇后十七嫁與朕，勤勉柔順，克嫻內則，淑德含章……」皇帝當著滿朝文武的面追憶夫妻當年點點滴滴，動情之處，眼中水光浮動，末了表示。「朕不忍辜負孝昭皇后，眾卿家勿要再提立后之事。」

大臣們還能說什麼？只能表示陛下重情念舊啊！

更讓眾大臣想不到的是，幽禁在咸陽宮裡的廢太子魏閎，有感於孝昭皇后養育之恩，讓人送出一份用血抄的往生經。據說皇帝收到後，當即擺駕咸陽宮。

早年咸陽宮是一處草木凋敝的冷宮，後來廢太子魏閎一家搬進去後，咸陽宮被內務府略略修繕過。不過即使修繕過，比起奢華典雅的東宮依舊相去甚遠，處處透著蕭瑟冷清。

皇帝還是第一次踏足咸陽宮。自從魏閎被廢，父子二人就沒再見過，偶爾皇帝想起他來，便會派人送些賞賜到咸陽宮。

近半年來，他想起魏閎的時候有些多，約莫是人老了，開始懷舊。年初他晉封了一批在潛邸時伺候的老人。越老越容易想起當時年輕時候的事、想起曾經的好，而其中魏閎占據了濃墨重彩的一筆。這是他精心培養、寄予厚望的繼承人，可惜這兒子一次又一次讓他失望。

皇帝一邊回憶，一邊舉步走入咸陽宮，抬眼就見兩人從殿內迎面走來。

看清之後，皇帝腳步頓住，不敢置信地看著越走越近的魏閎和莊氏。

魏閎身著一件灰色長袍，頭梳圓髻，單單用一根木簪固定。昔年意氣風發的太子，此刻衣著簡陋、面容憔悴，神色卻是前所未有的安寧。

「兒臣參見父皇。」魏閎撩起衣襬下跪恭迎。落後半步的莊氏隨之跪下，她神色激動，淚水忍不住順著眼角滑下，身體也隨著哭泣而微微顫抖，哽咽道：「兒媳參見父皇。」

皇帝留意到魏閎右手食指上包著紗布，目光凝了凝。「平身。」

諸多情緒在他心頭湧動，以至於他的聲音十分複雜。

魏閎與莊氏緩緩起身。

皇帝的目光落在魏閎略顯粗糙的面容上，忽然發現他鬢間居然生出幾絲白髮，一時心頭惻然。

恰在此時，魏閎抬眼，眼底蓄滿眼淚，嘴唇輕輕顫抖。

父子二人相對而視，默默無言，頃刻後，兩行眼淚從魏閎的眼眶中滑落。

九月初二這一天，皇子公主除服，孝昭皇后二十七個月的孝滿了。

皇帝將除服禮定在皇陵，當天不只親自前往，還命皇親國戚也要到場。

宋嘉禾便隨宋老夫人去了皇陵，到了之後，才發現魏閎與莊氏竟然也在。據小道消息所說，皇帝有意解除魏閎的圈禁，這麼看來倒是真有可能。

除服禮繁冗又複雜，歷時一個半時辰才結束。

「父皇，兒臣想去探望一下七妹。」魏閎猶豫了下，低聲懇求。

皇帝看了看他。「去吧。」

他自己倒沒有去探望的意思。也許幾年後他會消氣，放女兒出來，可目前，他還沒有這個打算，想起魏歆瑤做的事，他就覺得丟人。求而不得，居然派人去刺殺季恪簡。

魏閎面露感激，躬身告退。

過去後，魏閎看見的就是一堵高約兩尺的灰黑色牆壁，壓抑感撲面而來。他是不是該感恩，皇帝只是將他圈禁在咸陽宮內，讓妻妾和兩個女兒陪著他，還有幾個丫鬟宮女伺候，而不是將他孤零零地關入築高牆為逼仄的囚籠？

四面都是牆，沒有門，只有一個一寸見方的窗口，以供送食水。

守在洞口的侍衛上前行禮，隨後搖了搖掛在牆壁上的銅鈴。

叮鈴鈴，叮鈴鈴……不知怎的，魏閎想起以前莊氏養的一條小狗，雙唇忍不住抿緊。

踢踢踏踏的腳步聲傳來，一個蓬頭垢面的人出現在窗後。

麻木的神情在看見窗外的魏閎那一瞬，掀起了驚濤駭浪。

「大哥！」魏歆瑤衝到窗前，激動地伸出雙手。「大哥你終於來救我了，大哥，大哥！」

魏歆瑤興奮得語無倫次，忍不住嚎啕大哭。「大哥，快放我出去！讓我出去，我不想待在這兒，我一刻也不想待，我要瘋了，我要死了！」

魏歆瑤哭得撕心裂肺，鼻涕、眼淚流了一臉。她真的要瘋了，不，她已經瘋了，她覺得自己已經被關瘋了。

整日被關在這方寸之地，有吃有喝，甚至還有書可看，可是沒有人陪她說話，她都覺得自己已經死了。

魏閎握住魏歆瑤伸來的雙手，卻摸到一手的骨頭，再看她瘦骨嶙峋的臉，眼眶發酸。她本是何等千嬌萬寵，美豔無雙，此刻卻像個乞兒，甚至連乞兒都不如，乞兒還有自由。

他想起母后臨終前的囑託，母后讓他照顧弟妹，可他什麼都做不了。

「大哥，大哥！」激動過後的魏歆瑤稍稍冷靜下來，察覺到不同，她臉色變得慘白，死握著魏閎的雙手，長久沒有修剪過的長指甲陷進他的皮肉裡。「大哥，你快放我出去啊！」

魏閎疼得忍不住白了臉，卻沒有收回手，他直直望著魏歆瑤。「七妹，妳鑄下大錯，父皇讓妳在此反省，只要妳悔改，父皇總會放妳出去的。」

可是魏歆瑤丁點兒聽不進魏閎的安慰，她只知道自己的希望落空，她不能出去了。

魏歆瑤撲上前，腦袋幾乎要從窗口伸出來，聲嘶力竭地大叫。「我錯了，我知道錯了！大哥，我已經知道錯了，你快告訴父皇，快告訴父皇啊，我要出去！」

「我會告訴父皇的，七妹妳放心。」魏閎哄著她。他們的對話一定會有人傳到父皇耳裡，若是知道七妹此刻的慘狀，也許父皇會於心不忍，就算不能馬上出來，起碼也會把囚禁的環境改善一下。

隔著窗戶，魏閎清楚地看見魏歆瑤的髒亂。頭髮打結，面容枯槁，臉上、身上都髒兮兮的，那衣物也不知多久沒有換過？

魏歆瑤劇烈地搖頭，淚如雨下地乞求。「大哥，你快放我出去，我求求你，我不行了，我待不下去了……」她嘴裡反反覆覆這幾句話。

魏閔心頭又酸又澀，知道她精神狀況不好，跟她說不明白，遂再一次道：「我會告訴父皇的，我給妳帶了一些衣物還有吃食。」說著抽回手。

魏歆瑤卻緊緊抓著不放，瘋狂地咆哮。「你騙我！你們都騙我！父皇偏心，他偏心，為什麼你能出來，我不能？季恪簡又沒死，現在要死的人是我，是我！」

魏歆瑤突然撞向牆壁，幾滴血濺到魏閔臉上，他瞳孔一縮，驚叫。「七妹！」

「去傳御醫。」此時已經有兩名侍衛熟練地拉著懸掛在牆上的繩索，蹬著牆壁，越過牆頭跳進去。

這種情形隔一陣子就會發生一次，他們也從一開始的緊張到習慣。

魏閔直愣愣地看著跳進去的兩個護衛抬起魏歆瑤離開，只覺得渾身冰冷。

也不知過了多久，其中一人走到窗口，恭聲道：「並無大礙，請大皇子放心。」

比之魏閔好歹還有皇子的身分，魏歆瑤連公主都不是，所以侍衛只好含糊過去。

「她以前也這樣過？」魏閔聲音乾澀。

「這是第四次。」

「父皇知道嗎？」

「一旦出事，屬下等都會立刻上報。」不過那邊除了送一名御醫長期駐紮外，並沒有多餘的吩咐。

魏閔喉結動了動，片刻後才道：「煩請諸位好生照顧她。」

那侍衛忙道不敢當，都是分內之事。

魏闊魂不守舍地離開，半途遇見匆匆趕來的御醫。他想著等到魏闕上位，自己大概就是七妹這下場，生不如死。

回到皇宮後，魏闊並沒有直接回咸陽宮，而是請求見皇帝一面。

奉命護送兼看守的統領猶豫了下，著人去御書房請示。

過了一會兒，傳來皇帝召見魏闊的消息。

魏闊整了整衣衫，前往御書房。

在皇帝說平身之後，魏闊沒有起身，他跪在地上神情澀然，語氣悲涼。「兒臣見到了七妹，她……」魏闊一時說不下去，話裡帶上微微的哽咽。「七妹哭喊著要出去，憤怒之下撞牆，幸而沒有釀成大禍。」

皇帝已經聽過稟報，一年來這樣的消息，他聽到不止一次。在將魏歆瑤圈禁起來時，皇帝就知道會有這樣的可能，派了一個御醫過去也是全了父女情分，旁的也就沒有了。誰叫她屢教不改，冥頑不靈，真以為他拿她沒轍是不是？

皇帝淡淡嗯了一聲，神色平靜。

魏闊閉了閉眼，眼角微微泛紅。「兒臣有個不情之請。」

皇帝往後靠了靠，目光幽涼地看著他。

魏闊不避不讓。「兒臣懇求父皇送一名宮女進去伺候七妹。七妹自幼養尊處優，十指不沾陽春水，根本不會照顧自己，今兒兒臣見她形容不堪，實在於心不忍。」

說罷，魏闊磕頭在地。

皇帝轉了轉手中扳指，久久說不出話來，片刻後，點頭道：「准了。」

她那性子還得繼續磨，釋放出來是不可能的，給她一個恩典倒可以。

魏閎感激涕零。目前他能為魏歆瑤做的也就到這裡了。送一個宮女進去，服侍是其次，最重要的是有個人陪她說說話，要不，在那高牆之內，一個人真的有可能神志不清。

略說幾句之後，魏閎告退。

外頭陽光燦爛，剛從裡頭出來的魏閎不適地眯眯眼，心想，看來父皇對他們多少還有點慈父之心，那就好！

自從魏閎在除服那天離開一次咸陽宮之後，彷彿圈禁真的解除，他不止一次被皇帝傳召到御書房，每次父子兩人都能在御書房裡待上不少時辰，也不知說了什麼？

朝堂上的氣氛頓時因為皇帝這莫名其妙的舉動變得有些古怪。一些人暗暗揣測，難道皇帝打算復立太子？這也太荒謬了。

一些親近魏闕的朝臣忍不住提醒魏闕，也想看看他的反應。

魏闕輕飄飄道：「享骨肉天倫，天經地義。」

可問題這個父親是皇帝，這個兒子是廢太子啊！若把這個兒子換成魏廷，他們也不至於這麼擔心。

說到這兒，又想起這陣子魏廷也頗受皇帝重視，彷彿突然間，皇帝想當慈父了。

紛紛擾擾之間，日子就到了年底。

# 第四十八章

臘月十二，是慶郡王魏聞迎娶表妹燕婉的日子。

在皇帝的授意下，這場婚禮十分盛大，京城有頭有臉的人家都十分知趣地攜帶重禮而至。

宋家一行人到的時辰不早也不晚，宋嘉禾扶著宋老夫人下馬車。

進入內院後，魏宋氏——也就是恪王妃，迎了上來。

魏聞拜託叔母魏宋氏招待女客，也是因為無人可用，只能求到叔母身上。論理該是嫂嫂們出面，可莊氏身分尷尬，魏闕也還沒成親；至於魏廷之妻尚氏，魏聞考慮都沒考慮，他向來和魏廷不對盤。其他嫂嫂他也不熟，所以找了一圈，就求到魏宋氏身上。

魏宋氏自然沒有不答應的道理。

到了廳裡，已經坐了不少人，宋老夫人被迎到上座。

一些相熟的女眷湊過來說笑，說著說著，就說到宋嘉禾身上。

「只怕要不了多久，就要吃六姑娘的喜酒了。」離宋嘉禾出孝也就剩下三個月。

宋嘉禾低頭，臉頰應景地紅了。

「今兒可是慶郡王的好日子，咱們不說旁的。」宋老夫人出言替孫女解圍，眾人也識相地不再打趣。

見過禮，宋嘉禾順勢就退出去。她揉了揉臉頰，方才笑得有點僵硬。

「哎呀呀，什麼時候能讓咱們喝上喜酒啊！」宋嘉淇捏著嗓子模仿。

宋嘉禾瞪她一眼，反唇相稽。「等妳成親可不就有得喝了？妳莫著急，七嬸已在給妳找人家了。」

宋嘉淇跺腳。「說妳呢，說妳呢！」

宋嘉禾哼一聲，大大方方道：「我反正就那樣了，有什麼好著急的，該著急的是妳。」

宋嘉淇瞪眼，氣呼呼道：「討厭！」

姊妹倆鬥嘴間就到了花園，相熟的玩伴聞聲走過來。「吵什麼呢，大老遠就聽見嘉淇咋咋呼呼的聲音。」

「想姑爺了唄！」宋嘉禾聳聳肩，一臉無奈。

「是該想了。」王博雅煞有介事地點點頭。她們這一群，可就只剩下宋嘉淇還沒有對象。

宋嘉淇被鬧了一個大紅臉，一跺腳跑了，引得眾人一陣笑。

玩鬧之中，夜幕漸漸低垂，今日的重頭戲也快到了，婚禮同昏禮，是在黃昏時分舉行。

恰在此時，傳來一陣細微的喧譁，略一打聽才知道，居然是皇帝親臨。皇家可不像尋常人家，兒子結婚，老父親要全程在場，在皇家，皇帝只需要賞賜就夠了。

「大皇子夫妻一塊兒來的？」王博雅納悶，看向宋嘉禾的目光中帶著擔憂。大皇子重獲寵愛，對魏闕可不是好事。

宋嘉禾對她輕輕一笑。

皇帝那頭，輪不到她們去迎接，遂大夥兒繼續說笑，只不過氣氛沒了之前的輕鬆自在。姑娘們不參與政治，可她們的命運卻與朝廷上的一舉一動都息息相關。

漸漸地，鑼鼓嗩吶的聲音越來越近。

宋嘉淇興奮。「咱們去看新人行禮吧！」

宋嘉禾沒甚興趣，卻還是被宋嘉淇一把拖到大堂。

大堂內，坐北朝南的父母位上坐著眉眼含笑的皇帝，此時此刻看過去，他不像帝王，只是一名父親。

大紅喜袍的魏闒一手牽著紅綾一頭，另一頭在新娘手裡，鳳冠霞帔的新娘輕移蓮步，因為紅蓋頭遮擋了視線，所以只能慢慢前行。

「待靖王迎娶表妹時，想來父皇也會親臨現場。」

宋嘉禾聞聲轉頭，就見莊氏不知何時出現在自己身後，她靦覥地笑了笑。

「一段時日不見，表妹風采更勝當年。」莊氏含笑道。

「您過獎了。」這好端端地湊過來，宋嘉禾直覺不太好，岔開話題。「新人要拜堂了。」然後裝出一副要找好位置觀禮的模樣，往旁邊走。

「一拜天地！」喜娘響亮且充滿喜悅的聲音響起。

新人轉過身，面對大門，魏闒突然頓了頓，不過很快就恢復尋常。他馬上就要二十，短短幾年內經歷母親過世、長兄被廢、胞妹圈禁，這些打擊早已將他身上的少年稚氣消磨乾淨。

什麼能做，什麼不能做，他很清楚，就像他知道，不遠處的那個女子是他三哥未過門的妻子，他一眼都不能多看。

「二拜高堂！」

新人再次旋過身，跪在大紅蒲團上，對著上首的皇帝緩緩下拜。

就在這一瞬間，盈盈下拜的新娘毫無預兆地撲向滿臉欣慰的皇帝。

變故發生在電光石火間，沈浸在吾家有子初長成中的皇帝，完全沒有防備，只覺得胸口一涼，隨即劇痛席捲全身，皇帝難以置信地瞪大雙眼。

偷襲得手的女刺客正要轉動匕首，以期造成更致命的效果。可惜不等她動手，就被皇帝拚盡全力一腳踹開。到底是親手打江山的戎馬皇帝，哪怕受了重傷，也不會束手待斃。

這一腳已經耗盡皇帝最後那點力氣，他眼前一黑，徹底暈過去，暈過去之前聽到夾雜在驚恐尖叫中的那一聲。「魏廷，你個畜生！」

就在扮成新娘的刺客暴起刺殺皇帝之際，另有兩個潛伏在賓客中的刺客，同時襲向魏閎與魏闕，不過並沒有像皇帝那般成功。

被場上變故嚇得魂飛魄散的賓客見此情形，不禁看向旁邊安然無恙的魏廷，就連魏廷的妻子尚氏和親弟弟魏廻都看了過去。

魏廷是茫然的，他不自覺要去看皇帝情況，卻被反應過來的幾個御林軍攔住，且還想拿下他，正與御林軍纏鬥的刺客連忙回身阻攔。

「你們想幹麼？」魏廷大驚失色。

「魏廷，你個畜生！」魏閎終於脫開身，提著從侍衛手裡搶來的佩刀衝向魏廷。

魏廷更懵了。他媽的到底怎麼回事？眼見皇帝的心腹趙飛龍都衝過來，魏廷扭頭就跑，他手上可沒武器，站著不是讓人當木樁劈嗎？

「畜生，你站住！」魏閎目眥盡裂，在門口與趙飛龍撞了一下，趙飛龍顧不得他，提腳帶人就去追魏廷。

魏閎扶著門框站穩身子，扭頭對魏闕道：「三弟，你在這裡保護父皇，我去把那個畜生抓回來。」

不等魏闕回答，魏閎連忙跑出去。尚氏和魏廻想跑，可惜晚了，才一動就被御林軍拿下。

魏闕看一眼門口，繼續處理皇帝胸口的傷勢。隨著刺客伏誅，剛才還亂作一團的大堂安靜下來。

有幾個膽子大的人想也不想地往外衝，剛踏出去一隻腳，就見牆頭如雨後春筍般冒出密密麻麻的弓箭手，霎時箭如雨下。

衝在最前頭的人來不及撤退，就被射成了刺蝟，落後幾步的幾個人趕緊退回來。「關門、關門，是火箭！」

一枝接著一枝的火箭射過來，射在門窗上發出篤篤篤的悶響，就像冰雹一般。

好不容易稍稍平靜下來的大堂，再次亂成一鍋粥，女人的哭泣聲和男人的憤怒聲交雜在一塊兒。
突然有人想起了魏闕，彷彿找到主心骨。「靖王，靖王這可怎麼辦啊?!」
魏闕面色凝重，似乎也被眼前的情況打了個措手不及。「各位少安勿躁，相信援兵馬上就來。」
可在這種情況下，誰能安靜下來？絕望的哭聲越來響亮。
宋嘉淇緊張地拉著宋嘉禾的手，幾乎要哭出來，後悔自己不該拉著六姊來湊熱鬧。
宋嘉禾捏了捏手心。宋嘉淇一愣，見她六姊神色平靜，不知怎的突然不那麼害怕了。
宋嘉禾之所以這麼平靜，那是因為剛剛魏闕給她打了一個眼色；也是出於對魏闕的信任，她相信眼下這局面肯定困不住他。比起擔心自己，她更擔心家人，不知道他們那邊是不是也亂起來？
且說魏廷在趙飛龍的追擊下，倉皇逃竄，忽然聽見後頭傳來打鬥聲，不敢回頭看，他奪路狂奔。
沿途都是抱頭鼠竄之人，忽見遠處黑壓壓的隊伍奔來，魏廷大驚，扭頭就要跑。
「王爺。」
魏廷定睛一看，竟然是姜寨，大喜過望。「你怎麼來了？」問完驚覺不對勁，目瞪口呆地指著他。「你，你……」
姜寨躬身作揖。「王爺息怒，末將這也是不得已為之。」

「咕嚕」一聲，魏廷嚥下一口唾沫，手抖起來。「那些刺客，都是你幹的！」魏廷勃然大怒，一把揪住姜寨的衣襟，將人拉過來，雙眼赤紅地瞪著他。「你做了什麼！」

「王爺，成大事者不拘小節，末將做這一切都是為了您啊！皇上向來看重靖王，近來又屢賜恩典給廢太子，大有復立之意。橫豎這太子之位都落不到您身上，既如此，咱們不如放手一搏。王爺若是不願……」姜寨神色凜然，慨然奉上佩刀。「王爺便砍了末將的頭顱去向陛下請功。」

魏廷愣然，揪著姜寨的手開始發抖，面色幾番變化。

「末將知道王爺宅心仁厚，下不了手，那些事交給末將來做，末將願為王爺手中利刃，遇神殺神，遇佛殺佛。」姜寨語氣鏗鏘。

魏廷為之一顫，忍不住內心動搖。剩下的事還能是什麼？皇帝生死未卜，魏閎和魏闕還活得好好的，他想上位，這兩人就非死不可，還有他們的心腹也得乘機剷除。

「王爺，機不可失，失不再來。」

魏廷眼底光芒閃爍，他咬了咬牙，鬆開姜寨的衣襟。

「王爺放心，末將定然不辱使命。」姜寨拱手。

魏廷看了看他，沒說話。

「王爺，此地危險，末將派人送您先離開。」

魏廷點點頭，終於想起被自己拋在腦後的家人。「我的家眷還在府中。」

「王爺儘管放心。」姜寨保證。「末將一定會保護好他們。」

魏廷便放了心，隨著護衛離開，腳步沈重卻又帶著奇異的鬆快，走著走著，他忽然笑起來。

在他身後的姜寨也在笑，他瞇眼看了看前方，舉刀一揮。「兄弟們，高官厚祿就在那裡等著咱們！」

身後將士爆出一陣熱烈的歡呼。

走遠的魏廷聽到那氣勢昂揚的歡呼聲，神采更加飛揚。

他們沒有選擇從大門離開，而是翻牆到旁邊的小巷子裡，剛剛落地，就聽見整齊劃一的馬蹄聲，似有千軍萬馬。「誰的人馬？」

魏廷大驚失色，話音剛落，驚覺心口一涼。他駭然睜大雙眼，難以置信地望著眼前的護衛。

握著匕首的護衛用力一絞，陰森森道：「王爺，一路走好。」說著，揚手拔出匕首，帶出一陣血花。

雙眼怒睜的魏廷轟然倒地，滿臉痛苦，更多的是憤怒，憤怒中又帶著茫然，吃力地追問。「你們……是誰的人？」每說一個字，都有血從他嘴裡湧出來。

他明白了，他終於明白了，這就是一個局。那麼多人看見他跑了，姜寨還是他的人，弒父殺君的罪名，他背定了，他會在青史上留下罵名，遺臭萬年。

而真正的幕後黑手卻是撥亂反正的英雄，名利雙收。

到底是誰？是誰害他！老大、老三，到底是老大還是老三？

那護衛只冷冷地看著他，上前補了兩刀。「王爺自己下去問閻王爺吧！」

地上的魏廷抽搐了幾下，瞪大的眼珠變成死灰色。

護衛伸手一摸魏廷頸間的脈搏，確認他死亡，這夥人連忙消失。

掛滿紅綢喜氣洋洋的喜堂內，漸漸起了煙霧，門窗上起了火星。

一個個穿著富貴、打扮華麗的客人哭作一團，有些人禁不住恐懼，開始不顧形象地哭泣咒罵。在死亡面前，人人平等，越是有權有勢的越害怕死亡。

「都是魏廷，這個殺千刀的！」一位滿頭珠翠的婦人突然衝向角落裡的尚氏和魏廻。要不是魏廷，她怎麼會淪落到這般地步？

尚氏和魏廻忍不住在她扭曲的面容下往後退了退，幸好御林軍盡忠職守地擋下那個婦人。再怎麼說都是皇室中人，就算有罪，也要等皇帝定奪。雖然皇帝現在生死未卜，然而刻在骨血裡的教導讓他們也不敢懈怠。

驚懼交加的尚氏還不來及鬆一口氣，就見更多人衝過來，一個個咬牙切齒，似乎想活生生咬下他們的肉。尚氏駭然失色。

「抓住他們要脅肅郡王，放我們出去！」不知道是誰喊一聲，登時衝過來的人更多。

幾個御林軍不敵，很快就被他們衝散開。

抓住尚氏和魏廻之後，便有人朝外頭大聲嚷嚷。「不想肅郡王妃和安郡王有個三長兩短，就趕緊住手！」

外頭毫無反應，裹著火油的箭矢繼續密密麻麻地飛過來。

生怕外頭人聽不見，好幾個人自發地幫著一塊兒喊，可喊得嗓子眼都啞了，都不見有一點作用。

尚氏和魏廻臉色蒼白，抖如篩糠，不祥預感成真。難道魏廷放棄他們了？

裡頭的人也反應過來，明知道兩人在裡面，外頭還是箭雨不斷，想把他們燒死在裡面，顯然壓根兒不在乎這兩人的性命，是他們自欺欺人。

好不容易生出的希望破滅，痛苦聲驟然響起，還有好幾個婦人一邊痛哭流涕，一邊撲到尚氏身上，又踢又撓。

有一就有二，越來越多人蜂擁而上，洩憤一般對二人拳打腳踢。

「不要，救命！」呼救聲很快就湮滅在混亂中。

莊氏縮在角落裡蜷縮成一團，瑟瑟發抖，不是因為恐懼，而是因為憤怒，她想高喊：蠢貨，一群蠢貨，你們都被騙了，罪魁禍首是魏閎，是魏閎！

她總算明白，魏閎為什麼處心積慮要把皇帝哄到這兒來，怪不得他跑那麼快，原來他要把他們都燒死在這兒，包括她。

魏閎再厲害也是肉體凡胎，衝出去就是萬箭穿心，留在這兒就得被燒成黑炭，也許不等燒死，就被燻死了。

呵呵呵……莊氏自嘲地笑起來。她也要死了，到時候魏閎還能對她的屍體掉幾滴眼淚，也許還能追封她為皇后。

皇后？多風光啊！

笑著的莊氏劇烈咳嗽起來，眼睛被煙燻得又酸又脹，眼淚不斷往下掉。

「靖王，這可怎麼辦？您一定有辦法的。」還有些人把希望放在魏闕身上，看著他的目光就像沙漠中的旅人看著綠洲。

魏闕無奈地苦笑，表示自己無能為力。

宋嘉禾拿濕帕子捂著嘴，看著越來越咄咄逼人的人群，眉頭緊皺。

「六姊，我害怕。」宋嘉淇抱著宋嘉禾的胳膊，忍不住輕輕啜泣起來。

「別怕，援兵馬上會來的。」宋嘉禾輕聲安撫宋嘉淇，隔著帕子，透出來的聲音有點悶。「別哭，擔心岔氣。」這種環境下一岔氣，人就喘不過氣來了。

魏闕說過援兵會來，她就相信會來。

聽見她的聲音，魏闕偏頭看了看她，眼底含著淡淡笑意，見她面色不好，知道她難受。望了望已經慢慢燒起來的門，人也該到了，再不來，他只能闖出去。苦肉計再苦，也不能把人給搭上。

恰在此時，圍著魏闕的人群裡，一個女人斜刺撲向毫無防備的宋嘉禾，剛一起勢，就被魏闕擋下。與此同時，一人從魏闕背後突襲，竟然是聲東擊西。

「後面！」宋嘉禾驚呼，直到那人被魏闕反手提刀劈退，她才覺得自己的心重新跳動起來。

她兩腿有些發軟，就著宋嘉淇的手才勉力站穩。

偷襲不成，那兩個死士一前一後咬舌自盡，和之前幾名刺客一般，絕不留活口被審問。

「有人來接我們了！」人群裡突然爆發出一道喜極而泣的聲音。

幾近絕望崩潰的人們不約而同地看著大門，他們聽見刀劍互砍的擊打聲，還有慘烈的尖叫聲。

這些聲音漸漸激烈，又越來越低，緊接著是水潑在燃燒的木頭上，發出「嗤嗤嗤」的聲音。

「我們有救了！」一張張灰頭土臉的面上散發著由衷的喜悅。

一身鎧甲的婁金如同天神般出現在眾人面前。

「快送陛下回宮！」李公公尖銳的嗓音響起來。陛下呼吸越來越微弱了。

魏闕也不耽擱，立刻命人將皇帝抬起來，呼啦啦的人群湧過來，想和皇帝一塊兒走。跟皇帝在一塊兒定是最安全的。

婁金擰眉。外頭還亂得很，這麼多人走在一塊兒，還得分出兵力和工夫照顧他們，到時候耽擱了皇帝的傷勢，免不得要被人作文章。

「諸位少安勿躁，此刻外頭形勢不妙，諸位出去恐怕會被殃及。眾將士要保護陛下，不敢耽擱，恐不能妥善照顧各位，還請各位暫且留在此刻，本王會派重兵保護，等風波結束，便護送各位回府。」魏闕一番話軟中帶硬。

「誰敢耽擱陛下回宮！」李公公厲喝一聲。某種程度上，他比任何人都在乎皇帝的性命。

皇帝在，他就是威風凜凜的大總管；皇帝駕崩了，他算個什麼？

無人敢攤上這樣的大罪，且火勢已經熄滅，可到底還有些不滿和驚恐。
現下也沒人有工夫考慮他們的心情，李公公催命似地催著趕緊走。
落在後頭的魏闕臨走前，歉意地看了宋嘉禾。
「萬事以陛下為重，我們在這裡稍等一下也無妨。」宋嘉禾對他笑了笑。
本就有些不忿的人聞言，訕訕地摸了摸臉。以宋嘉禾的身分都不要求離開，他們還有什麼可抱怨的？再說了，世人都知靖王看重她，有她在這裡，他們頓覺放心不少。
魏闕對她點點頭，旋即大步離開。
姜塞帶著手下與皇帝的御林軍激戰，憑著人數優勢，御林軍節節敗退，他也乘機拿起鐮刀收割敵對黨派的朝臣。
此時此刻，魏閎站在慶郡王府最高的山頂涼亭上，整個慶郡王府都在他的俯瞰之下。望著不遠處的滾滾濃煙，魏閎臉上含著淺淺愉悅的笑容。
燒吧，殺吧，都死得乾乾淨淨了才好。
這會兒，魏廷已經上了黃泉路，就是不知他的好父皇與魏闕如何了？烈火焚身之痛，就是他送給他們的大禮。
一瞬間，他想起了也在喜堂內的魏閫，魏閎的笑容凝滯了一瞬。「天家無骨肉，九弟，下輩子莫要再做皇家人。」
「殿下，您看！」
循聲一看，魏閎看見街道上密密麻麻猶如蝗蟲一般的士兵，看清旗幟後，魏閎臉色鐵青，雙手緊抓住扶欄，死死盯著街道。
莊家人，莊家人在哪兒？援兵都來了，他們在幹麼？
慶郡王府內一邊倒的局勢在第三方勢力加入後，瞬間往另一個方向傾倒，就連遠處的濃煙也消散了。
魏閦赤紅著一雙眼，派出去打探的人還沒回來。
父皇死了嗎？魏闕死了嗎？那個屋子裡關著魏家所有成年皇子，只要都死了，他就贏了。
「殿下，您快走，再不走就來不及了！」護衛疾聲催促。
魏閦不甘地望著喜堂的方向，咬牙往山下走。「走！」
行動之前，他就準備好退路以防萬一，山坡裡有一條地道可離開慶郡王府。
江山初定，部分勢力對魏家的態度模稜兩可，魏家強，他們就臣服；魏家弱，他們便桀驁。他過去後，那群人就有了光明正大的理由造反，到時候鹿死誰手，尚未可知。
「大哥這麼急，要去哪兒？」魏闕似笑非笑地出現在魏閦面前。
魏閦的臉登時變成灰黑色。
離開慶郡王府的時候，宋嘉禾依舊有些心有餘悸。
喜堂在箭火下被燒得一片狼藉，他們這行人被轉移到最近的院子裡。
一群人擠在屋內，雖然沒有了死亡的威脅，可對於家人的擔憂、前途的未知，使得他們惴惴不安。

宋嘉禾與宋嘉淇姊妹倆，被關峒帶人護在最裡面的角落。聽著周圍的抽泣聲，也不知道過了多久，魏闕終於回來，陪他一道過來的還有宋子諫。

兩人身上，一青一藍的錦袍上染著紅褐色的血跡，星星點點，模樣有點狼狽，不過看得出來，這血不是他們的，而是別人的血。

得知家人都好好的，宋嘉禾懸著的心終於落下去。

魏闕安撫了等候在此的眾人，然後命人護送他們離開，離開的眾人感激涕零。

「妳先隨妳二哥回府，我還要留下處理後續。」魏闕看著宋嘉禾柔聲道。

宋嘉禾點點頭，並沒有細問經過，只道：「你當心些。」

魏闕握了握她的手，發覺她手心發涼，知道她嚇壞了，不由憐惜。「我會的。」

宋子諫對魏闕拱拱手，便帶著兩位妹妹去和其他宋家人會合。

踏進承恩公府那一刻，宋嘉禾看見宋老夫人，用力地呼出一口氣，在空中化成了白霧。

「可算是到家了。」宋老夫人語氣極其複雜。好好地過去喝個喜酒，竟然遇上這種事，想起沿途走來看見的斷肢殘臂，還有空氣中濃烈的血腥氣，宋老夫人不寒而慄。

扶著她的宋嘉禾附和一句。「嗯，我們到家了。」

一切都像場噩夢似的，幸好結束了，在這一刻終於有了腳踏實地的感覺。

宋老夫人摸了摸孫女的手。她們那邊情況還好，孫女那邊情況才凶險。

她抬頭看了看黑漆漆的天空。這天要變了！

這會兒的皇宮已經亂成一鍋粥，太后聽到噩耗，差點一口氣上不來，咬了咬舌尖，硬頂著一口氣，下懿旨搬救兵，有用沒用，試了再說。

在度日如年的等待中，終於等回了皇帝。

見到胸口破了個大窟窿、渾身血淋淋的兒子，太后聲音發顫。「皇帝……皇帝怎麼了？」

眼見御醫圍上來，李公公撲通一聲跪在太后跟前，一把鼻涕、一把眼淚地把情況說了。

太后聽得怒火中燒。「魏廷這個畜生！大皇子和靖王呢？還有慶郡王？」

「靖王和慶郡王還在平亂，大皇子、大皇子不見了。」

太后眼前又是一陣暈眩，再看向被圍起來的皇帝，當場老淚縱橫。

半個時辰後，魏瓊華也趕到皇宮裡，忙不迭安慰淚流不止的太后。「母后放心，大哥是真龍天子，一定能逢凶化吉。」

太后一把抓住魏瓊華的手臂。「妳大哥，大哥……」

魏瓊華輕輕拍著她的背，柔聲安撫。

好一會兒，忙成一團的太醫院正終於停下來，走向太后。

一屋子的人都盯著他，盯得他頭皮發麻。好消息是皇帝的血止住了；壞消息是還沒脫離危險，畢竟皇帝年紀不小。也虧得這一刀沒有正中心窩，要不當場就得斃命。眼下只能儘量用藥物吊著命，剩下的盡人事、聽天命。就算挺過這一劫，也會影響壽元。

後面這句，院正沒敢說，只委婉地說了前面的內容。
太后晃了晃身子，臉色慘白。
魏瓊華扶住她的後背，語氣前所未有的鄭重。「母后您可不能倒下。」
皇帝已經倒了，太后再倒，可就真的要亂套了。
渾身發軟的太后聞言，彷彿又被重新注入力量，脊背瞬間挺直。
「恪親王到、靖王到、慶郡王到……」一迭連聲的通傳聲。
一見到人，太后就問：「魏廷這個畜生抓到沒有？」
晉升為恪親王的魏家二老爺上前一步回話。「肅郡王的屍體，在旁邊的小巷子裡被發現。」
死了？
太后呆愣當場。「誰殺的？」
「眼下混亂剛剛平定，還沒來得及審問，母后少安勿躁。」恪親王忙又問皇帝情況。
聞言，良久說不上話來。
太后突然發現沒看見魏閎。「阿閎呢？」
恪親王與魏闕對視一眼。
太后眼皮一跳，湧出不好的預感。「難道阿閎也出事了？」
生怕太后傷心得昏過去，恪親王連忙道：「大皇子無礙，只是今日之事……只怕是他一手策劃。」

太后不敢置信地看著次子，顫巍巍道：「證據呢？」

她又看向一旁的魏闕，目光銳利。

魏廷死了，魏閎成了幕後黑手，最大的得利者是魏闕，她不得不懷疑。

魏闕神色平靜，沒有出聲。他說什麼都不如恪親王說一句有用。

「作亂的逆賊被拿下之後，其中有人指認大皇子。」恪親王沈聲道。

太后眼前一黑，終於受不住打擊暈過去。

重傷的皇帝三天後才醒來，在他昏迷的這三天裡，由太后、恪親王和魏闕以及五位沒有在混亂中殞命的重臣主持朝政。

這五位重臣裡，有三位是皇帝心腹，對於這個結果，太后頗為滿意，看著魏闕的眼神溫和一些。

魏闕心裡有數，太后怕他對皇帝下手。不過，他若真想下手，就不會在喜堂裡救治皇帝，把他從鬼門關拉回來。

這朝堂上，還有地方上的封疆大吏，一半是跟著皇帝一起打江山，既是皇帝親自提拔上來的人，自然對皇帝忠心不二。他能用強權逼得他們不敢輕舉妄動，可到底不是心悅誠服，恐怕會埋下禍端。天下好不容易趨向太平，他不想製造不必要的戰亂。

皇帝醒來的第一件事，就是不顧虛弱召見心腹，詢問事情經過。

在幾位心腹口中，他才得知刺客是魏閎安排的，就連姜寨也是魏閎插在魏廷身邊的暗棋。不過這姜寨的心更大，他想殺光魏家人，殺光滿朝文武，他想的是扶立幼主，挾天子以令諸侯。

姜寨自以為在利用魏廷、魏闊，卻不知魏闊早就洞悉他的野心，到頭來，互相算計的兩人都身陷囹圄。

「殺魏廷是誰的意思？」皇帝斷斷續續地問道。

「……是大皇子。」

皇帝閉了閉眼，手慢慢握成拳頭。這個畜生弒父殺弟，當真好狠的心！又後悔自己不該被他哭兩聲就軟了心腸。

「傳朕口諭，賜魏闊鴆酒。」

「您接旨吧。」宣讀完聖旨的李公公語調不急不緩，帶著太監特有的陰柔。

在剛剛宣讀完的聖旨裡，皇帝已經將魏闊貶為庶人，他已經當不得一句殿下。然落地的鳳凰哪怕不如雞，他照樣是天家血脈，李公公也不敢直呼其姓名，便含糊帶過去。

披頭散髮、狼狽不堪的魏闊咯咯笑起來，笑容諷刺。

李公公面不改色。

「兒子魏闊接旨。」魏闊拜也不拜，一把扯過聖旨，死死盯著上面的文字，一個字又一個字地看過去，似乎要用目光在上面戳出一個洞來。

他的雙手漸漸抖起來。父皇可真夠念父子親情的，居然還給他留了一個全屍。

跪在魏閎身旁的莊氏，終於忍不住捣著臉低低哭起來，越哭越大聲，哭聲悲愴淒涼，大顆的眼淚砸落在地上。

李公公同情地看她一眼。這位太子妃，才是真正的可憐人。丈夫與娘家串通謀反，自個兒卻徹頭徹尾被蒙在鼓裡，還差點被丈夫燒死。明明什麼都沒有做，卻要被丈夫和娘家株連，誰叫她是莊家的女兒、魏閎的妻子，這一切都是命啊，半點不由人。

魏閎抓著聖旨的手指發白，咬牙道：「我要見父皇。」

「陛下不想見您。」李公公回道。

魏閎雙眼逐漸泛紅。「我要見父皇，你去傳話，我想見父皇最後一面。兒子要死了，想見父親一眼都不行嗎？」

「奴才出來前，陛下就說過了，他與您已經無話可說。」李公公平靜道。

大概是早有預料，出來前，皇帝就說了。

之前皇帝心慈手軟，被魏閎的痛哭流涕軟了心腸，以致還被他騙進慶郡王府，差點就丟了性命。現在雖然沒死，可也是半死不活，就連大權都旁落。要不是魏閎是他的親生兒子，恐怕早被凌遲。

皇帝哪願意來見他，換作李公公也不願意。眼下，皇帝可虛弱著呢，萬一魏閎說了幾句不中聽的話，把皇帝給氣出個好歹來怎麼辦？

「父皇真的這麼說？」魏閎嘴唇發顫。

李公輕輕地點頭，微微一抬手，端著托盤的小太監往前走兩步，上面放著兩只酒杯和一壺酒，青色的花紋寧靜又安詳。

魏閎瞳孔縮了縮，突然激動地大笑起來，笑得上氣不接下氣。「父皇，我是不肖，可你以為老三就是大孝子嗎？」

魏閎目眥盡裂。「援兵趕到的時機多巧啊，該死的都死了。螳螂捕蟬，黃雀在後，他就是那隻黃雀，我們都被他耍了！他早就知道我的盤算，就是等著我殺了您，然後他來做這平亂的英雄。哈哈哈，他多厲害啊，老二死了，我也要死了，只有他毫髮無傷，還成了大英雄。咱們兄弟裡最陰險毒辣的那個人就是他！」

魏閎一把端起托盤中的酒杯，深黑的目光落在李公公身上，彷彿透過他看見了皇帝。「我死了，你說，下一個會是誰？」

魏閎朝李公公舉杯，仰頭一口灌下杯中毒酒，笑容詭異。「父皇，兒子在黃泉路上等著您。」

他知道，這番話一定能傳到皇帝耳裡，甚至是魏闕的耳目中，至於能不能起作用，他管不著，反正他已經死了。

話音剛落，人就抽了兩下，魏閎一個踉蹌栽倒在地，殷紅的血從七竅中緩緩流出。

李公公低頭看著他，直到他停止抽搐，蹲下去探了探，最後輕輕吁出一口氣來。當年是何等天之驕子，可才幾年光景，卻落得這麼一個下場。

抽泣不止的莊氏面無表情地看魏閎一眼，顫巍巍地端起另一杯酒。

「公公，罪婦莊氏臨死前只有一個要求，請不要將我與他葬在一塊兒。」

這個男人毀了她一輩子！

李公公憐憫地看著她。「奴才會將您的話帶到聖前。」

莊氏慘然一笑，仰頭將杯中毒酒一飲而盡。

魏閎的葬禮遠不及魏廷來得隆重，魏廷雖然也有謀逆之心，可他到底還沒來得及做什麼，也沒有弒君，最後還賠上了性命，所以皇帝以親王禮安葬了他，遺體也順利進了皇陵。

尚氏感激涕零，辦完喪事，立刻緊閉肅郡王府的大門，謝絕一切訪客，專心守孝。

輪到魏閎，皇帝就沒這慈父心。太后作主讓宗人府給他辦了個勉強還能看的葬禮，最後在荒郊給他找了塊墓地。到底是寵愛二十多年的孫兒，在皇帝出事後，恨他恨得要死，等他真的死了，那恨也淡了不少。

至於莊氏，葬在另一塊地方，離魏閎遠遠的。太后一直都十分喜歡這孫媳婦，可惜了，可惜了……

魏閎留下的其他姬妾，被送進了庵堂，兩個女兒交由宗人府撫養。

一切就此塵埃落地。

皇帝靜靜地躺在床上。這麼些日子，他還是只能躺著，想坐都坐不起來。床前的魏闕不疾不徐地彙報公務，皇帝聽得心不在焉。

「父皇意下如何？」魏闕沈聲詢問。

皇帝淡淡道：「照你說的辦吧，你做事，朕放心。」

「那兒臣這就著人辦理。」

皇帝點點頭，目光在他沈毅的臉上繞了繞。「魏閎謀反之事，你事前知道多少？」

魏闕靜默了一瞬，皇帝目不轉睛地盯著他。

「兒臣有所察覺，然而並沒有確鑿的證據。兒臣本想找到證據後再稟告父王，萬萬沒想到大哥竟然會……」魏闕撩起衣襬跪下。「兒臣該死，請父皇降罪。」

皇帝注視他的頭頂，微不可見地扯了下嘴角，他輕輕地嘆一聲。「這也怪不得你，無憑無據，你若是說了，難免要落得一個挑撥離間的罪名。

「怪朕，朕年紀大了，不免更看中骨肉天倫。原是看他可憐，以為他知道錯了，不想縱得他生出不切實際的野心。」皇帝苦笑一聲。「幸好有你在，才沒有釀成大禍。這江山若是落在他手裡，只怕沒幾年就丟了。朕知道，眾多兒子裡，只有你有濟世安邦之才，咱們魏家的江山交給你，才能發揚光大。」

「兒臣惶恐。」魏闕連忙道。

皇帝笑了笑。「惶恐好啊，心懷惶恐才會認真做事。朕當年從你祖父手裡接過這副重擔時也惶恐，在惶恐中才慢慢地挑起魏家這副擔子，現在這擔子該交給你了，莫要讓朕失望。」

「兒臣定不負父王厚望。」魏闕語氣鏗鏘，聲音堅定有力。

「好好好。」皇帝欣慰地點點頭，對李公公道：「傳恪親王、韓正、丁拓元……」一串名字，不是皇室貴親就是朝中重臣。

一群人連忙趕來，以為是有什麼要事，到了才發現竟然是立太子，這事倒也夠大了。

皇帝口述，大學士兼吏部尚書韓正，親筆寫下了立魏闕為太子的詔書。

# 第四十九章

鵝毛大雪紛紛揚揚地下了三天，將天地萬物銀裝素裹。

宋嘉禾裹著狐裘歪在榻上賞雪，小几上的紅泥小火爐裡煮著清茶，正悠悠哉哉著，就聽見青畫稟報。「姑娘，八姑娘來了，氣呼呼的。」

話音剛落，腳步聲就傳來，顯見主人心情不佳。

望著腮幫子鼓鼓的宋嘉淇，宋嘉禾感到好笑。「是誰惹咱們八姑娘生氣了？氣得嘴巴都能掛油壺。」

宋嘉淇更氣了，憤憤地在她對面的椅子坐下。「真討厭，枉我以為她是好的，哪想她當面一套，背後一套。」

「說誰呢？」

宋嘉禾坐起來，親自沏了一杯茶給她。「新送來的普洱，我嚐著不錯，正想派人給七叔送一些過去，待會兒妳帶一點。」

七叔最喜歡喝茶，尤其鍾愛雲南普洱。

「三表——太子送的？」宋嘉淇硬生生改口。

宋嘉禾笑著點了下頭。

不想宋嘉淇又陰沈著臉。「我去參加盛靈芝生日宴嘛，結果倒好，倒叫我聽見她在跟她表妹說小話。」

宋嘉禾十分配合地問她。「說什麼啦？瞧，把妳給氣成這樣。」

宋嘉淇氣呼呼，張了張嘴，突然又不知道該怎麼說了？

宋嘉禾瞅瞅她，笑道：「我來猜猜，是不是說三表哥？」

「妳怎麼知道？」宋嘉淇大驚。

因為妳都寫在臉上了啊！

反正都猜到了，宋嘉淇頓時口齒伶俐起來。原來是盛靈芝和她表妹在背後嘀咕，魏闕這太子之位來得不正，故意鷸蚌相爭，然後漁翁得利。

講真的，其實宋嘉禾也有點懷疑，不過她並不想深究。自古以來，奪嫡之爭都充滿了爾虞我詐，便是順水推舟又如何？魏閎造反是事實，魏廷有不臣之心，結黨拉派也是事實。青史上記載的也是魏閎妄圖弒父殺君，魏闕撥亂反正。

「合著惡人有惡報，太子沒被燒死就成了幕後黑手？」宋嘉淇老大不高興。

「嘴長在人家身上，犯不著跟她生氣，不過是吃不到葡萄說葡萄酸罷了。那場動亂裡空出不少位置，但盛家不升反降，自然存了怨氣。她那表妹是不是姓謝？」

宋嘉淇點頭。

「那就對了，謝家和肅郡王有些關係，雖然沒被問罪，可也丟了實職，能不生氣嗎？」

這兩家都沒從這場權力更迭中占到好處，心裡自然不痛快。

「活該他們不受重用，虧得我還把盛靈芝當朋友，以後我再也不和她好了。還有六姊，下次妳遇著她，千萬別給她好臉色看。」她過去時還問她六姊來不來呢，她再傻也知道盛靈芝想巴結六姊，她心裡雖不大舒服，卻也知道這是人之常情，畢竟六姊的身分擺在那兒。

宋嘉禾從善如流地點頭。「好，都聽妳的。」

宋嘉淇這才高興起來，復又得意。「我踢翻一個花盆走出去，那兩個人嚇得臉色慘白慘白的，腿都要軟了。哼，一群膽小鬼！」

想起那畫面，宋嘉禾忍俊不禁。說壞話還被人給抓個正著，這可就尷尬了。「所以妳就中途回來了？」

「對啊，我還向盛夫人告一狀，回頭有她們好受的。」宋嘉淇臉色好轉。

宋嘉禾朝她豎了豎大拇指。「真厲害！」

「姑娘、八姑娘，太子和齊國公來了。」

宋嘉禾納悶。父親怎麼會和魏闕一塊兒過來？

整了整衣裙，姊妹倆相攜前往客廳。

魏闕一把扶住要行禮的宋老太爺和宋老夫人，溫聲道：「都是自家人，舅公、舅婆無須行此大禮。」

宋老太爺與宋老夫人便也順勢站直身子。

宋嘉淇偷偷打量他，身穿五爪金龍的繡紋衣袍，看起來威風極了。

宋嘉淇以前有些怕他，後來因為宋嘉禾的關係不怎麼怕，可現在他做了太子，好像又有點怕他了。這麼想著，她不由得同情宋嘉禾。

宋嘉禾可不知道她腦袋瓜裡在想什麼亂七八糟的東西，要是知道了，非得好好踹她。整天瞎琢磨。

「馬上就是晚膳時分，太子若無事，不妨留下用膳。」宋老太爺熱情留客。

魏闕含笑道：「那便恭敬不如從命。」

他在宋家留飯也是司空見慣的，不過今兒倒是做太子之後的第一回。

魏闕又道：「今日過來是有件要事與您二老商量。」

宋嘉禾狐疑了下，又看向隨著魏闕一起來的宋銘，不知怎的眼皮跳了下。魏闕過來找祖父再正常不過，可有什麼事要找祖母？

聞言，宋老太爺抬手一引。「殿下，這邊請，咱們進內細說。」

魏闕對宋嘉禾微微一笑，笑得別有深意。

宋嘉禾搗了搗眼皮子，心好像跳得更快了。

一行四人在廳內落坐，寒暄幾句後，魏闕進入正題，他是來商議婚期的。

父母之命，媒妁之言，所以他先去了宋銘那裡。不過宋銘想著，女兒是老兩口養大的，怎麼樣也要問過二老的意思，於是他和魏闕一塊兒過來。

宋老太爺捋鬚而笑。魏闕親自過來，而不是讓宗人府出面，可見其誠心。

「不知今年有哪幾個好日子？」

魏闕笑道：「我令欽天監合過八字，算出來四月初九是今年最好的吉日。」

四月初九，宋嘉禾三月出孝，一個月後出嫁，可真夠急的。不過宋老太爺也能理解，魏闕都二十好幾的人，翻過年宋嘉禾也十八了。

「雖然有些匆忙，不過我萬不會讓表妹在儀式上受委屈。」魏闕看著宋家三位長輩。「父皇身子虛弱，我也是怕。」

怕什麼他沒說，大家心知肚明。要是皇帝駕崩，雖然魏闕能以日代月，可也沒有在父親熱孝內娶妻的，起碼得等上一年。

宋老太爺倒是贊同，不過他沒出聲，而是看向宋老夫人。

宋老夫人緩緩點點頭。「既然是最好的吉日，錯過了也可惜。」

反正早晚要嫁，也沒必要在這兒為難他。嫁妝什麼的，她早就給孫女準備好，就是沒想到會以太子妃的身分嫁過去，還要再加厚兩成，這些準備起來倒也方便。

魏闕起身朝三人作了一揖，鄭重道：「多謝舅公、舅婆成全，您二老放心，我定然會將表妹愛若珍寶，不讓她受半點委屈。」

宋老夫人和顏悅色地看著他。「老身相信殿下一定會好好疼惜暖暖的。」

宋嘉禾去廚房轉了一圈，吩咐他們做了幾道菜便離開。

半路遇上尋過來的小丫鬟，道是魏闕找她，宋嘉禾便隨著她去找魏闕。

遠遠地就見他春風得意，宋嘉禾不禁好奇，笑問他。「這是遇上什麼好事了，心情這麼好？」要知道他情緒向來內斂。

魏闕牽著她的手進了涼亭，含笑道：「的確是件大好事。」

宋嘉禾歪了歪頭，擺出一副洗耳恭聽的樣子來。

魏闕注視她的雙眼，慢吞吞道：「方才我與妳祖父他們商定了婚期。」

婚期？

宋嘉禾愣了一瞬。「什麼時候？」

「四月初九。」

「這麼快！」宋嘉禾脫口而出。

魏闕危險地眯了眯眼。「嫌快，妳還想要我等多久？」

宋嘉禾打了個哈哈。「沒沒沒，我這不是太驚喜了嗎？」

魏闕微笑著摸摸她的頭頂，目光灼灼。「暖暖，知道我等這一天等多久了嗎？」

宋嘉禾似是被他燙了一下，不好意思地扭過頭，臉慢慢紅了。

魏闕低低一笑，笑聲愉悅。

這邊宋嘉禾一出孝，前頭宗人府令恪親王親自上門與宋家定了婚期，後腳喜訊就傳遍整個京城。

翌日，尚衣局的曲嬤嬤帶著宮人來到承恩公府，為宋嘉禾量身裁衣，趕製太子妃禮服。

這是大秦建朝以來頭一次迎娶太子妃，雖有前朝舊例可循，可曲嬤嬤是個心氣高的人，想設計出一套不落窠臼的禮服，成為後世表率。想到以後歷代太子妃都要以她的禮服為版本，曲嬤嬤便心潮澎湃。

萬萬沒想到，好不容易製定了草圖，臨時又發生變故，太子妃喜服用不上了，因為皇帝禪位了。

皇帝病情突然加重，整整昏迷三天，御醫都已經跪下請罪，太后更是昏過去好幾回。幸好吉人自有天相，三天後皇帝醒來，不過精神和身體大不如前，連說話都有些吃力。太醫院正硬著頭皮道，皇帝勞心太過，最好靜養。

受傷之後，皇帝雖然不能臨朝聽政，只能命魏闕監國，可還是會詢問朝事。他是個權慾旺盛的人，作為開國皇帝，怎麼可能不戀棧權勢？否則他也不會在感覺到魏闕的威脅後，把魏閎和魏廷拉出來平衡勢力。魏闕的確是他中意的繼承人，但是他不想在自己未老之時，就讓繼承人威脅他的權威。可惜玩火自焚，現在說什麼都悔之晚矣。

縱然皇帝不甘心，可比起權勢，他更想活命，所以不得不退位，做頤養天年的太上皇。

新舊交替進行得十分順利，縱然皇帝的心腹心有不甘，然而殘酷的事實擺在眼前。

皇帝已經日薄西山，而魏闕卻是如日中天。

魏闕有前十年的戰功為基礎，在皇帝躺下這幾個月裡，也不是什麼都沒做。這三個月正好給雙方緩衝的時日，讓魏闕逐步掌權，也讓朝臣們更加平和地接受變天這個事實。

且魏闕這三個月的表現，多多少少也讓他們安心一些。他沒有急功近利地剷除異己，對老臣依舊禮遇有加。

所以對於魏闕的上位，一些老臣雖不至於樂見其成，但也沒有激烈反對。

熙熙攘攘中，新皇登基，大赦天下。

宗人府宗正恪親王以及禮部尚書楊鶴年，連袂拜訪齊國公，商議迎后大典。

宋嘉禾已經搬過去，她是宋家二房之女，自然要在齊國公府出嫁。

曲嬤嬤急得嘴上冒泡。之前太子妃喜服已經讓她覺得時日緊了，現在為了這皇后喜服，滿打滿算也就只剩下二十五天，這不是要趕死人嘛！

虧得是皇家，人才濟濟，要不然肯定得開天窗。商量好大概，曲嬤嬤一點都不耽擱，立刻趕回去召集手下趕工。

就連齊國公府裡也是忙得一團亂。嫁女兒和嫁皇后可是兩碼子事，溫氏不敢托大，親自跑到承恩公府搬救兵。

要不是宋嘉禾攔著，宋老夫人都要親自上陣，但老太太年紀大了，可禁不起勞累。在宋嘉禾相勸下，她老人家才歇了心思，只把小顧氏和大孫媳苗氏派過去，幫著溫氏籌備婚禮。

宋嘉禾這個新娘子倒是最空閒的。用溫氏的話說，她只需要負責吃好、睡好，養足精神，漂漂亮亮地出嫁就行。

宋嘉禾十分不好意思，只好每天讓小廚房做好吃的，送過去讓幾人補身子。

過了半個月吃吃喝喝、養精神的日子後，到了四月，宋嘉禾開始緊張。

初九前一晚，宋嘉禾還很不幸地失眠了。

一大清早，青畫就驚叫起來：「姑娘，這可怎麼辦啊？」

宋嘉禾看著她，幽幽道：「我相信以我們青畫的本事，定然能化腐朽為神奇。」

青畫瞪了瞪眼。她能怎麼辦？只能硬著頭皮上啊。

虧得宋嘉禾底子好，又年輕，一夜沒睡好，僅是眼底有些青痕，眼裡有淡淡的血絲。眼底那裡用脂粉蓋一蓋就成，可眼睛怎麼辨？青畫愁得都要拔頭髮。

宋嘉禾倒是挺滿意，對著鏡子左看右看，點頭道：「咱們青畫的手藝就是好，一點都看不出來。」

青畫噎了噎。哪兒看不出來呀！算了，天生麗質難自棄，就算有那麼一點小瑕疵，也是個大美人，只是本來可以更美的……

青畫扼腕不已。不過現在說什麼都沒用了，她只能拿出自己全部的看家本事，使盡渾身解數，務必保證她家姑娘今兒美美的！

九龍四鳳冠，朱羅縠褾，舄加金飾，典雅端莊。

剛剛進門的宋嘉淇誇張地捧著臉。「哎呀呀，這是誰家美人啊？我都不認識了。」

宋嘉禾斜睨她一眼。

宋嘉淇捂住心口。「不要勾引我，我會忍不住撲過來的。」

宜安縣主輕輕拍她一下，嗔道：「沒個正行。」

大秦建立後，宜安縣主的爵位依然保留下來。她的父親王敦敏郡王早年受排擠被貶謫到梁州，機緣巧合下便投靠魏家，待魏家進入洛陽後，幫著安撫不少前朝宗親，故而一家子爵位都保留下來。

挨打的宋嘉淇不以為然地聳聳肩，跑過來東摸摸、西瞅瞅。「六姊，妳今兒真美。」

「妳穿上嫁衣會更漂亮。」宋嘉禾揶揄。

宋嘉淇跺腳。「幹麼呢？又說我。」

嬌憨的模樣，引得大夥兒都笑起來。

「陛下，這般不妥。」擔任正副婚使的恪親王與安紀元躬身勸阻。

哪有皇帝親自迎親的？歷朝歷代都沒這先例。

魏闕笑了笑。「朕的妻子，自然該由朕親自迎回宮。」

旁的女子都是由丈夫親自迎娶回去，便是遠嫁，男子也得到城外碼頭上等著，輪到暖暖，自然也不能例外，否則豈不遺憾？

安紀元耿直道：「可萬沒有這樣的規矩。」

「規矩都是人定的，今兒起加上這條規矩。」魏闕含笑道：「自古民間娶妻，皆要親迎於戶，朕為萬民表率，更該以身作則。」

安紀元愣了愣，邊上的恪親王悄悄拉拉他衣袖。勸過一回就行了，再勸下去就是沒眼色。反正是迎娶原配嫡妻，又不是姬妾，沒必要在這兒上綱，好歹是大婚日。

思及此，恪親王心道：皇帝真夠狡猾的，要是前幾天說出來，少不得還有大臣要據理力爭，可這節骨眼上，誰也沒這麼傻，上來觸霉頭，也就安紀元這個直腸子。

不過安紀元是直腸子，卻不代表他傻，要不也不能做到尚書令。

魏闕笑看一圈眾人。「既然眾卿家都無異議，那麼咱們出發吧。」

祭拜過天地與祖宗後，一干人乘車前往齊國公府。此時天才大昕，時下婚禮都在黃昏時分舉行，可皇家是例外，因為之後的儀式太多、太複雜，黃昏接親，時辰上趕不及。

齊國公府裡，宋老夫人握著宋嘉禾的手殷殷囑託，說到動情處，眼底有水光浮現。雖說嫁得近，可宮闈深深，祖孫想時常見面也不容易。就是到今日，宋老夫人也是不大滿意魏闕的，誰叫他是皇帝，害得她不能給孫女撐腰，也沒法三不五時見孫女兒。

「祖母，我會常常回來看您的。」宋嘉禾柔聲安慰。她可是和魏闕事先說好的。

宋老夫人相信孫女有這份心，可規矩擺在那兒，孫女兒想出宮哪那麼容易？

看出宋老夫人不信，宋嘉禾也不多說，說再多也不如行動來得實在。

「老夫人、姑娘，陛下親自來迎親了。」青畫喜出望外的聲音在門外響起。

宋老夫人一驚，不敢相信。「皇帝來了？」

滿臉喜悅的青畫歡快道：「來了，來了。」

皇帝親迎，足可見對她家姑娘的重視，也給了宋家莫大體面，青畫豈能不高興？宋老夫人喜形於色，欣慰地拍了拍宋嘉禾的手。

宋嘉禾嘴角微微上揚，眼神明亮恍若發著光。

喜氣洋洋的齊國公府因為魏闕的到來，寂靜了一瞬，等他們反應過來，再看宋家人的目光不由多帶上幾分羨慕和尊敬。

能讓陛下親自過來迎接，陛下對宋家姑娘的珍愛可見一斑。

這一回是沒人敢鬧新姑爺的，誰也不覺得自己脖子上有兩個腦袋。

魏闕十分順利地跨過齊國公府大門，進入內院，來到門前。他覺得這院裡的樹格外綠，花格外紅，草格外青，一切看起來都十分美妙，美妙得讓人心曠神怡。

就連壯著膽子在門後要求他作「催妝詩」的宋嘉淇，在魏闕看來也格外可愛。之前他做了準備，可惜那些人還不如個小姑娘膽子大。

魏闕含笑道：「……催鋪百子帳，待障七香車。借問妝成未，東方欲曉霞。」（注）

宋嘉淇這才勉勉強強地給他開門。

宋嘉禾緊張地捏了捏手心，微微抬眼望著越走越近的魏闕，看清他眼底喜悅與驚豔後，她突然間鎮定下來。

鳳冠華服，國色天香。

「暖暖，我來接妳了。」魏闕看著她的眼睛，目光裡漾著細細密密的情意，籠罩著宋嘉禾。金色陽光鍍在魏闕身上，璀璨奪目。

宋嘉禾輕輕彎起嘴角，將手放在他寬闊的手心裡。魏闕含笑望著她，緩緩握緊，珍而重之，猶如捧著至愛珍寶。

兩人四目相交，在眾人的歡聲祝福下，迎向溫暖的金光。

從今以後，他們要攜手度過一輩子，一生一世一雙人。

——全書完

# 番外一

八寶華蓋婚車漸漸遠去，拐了一個彎後消失在眼簾中。

收回目光的宋嘉音一抬眼，就見宋老夫人眼底淚光閃爍，滿眼不捨。

祖母最是疼愛宋嘉禾，只怕現在她老人家就跟心肝被摘了一樣難受。

宋嘉音上前幾步攙住老太太的胳膊。「今日是六妹大喜的日子，您怎麼落淚了？」

宋老夫人拿帕子按了按眼角，強笑道：「我這是歡喜得落淚呢。」

才不是呢！辛辛苦苦養大的姑娘，養得這麼漂漂亮亮，最後卻被別人給抬走，宋老夫人一顆心又酸又疼，差點就想喊著不嫁了，幸好她還有理智。

「母親，咱們進去吧。」宋銘溫聲道。他雖不像宋老夫人這般淚盈眉睫，可面上依舊帶著悵然若失。

宋嘉音想起自己的父親，只管自己吃喝享樂，只要不妨礙他享受，天塌下來都不關他的事，對他們這些兒女更是看都不多看一眼，哪怕是她大哥這個嫡長子也不例外。罷了，不想了，越想越糟心。

宋老夫人輕輕應了一聲。「回吧。」

宋家一行人簇擁著宋老夫人進門，觀禮的賓客們也隨之入廳堂。

注：引自陸暢〈雲安公主下降奉詔作催妝詩〉。

剩下一部分人好奇嫁妝，遂依舊留在門口，看著下人一臺接著一臺地往外抬，絡繹不絕。眼尖人的還發現，擔子撐不住重量，微微向下變形，不禁咋舌。這得是多重啊！

一些早幾日過來看過宋家曬嫁妝的人，心道，能不重嗎？別人家一盒子只裝一副手鐲，擱在宋家得裝三副，只怕宋家庫房這次損失慘重。

再看宋子諫，面含微笑，沒有半點不悅，倒也是個好兄長。

宋子諫無視落在身上的各種目光。女兒家出嫁，別管嫁到哪裡，嫁妝都是膽，皇宮也不例外，宮裡人也是俗人，吃五穀雜糧，愛黃白之物，所以在公中準備的基礎上，他自己給妹妹添了幾擔私房，加上父親給的和母親留下的嫁妝，還有祖母送過來的。其實大多還是祖母添的，她老人家活了這把歲數，可藏了不少寶貝，一半私房都給了宋嘉禾。

老人家嘴裡說著對晚輩一視同仁，可誰不知道她最心疼六妹，這親手養大的總歸和別人不一樣。

十里紅妝無盡頭，看得一眾人好不眼饞。

花廳內，宋嘉音幫著招待閨秀。她剛回京城，早年舊識又驚又喜地圍上來，七嘴八舌地詢問她這些年過得如何？

宋嘉音含笑回答她們的問題，留意到好幾人若有若無地打量她的頭髮。

宋嘉音抿了抿唇角，撫著髮髻道：「別看啦，都是假的，妳們以為我這一年的時日，頭髮就能全部長回來？」

心思被說破，大夥兒有些尷尬，再看她老神在在，不覺笑道：「真是的，這麼多年沒見，妳這張嘴還是這麼厲害。」

宋嘉音翻了個白眼。

這一鬧，多年隔閡散了不少，氣氛更顯融洽。說著說著，就說到宋嘉音以後的打算，問的自然是姻緣。

宋嘉音懶洋洋地劃了劃杯盞。「我家裡倒是想給我找個人家嫁了，只不過我是不想了。」把話說明白了也好，省得她們熱心腸地給她牽線搭橋。

此言一出，驚呆了一眾人。「什麼叫不想啊？那妳想幹麼？」

「我想自梳在家做個居士。」宋嘉音笑吟吟道：「這麼些年在庵堂，我習慣了清靜的日子。」

若她想嫁，也不難，可經了祈光這一劫，她對男人再不抱希望，只想一個人安生過日子，不想去伺候男人，也不想應付婆婆妯娌。這些年，庵堂的生活讓她明白，人生苦短，在不傷害別人的情況下，怎麼高興就怎麼來。

她有母親留下的豐厚嫁妝，宋老夫人、小顧氏和嫂子苗氏都是和善人，留在家裡也不會被嫌棄。等她老了，想來她姪子們總是願意給她送終的，這麼想想也挺好的。

「妳家人能答應？」旁人還是覺得她異想天開。

女兒家哪能不嫁人啊？宋嘉音年紀是不小，可也不老，二十三歲，仔細找找還是能找到好人家的。

宋嘉音笑了笑，還是不答應。看她態度堅定，長輩也只能默認，倒是大哥宋子謙難以接受。不過她覺得只是時日的問題，時日久了，大哥也就接受了。

「我都這般大了，不答應又能怎麼辦，牛不吃草還能強行按著頭不成？」宋嘉音揮揮手。「好了好了，大喜的日子，不說這喪氣事了，妳們慢慢聊，我去別的地方招待下。」說著，人就飄然遠去，不給挽留的機會。

一走到院子裡，好巧不巧和迎面而來的舒惠然撞了個正著。

「韓少夫人。」宋嘉音微微一笑。兜兜轉轉，最後竟然是舒惠然嫁給韓劭原。

舒惠然略略一怔，馬上笑道：「宋大姑娘。」

其實兩人並不熟，舒惠然是宋嘉禾的好友，圈子不同，兩人也就是點頭之交。不過她們與同一個男人前後產生聯繫，這般撞上，在旁人看來，登時看出了火星四濺的徵兆，不由駐足。

一個是韓劭原前未婚妻，另一個則是韓劭原的現任妻子，舒惠然懷裡還抱著去年秋天出生的兒子，六個月大的小傢伙白白胖胖，十分可愛。

宋嘉音神情溫和，走近幾步，低頭看著她懷裡的小娃娃。「令公子模樣像妳。」

五官秀氣精緻，一點都不像凶神惡煞的韓劭原，小傢伙還挺會長。

舒惠然點點頭，有那麼點不自在，尤其是四面八方投來別有深意的目光。

宋嘉音坦然自若，丁點兒沒有別人預想中的惱怒與嫉妒。

韓劭原的事業蒸蒸日上，在別人看來，宋嘉音是錯過了極品金龜婿，落得個老大年紀還待字閨中的下場，心裡哪能痛快。

可宋嘉音心裡門兒清，是她對不起韓劭原，還差點耽擱人家。對於舒惠然，她甚至是有些感激，若是韓劭原沒有一個好歸宿，她這輩子都要良心不安。

眼下他嬌妻在側，稚子在懷，宋嘉音想，自己終於可以安心了。

宋嘉音摘下一塊玉珮放到襁褓裡。「不是什麼好東西，送給小公子當見面禮。」

一群人睜大眼。這不對啊！裝的，一定是裝的！

站在她面前的舒惠然卻看得清清楚楚，宋嘉音眼底是滿滿的善意，純粹的歡喜。她肩頭一鬆，微笑道：「謝謝宋大姑娘。」

宋嘉音輕輕一笑，小心地碰了碰小孩子的手。「這兒風大，夫人帶小公子進裡頭的好，我還要去別的地方看看。」

舒惠然略略一福。

宋嘉音回禮，二人便就此分開，各走一邊。

宋嘉音腳步輕快，神情愉悅，她想起了早幾年經常作的一個噩夢。在那個夢裡，她依照婚約嫁給韓劭原，夢裡的她滿心憤恨不甘，憤恨於家人的冷血無情，不甘於嫁給自己不喜歡，甚至害怕的男人。

在韓家的每一天，她都覺得是折磨，與韓劭原共處一室，對她而言，無異於受刑。

韓劭原哪能無所察覺，他也是天之驕子，耐著性子軟下身段也沒讓她改變之後，韓劭原也起了脾氣，主動要求練兵離家，夢裡的她不以為意，還無比慶幸。

宋嘉音恨不得上前把夢裡的自己踹死。她這是要把結親變成結仇！可她再生氣，也只能眼睜睜看著夢裡的自己犯下彌天大罪。

她竟然不顧廉恥地與祈光暗通款曲，那一聽就是騙人的花言巧語，夢裡的她竟然還深信不疑，心甘情願地把嫁妝送給祈光揮霍。

簡直蠢死了！

最後也果然死了。

這世上沒有不透風的牆，何況兩個都不是什麼聰明人，哪能不露出馬腳？

夢裡的她被宋老太爺一碗藥親自送走了。

每一次，宋嘉音都在腹痛如絞的痛苦中驚醒過來，這樣的夢她作了一遍又一遍，每一次都清晰得可怕。她在想，若是當年宋嘉禾沒有發現她和祈光的醜事、沒有告訴長輩，噩夢十有八九會成真吧？

每每想來，宋嘉音都要驚出一身冷汗。

幸好，她沒有走到夢裡那一步。

去年那個賤人居然還有臉來找她，擺出一副深情款款的模樣要與她再續前緣，說等她還俗便娶她。

呵呵……不就是看他們宋家如日中天，祈家卻迅速敗落，想來攀高枝嘛！

早年他還有張手神俊秀的臉蛋，她年少無知被美色迷惑；眼下他不只毀容還斷了腿，哪來的自信，多大的臉！

被她諷刺一頓，那人竟然還威脅她，若她不就範，他就把當年的事情宣揚出去。想起自己曾經居然喜歡過這樣的人渣，宋嘉音就覺得如吞了蒼蠅一樣噁心。蠢貨！天堂有路他不走，地獄無門偏要闖，她當然要成全他。

自從這個賤人消失後，她終於不再作噩夢了。

宋嘉音想，這大概就是冥冥之中的天意吧！

「夫人，醒酒湯來了。」丫鬟端著托盤進來。

許硯秋端起汝窯碗，拿著勺子攪了兩下，舀起一勺輕輕地吹了吹，才送到季恪簡嘴邊。「喝一點解解酒，要不明兒要頭疼了。」聲音不疾不徐，如同泉水滑過鵝卵石，輕緩從容，一如她這個人，永遠淡然溫潤。

歪在榻上的季恪簡臉色潮紅，雙眼微閉，濃密的睫毛在眼下投下一片淡淡的陰影。睫毛輕輕地顫了顫，季恪簡睜開眼，望著近在咫尺的勺子，抬眼注視神色溫柔的許硯秋。

許硯秋微微一笑，讓人想起了金秋時節的菊花，淡而優雅。

季恪簡也跟著笑了笑，接過醒酒湯，兩三口灌下去。「我沒事。」

其實他也不知道自己怎麼回事，不知不覺就喝多了。

他模模糊糊記得自己似乎作過一個又長又複雜的夢，刻骨銘心，可像大多數夢境一樣，一開始還記得一些，可轉眼卻忘得乾乾淨淨。只記得自己作過一個夢，卻不知道自己夢見了什麼？

想不起來，季恪簡便不再去想，殘留的情緒告訴他，那並不是個好夢，既然不是好夢，那又何必去追根究柢？

可就在今日，帝后緩緩登上高臺祭拜天地那一刻，季恪簡腦海中忽然響起一個含羞帶怯、又嬌又軟的聲音。

那個聲音說：「我才不要嫁給你，誰要嫁給你了。」

聲音似乎在哪裡聽過，可他絞盡腦汁都想不起來，那一刻，季恪簡的心又酸又麻。

不過那種情緒很快就在喧天的鑼鼓聲裡消失，恭賀帝后喜結連理的呼聲，將他從那種古怪的情緒中拉回來。他壓下那點莫名其妙的酸澀，在喜宴上忍不住多喝了幾杯。

許硯秋笑了笑，遞了一盞溫水，給他漱口。

溫熱的液體滑過喉頭，季恪簡清醒不少，他揉了揉太陽穴，歉然道：「倒讓妳受累了，懷著身孕還要伺候我。」

許硯秋已經懷了五個月的身孕。

「哪有這麼嬌弱？」許硯秋輕笑道。

季恪簡望了望她，溫和一笑。「我去洗漱一下。」

「熱水已經備好了。」

季恪簡便起身去了淨房。

許硯秋突然間笑了笑，拿起剪子剪掉發黑的燈芯，登時屋子裡更亮堂了。橘黃色的燈火映照在她臉上，襯得她雪白的肌膚格外瑩潤。

許硯秋望一眼淨房的方向，想起了季恪簡今晚的失態。

他向來是克己之人，從來都不會貪杯，可今兒卻……

許硯秋低頭一笑。嫁給他也近兩年了，怎麼可能毫無察覺，丈夫該是心有所屬吧。發現這一點之後，許硯秋倒不曾吃味。她嫁給他，奉的是父母之命、媒妁之言。兩個婚前都沒正經說過幾句話的人，談何而來的感情。

季恪簡有心上人，她一點都不奇怪。誰沒個情竇初開的時候？就是她自個兒年少的時候，也悄悄愛慕過隔壁風流倜儻的公子。不過愛慕，也僅限於愛慕罷了，這世上並非所有的愛慕都要付諸行動並得到結果。

從某種意義上來說，他們是同一類人，理智永遠都凌駕在感情上。

所以許硯秋從來都不會擔心，季恪簡會做出什麼丟體面的事來，他做不來這種事，只是沒想到那個人會是宋嘉禾。

這段日子她愣是沒看出來，細想也就想明白了。也就只有宋嘉禾這樣的情況，才能讓家世品貌都出色的季恪簡，求而不得。

許硯秋輕輕一嘆。人生在世，無論是誰，都沒法事事順心如意。

過了好一會兒，季恪簡終於洗漱好回來，烏髮白衣，恍如謫仙。

季恪簡走過來，扶著許硯秋走向床榻。

在診出身孕後，許硯秋便提出讓季恪簡去書房休息，並安排丫鬟伺候他，不過都被他婉拒了，令一群丫鬟好不扼腕。

夫妻上榻，一夜好眠。

次日天才微微亮，二人便起來了。

帝后還要祭宗廟，皇帝要在文武百官面前授皇后金印，內外命婦皆要參拜皇后。

這一天注定是忙碌的，季夫人還建議許硯秋告假。他們季家好不容易才求來這個孩子，哪怕是個孫女，那也是寶貝，萬萬不敢出紕漏。

只是許硯秋沒同意。她若是頭三個月或者後三個月，都不會勉強自己，可她現在是五個月，胎象十分穩定。

季家在大秦身分特殊，比皇室宗親都要體面，可也透著若有若無的尷尬。皇室雖然歷來厚待季家，然季家卻不能恃寵而驕。

人敬我一尺，我敬人一丈，這般才能相安無事。

季夫人哪能不明白道理，她這不是護孫心切嘛！

既然許硯秋自己都這麼說了，丈夫、兒子也同意，季夫人還能如何，也只能答應。

皇家的儀式永遠都是複雜又冗長的，尤其是皇帝格外重視這位皇后，下頭人哪敢偷懶，自然按著最高標準行事，這可就苦壞了一干人等。

不過這些人裡並不包括許硯秋。沒多久，她就被人請到偏殿，好茶好點心地伺候著。同處一個屋內的還有一些老弱和孕婦，互相看看，面上都帶著舒心的笑容。

「娘娘仁慈，不忍見我等辛苦。」坐在許硯秋邊上的宋老夫人笑咪咪道。

許硯秋也跟著道：「娘娘慈悲。」

宋嘉禾一直都是體貼細心的性子，百忙之中，都記著這些事，可見她已經適應了身分的改變。

這樣就好，她與宋嘉禾頗合得來，哪怕知道了季恪簡那點小心思，也不會影響這份感情。人生能交上幾個志同道合的朋友，是極難得的事。

儀式過後，她們這些人被邀請到翊坤宮內。

主座上的宋嘉禾身著深領廣袖鳳袍，端莊雍容。

這還是許硯秋頭一次見她這般華麗尊貴的打扮，不禁生出幾分敬畏心。果然佛要金裝，人靠衣裝。

四目相對，宋嘉禾對她輕輕一笑，瞬間又變得熟悉起來。

重陽節那天，許硯秋誕下一女，季夫人唯恐許硯秋有負擔，一迭連聲哄道：「女兒好啊，女兒是貼心小棉襖。我盼了一輩子都沒盼來個姑娘，還是妳運道好，以後啊，咱們娘兒倆天天給她做漂亮衣裳，打精緻首飾。」

孫子、孫女都是季家骨肉；再說了，能開花，自然能結果，急什麼，兩口子還年輕。

滿頭虛汗的許硯秋笑起來。「嗯，咱們把她打扮得漂漂亮亮。」

季夫人笑逐顏開，似乎已經看到那一天。

季恪簡帶著一頭汗趕回來。他一得到消息就趕回來，不想許硯秋生得十分順利，他還沒到，孩子已經生下來。

望著襁褓裡皺巴巴的女兒，季恪簡那張俊秀臉上的表情十分奇怪，像是不敢置信，又像是喜出望外，還有一點不知所措。他小心翼翼伸手想摸摸女兒紅彤彤的臉蛋，不防小姑娘動了動嘴，嚇得他迅速抽回手。

許硯秋忍俊不禁。萬萬想不到，溫潤優雅的季恪簡還有這樣可愛的一面。

季恪簡尷尬地清咳一聲，終於再次壯著膽子摸了摸女兒的小臉蛋。這一回小姑娘終於沒再嚇她爹，十分配合地給人摸。

許硯秋發現，季恪簡的手竟然微微顫抖，不禁怔了怔。

「世子、夫人，皇后娘娘的賞賜到了。」門外響起丫鬟的通報聲。

季家是世襲罔替的公府，季夫人是宋嘉禾嫡親姨母，許硯秋是她閨中密友，這樣的關係，宋嘉禾自然要有所表示。

許硯秋看向季恪簡。

察覺到她眼神有些怪，季恪簡疑惑地回望她。

「怎麼了？」

在他眼底沒有發現一絲陰霾，彷彿這只是一道再普通不過的聖旨，許硯秋笑了笑。「世子還不快出去接旨。」

季恪簡戀戀不捨地看一眼新鮮出爐的女兒，叮囑道：「妳好生歇著，我馬上回來。」

許硯秋笑著道了聲好，目送他邁著大步離開，似乎想早去早回。

待她走了，許硯秋低頭看著睡得很香的女兒，輕輕戳了戳她的小臉蛋。「看啊，妳一出現，就把妳父親給迷得神魂顛倒。」

# 番外二

九九重陽佳節，菊花爛漫。魏紫姚黃，趙粉豆綠，鋪滿了整個御花園，白似雪，粉似霞。

「昨兒個，我娘帶著我們去向祖母請安，正好莊子送來一筐螃蟹，我們就坐在花園裡一邊賞菊花，一邊吃螃蟹。」宋嘉淇意猶未盡地回憶一下。「這螃蟹又肥又鮮，一勺子下去，能撈出那麼一大塊蟹黃，可好吃了。祖母還讓人包了蟹黃餃子，一口咬下去，又滑又彈。」

宋嘉禾沒好氣地瞪她一眼。「故意的，妳故意的是不是？」

明明知道她喜歡吃螃蟹，可又不能吃。

宋嘉淇眼珠子一轉，瞅著她微微凸出的肚皮看了看，嘴上還要裝模作樣。「我是那樣的人嗎？」

宋嘉禾語氣肯定。「妳就是這樣的人！本來吧，下面上貢了一些砂糖蜜桔，我記得妳愛吃，還想讓人送一筐過去，可現在看來……」

「別啊，六姊，我的親姊。」一聽有蜜桔，宋嘉淇立刻沒了骨氣。

這貢品味道就是不一樣，又水又甜，一點都不酸，她一次都吃一大盤。

「晚了。」

宋嘉禾冷酷無情地拂開她攀上來的手，宋嘉淇就狗皮膏藥似地往上黏。

姊妹倆正鬧著，一個宮人走過來，溫聲稟報。「娘娘，寧國公府喜得千金。」

宋嘉淇笑容一斂。季家幾代單傳，怎麼就生了女孩？不由為許硯秋擔憂起來。

宋嘉禾倒是笑容不改。「女孩貼心。」轉頭對青書道：「妳去擬一份禮單來，添些小姑娘得用的東西。」

青書應了一聲，躬身退下。

想著宋嘉禾還懷著孕，宋嘉淇忙道：「是啊，女孩子香香軟軟，乖乖巧巧，可比臭小子可愛多了。」

昨兒吃螃蟹的時候，祖母還和她娘說起六姊這一胎，自然是求著一舉得男，好鞏固六姊地位，朝中那些人可沒歇了把女兒送進宮、一人得道，雞犬升天的心思。

宋嘉禾笑了笑。「聽聽，說得頭頭是道，莫不是早就盤算好了。」

鬧得宋嘉淇羞紅了臉，跺腳不依。「六姊說什麼呢！」

宋嘉禾笑咪咪地看著她，也不說破。不經意一抬眼，發現魏闕竟然來了。

宋嘉淇也看見了魏闕，登時變得不大自在。時至今日，她還是有些畏懼這個皇帝姊夫。請過安，宋嘉淇便乖乖站在一旁不說話，宋嘉禾無奈地搖搖頭，讓她去園子裡摘朵菊花過來。

宋嘉淇如蒙大赦，行過禮，旋身就走，好似背後有狼在追。

宋嘉禾搖頭失笑。「小時候倒還好，越大倒是越怕你了。」

魏闕不以為然地笑了笑。「怕我不礙事，只要不怕阿飛就成。」

宋嘉禾聽出他意有所指，抬眼瞅著他。「這是有情況？」

魏闕牽著她進了涼亭，待宮人在美人靠上鋪了軟墊，才扶她坐下。「剛才，阿飛求我下旨賜婚。」

宋嘉禾一愣。「他和嘉淇說好了？」

這丫頭藏得可真夠好的。她是知道宋嘉淇與丁飛早兩年就有點苗頭，可一直都覺得兩人還沒戳破那層窗戶紙，都是玩心重的人，只怕還不大懂。

感情這回事還是順其自然的好，故而她也沒有去戳破，反正都還年輕。可眼看著嘉淇都十七了，還迷迷糊糊的，宋嘉禾有些坐不住。正琢磨著怎麼提醒時，萬萬沒想到兩人暗地裡已經到了談婚論嫁的地步。

「還沒。」魏闕笑起來。「所以我讓他自己去問妳妹妹。」

宋嘉禾無奈。真夠可以的，還沒問清楚呢，就求賜婚的旨意去了，還好魏闕不糊塗。

這時候青書拿著擬好的禮單來給宋嘉禾過目。

「哪家有喜事？」瞄了一眼，魏闕隨口問道。

「寧國公府，表嫂生了個小姑娘。」宋嘉禾頭也不抬地回道。

魏闕神色微不可見地頓了下，見她專注地看著禮單，復又笑了。「倒是樁喜事。」

「可不是，姨母肯定高興壞了。」宋嘉禾含笑道，覺得這禮單沒有問題後，遞給青書。

「就這樣吧，讓人趕緊送過去。」

接過禮單的青書福了福身，下去安排。

宋嘉禾毫無預兆地伸出雙手捧住魏闕的臉，魏闕輕輕一挑眉梢。

「我要是生個女兒，你高興不？」

魏闕失笑，刮了下她的鼻頭。「要是妳能生一個像妳一樣漂漂亮亮的小公主，我作夢都能笑出聲來。」

「真的？假的？」宋嘉禾拖長了語調。

「我什麼時候騙過妳？」魏闕含笑道。

宋嘉禾哼哼唧唧，無理取鬧。「那你到時候是不是喜歡她，不喜歡我了？」

魏闕低笑出聲，胸腔微微震動，伸手將她攬到懷裡。「我還怕有了她之後，我要失寵呢。」他低頭親了親她的臉頰，附在她耳邊，低語。「我最喜歡的永遠只有妳。」

宋嘉禾的嘴角不由自主地翹起來。

去摘菊花的宋嘉淇看中了一盆魏紫，和前幾天被她打翻的那盆十分像，宋嘉淇打算待會兒跟她六姊要了，帶回去哄她娘。

「妳喜歡這種菊花？」

一抬頭，宋嘉淇就見丁飛站在她面前，納悶地看了看他的腳。也不知屬什麼的，走路都沒有聲音。

宋嘉淇道：「之前，我把我娘那盆寶貝給弄死了，拿一盆回去賠罪。」又問：「你進宮見皇上？」

丁飛點頭，緊張地握了握拳頭。

宋嘉淇狐疑地看著他，戒備地往後退兩步，瞇眼盯著他。「你又藏了什麼壞水？」

這個混蛋，上個月一腳踢在桂花樹上，淋了她一身桂花。冷冰冰的花瓣落在領子裡，還滑進衣服，冷得她打了好幾個哆嗦。

丁飛頓時一臉被雷劈。

宋嘉淇只當自己猜中，得意地挑了挑眉頭。「丁小飛，我警告你，你要是敢再搗鬼，信不信我拿花盆砸死你。」說著她還霸氣地舉起一個花盆比劃了下。

丁飛半張著嘴，像是被雷徹底劈傻了。

宋嘉淇一翻白眼，以為他被自己震懾住，心滿意足地指揮小宮女抱起她挑中的那盆魏紫就要走。今兒她心情好，不和他一般見識。

「妳等一下。」丁飛終於從打擊中回過神來。

宋嘉淇不耐煩地回頭。「有什麼事？」

丁飛扒了扒頭髮，一咬牙一跺腳，一副豁出去的模樣。「我喜歡妳，嫁給我好不好？」

風水輪流轉，這下子輪到宋嘉淇被雷劈了。

宋嘉淇呆若木雞，突然暴跳如雷。「好你個丁小飛，你長能耐了，能想出這麼缺德的新點子！」

左顧右看，宋嘉淇抄起一只花盆，氣勢洶洶地砸過去。

以丁飛身手，別說區區一個花盆，就是一百個花盆迎面砸來，都碰不到他一根毫毛。可凡事都有個例外，比如說這會兒，好不容易鼓足勇氣向心上人表白，結果換來一個花盆，丁飛一顆少男心當場嘩啦啦碎了一地。

丁飛成了泥塑木雕，不過身體本能尚在，眼見花盆就要砸到頭上，他的身體動了動。

忽然動作一頓，他眼明手快地欲接住迎面而來的花盆，可似乎晚了一步，砰一聲，花盆碎裂，丁飛整個人也應聲倒下。

滿心以為他肯定能躲開的宋嘉淇嚇呆了。他怎麼可能躲不開？他明明靈活得跟個猴子似的。

愣了一瞬，宋嘉淇衝過去，只見丁飛頂著一頭血躺在地上，她頓時駭得六神無主，眼淚當場就流下來。「你怎麼樣了？你別死啊！御醫，快去傳御醫！」

「我頭好暈，妳整個人都在轉。」丁飛氣若游絲，伸手在空中胡亂抓了兩下，才抓住宋嘉淇的手。

原本站在遠處看好戲的宋嘉禾一見這狀況，嚇得花容失色，立刻就要趕過去。

魏闕伸手將人拉回懷裡，安撫道：「沒事，阿飛在逗妳妹妹玩。」

宋嘉禾怔了怔，不敢置信地看一眼遠處，轉過頭看著魏闕，拔高聲音。「鬧著玩？」敏感察覺到她不悅的魏闕，賠笑道：「阿飛就是個小孩脾氣，不懂分寸，不過沒壞心思，妳犯不著為他生氣，生氣會長皺紋的。」

「別給我在這兒扯話題。」宋嘉禾沒好氣地推他一把，又確認一次。「真是裝的？」

魏闕確定地點點頭。要是一個花盆就能把這小子給砸暈過去，他早死了千百回。只怕這小子故意動手腳，使苦肉計。倒不知道這混蛋還有這麼滑頭的一刻，魏闕陡然生出一股孩子長大的惆悵。

不過這些，他是萬不敢說出來的，沒見宋嘉禾臉都綠了。

宋嘉禾磨了磨牙。「騙人一時爽，事後悔斷腸。」

裝吧，裝吧，等宋嘉淇反應過來有他受的。自己選的路，跪著也得走完。

那邊宋嘉淇眼淚撲簌簌地往下掉，哭成了淚人兒，握著丁飛的手道：「你一定不會有事的，御醫馬上就要來了。」

「妳幹麼哭？妳不是最討厭我，我死了，妳不是應該高興嗎？」

「呸呸呸，什麼死不死的，誰討厭你了？」

「那妳幹麼見了我就凶巴巴的，明明妳對別人都那麼和顏悅色。」丁飛酸溜溜道。

「難道不是你老惹我？你不惹我，我怎麼會凶你。」

丁飛悲憤。「可不都是因為妳不理我嘛，妳要是搭理我，我怎麼會惹妳？」

「你不死了？」宋嘉淇突然冷酷地抽回手。

丁飛一僵，立刻又變得出氣多進氣少，斷斷續續道：「我……頭……好暈……」

宋嘉淇面無表情地看著他。「你都要死了，怎麼還不吐血？」

丁飛琢磨著怎麼逼出一口血來，就見宋嘉淇猛地站起來，抬起一腳踹在他大腿上。「我踢死你個王八蛋，大騙子！」

見她踢完就跑，丁飛哪顧得上裝死，彈簧似地從地上跳起來，拔腿就追。

幾個跳躍間，他已經攔在宋嘉淇前頭。「妳別生氣，我就是想和妳好好說句話，不這樣，妳哪能心平氣和與我說話？」

「呸！」宋嘉淇狠狠啐他一口。「誰要和你說話，誰樂意和你說話了，我以後都不想和你說話。」

左彎右繞，就是過不去，宋嘉淇怒不可遏，開始踢人。「好狗不擋道，你給我閃開！」

丁飛不管，他就記得宋嘉淇為他哭，說不討厭他這回事，心裡快活得要命。「妳說妳不討厭我的。」

「從現在開始，我最討厭你，我最最最最討厭你！」宋嘉淇大聲道。

「妳口是心非，不誠實。」丁飛不高興，也不知哪來的勇氣，他忽然一把抱住宋嘉淇。「我喜歡妳，非常非常喜歡，宋嘉淇，妳……妳喜歡我嗎？」

丁飛嗓子眼發乾，一顆心跳得飛快，快得幾乎要從喉嚨裡蹦出來，一雙眼睛錯也不錯地看著宋嘉淇，不知不覺間屏住呼吸。

宋嘉淇的回應是提膝用力一頂，滿懷情意的丁飛沒有防範她會來這一招，頓時弓成了蝦米，不敢置信地看著她。

宋嘉淇冷笑一聲，揚長而去。活該，敢占老娘便宜。

將這一幕盡收眼底的宋嘉禾目瞪口呆，忍不住為妹妹的霸氣鼓掌，簡直不能再帥。

魏闕同情地看一眼遠處的師弟，無奈地搖搖頭。

也是從這一天起，宋嘉淇見了丁飛，鼻子不是鼻子，眼睛不是眼睛。

丁飛卻毫不在意宋嘉淇的冷臉。說破之後，他似乎已經忘了還有臉皮這麼一回事，狗皮膏藥似地黏著宋嘉淇，堅定奉行打不還手、罵不還口的原則。

宋嘉禾捧了瓜子，在邊上看熱鬧。閒著沒事就逗宋嘉淇，既然那麼討厭他，那她讓魏闕把丁飛調出京城。

見宋嘉淇咬著下唇不說話，宋嘉禾心裡樂得不行。這小倆口還真能鬧騰。

事實證明，丁飛還能更鬧騰一點。在宋嘉淇面前做小伏低，他也沒忘了給未來老丈人當牛做馬。

老丈人看女婿，那是橫挑鼻子豎挑眼。他越殷勤，七老爺越看他像大尾巴狼；宜安縣主這邊卻是截然不同，丈母娘看女婿，越看越喜歡。

丁飛父母雙亡，在宜安縣主看來不是短處，而是優勢。自己的女兒自己清楚，說話直來直去，還受不得委屈，只怕跟長輩難相處。若是嫁給丁飛，完全沒有公婆妯娌姑嫂的問題，反倒是良配。

再說，魏闕對丁飛這個師弟向來照顧有加，也算是有背景；能力上，幾年前南征討伐吳夏，丁飛嶄露頭角，立下功勞。

越盤算，宜安縣主越滿意，七老爺則哼哼唧唧要鬧脾氣，被宜安縣主幾句話嗆回去，什麼時候輪到他當家作主了？

行了，父母那一關就這麼過了，眼前只剩下一個難關，也是最大的難關需要攻克。

宋嘉禾本著看熱鬧不嫌事大的原則，專門派了個宮女盯著那邊的風吹草動。

丁飛與宋嘉淇果然沒有讓她失望，一齣接著一齣的好戲連環登場。
宋嘉淇赴宴時隨口誇了一句，慶雲班的花旦唱得好。
結果丁飛居然學著人家的裝扮，在七老爺正月宴客那天粉墨登場。他那破鑼嗓子，別人唱戲是要錢，他唱戲是要命。
據說，臺下的人都傻了！
如此種種，不勝枚舉。
宋嘉禾聽得嘖嘖稱奇。怎麼也沒想到，沒心沒肺的丁飛這麼豁得出去，扭頭就對魏闕幽幽道：「我覺得我當年虧大了。」
她居然沒乘機折騰人，失策啊失策。
魏闕失笑，用新冒出來的鬍子扎她臉。「妳想怎麼折騰我？」
宋嘉禾一邊躲，一邊笑。「自然是冷酷無情地拒絕你，讓你傷心讓你哭。」
魏闕佯怒，輕輕在她臉頰上咬一口，壓著嗓音道：「我倒是更想讓妳哭。」
都是夫妻了，哪裡還不明白，宋嘉禾酡紅著臉打他。
「陛下，丁參將求見。」
宋嘉禾推開魏闕。「還不快去，說不得就是來找你幫忙出主意的。」
魏闕這才放過她，理了理她的鬢角。「我馬上回來。」
「嗯，去吧。」
這一回宋嘉禾猜錯了，丁飛不是來搬救兵，是來請聖旨的。

「嘉淇答應嫁給我了。」尾音都快飛上天，一張臉上全是毫不掩飾的狂喜。丁飛沒大沒小地對魏闕道：「快點、快點，把賜婚聖旨給我，免得夜長夢多。」

魏闕往後靠了靠。「你不是來騙聖旨的？」

這才多久，半年而已。

丁飛不樂意了。「你是我師兄嗎？」

魏闕淡淡道：「就因為朕是你師兄，才有此一問。待會兒朕讓皇后召宋家八姑娘進宮問一問，再賜婚也不遲。」

丁飛悲憤了，覺得自己的人格受到嚴重侮辱，正打算義憤填膺一把。

「還要不要聖旨了？」魏闕涼涼一句。

丁飛就像一隻洩氣的青蛙。「要！」

所以他忍。他不在乎賜婚，可宋家在乎這份體面。

宋嘉淇很快就進了宮。

宋嘉禾要領著她去逛花園，宋嘉淇驚恐地看著她圓滾滾的大肚子。「六姊，咱們還是算了吧。」

她六姊快足月了，隨時隨地都能生。

宋嘉禾不以為然地搖搖手。「御醫說了，越是這時候，越要走動走動，到時候生產更順利。」

宋嘉淇只得小心翼翼地扶著她慢慢走。

「妳和丁飛進展如何了？」

一句話就問得宋嘉淇羞紅臉。她雖然大大咧咧，可到底是姑娘家，被說起這種事哪能不害羞？

宋嘉禾笑了笑，拍著她的手道：「之前他進宮了，再次懇請陛下為你們賜婚。」

宋嘉淇的腳步一頓，臉更紅了。

突然間，宋嘉禾生出一股吾家有女初長成的欣慰。「今年妳十八，歲數也到了，妳若是還滿意他，咱們就把這婚事定下來，也了卻七叔、七嬸一樁心事。」

宋嘉淇微不可見地點點頭，低著頭不敢正眼看宋嘉禾。

宋嘉禾好笑地搖搖頭，使了一個眼色，就有人悄悄前往御書房報信。

「丁飛這人難得的赤子心腸，是個良人，好好跟他過日子。」宋嘉禾溫柔地看著宋嘉淇。

宋嘉淇的眼眶微微發酸，虛抱著宋嘉禾。「六姊，妳放心，我會很好很好的。」

一直以來，宋嘉禾都視宋嘉淇為親妹，眼見她的終身大事終於有了著落，她心頭大暢，正想說幾句過來人的話，就覺下面一股熱流湧出來。

宋嘉禾十分鎮定地抓住宋嘉淇的手。「我好像要生了……」

滿心感動的宋嘉淇傻乎乎地反問：「要生了？」

一副完全不明白要生是什麼意思的模樣。

不過周圍的宮人卻是明白了，紛紛大吃一驚，連忙上來抱起宋嘉禾就往翊坤宮趕。

被擠出去的宋嘉淇如夢初醒，頓時一張小臉變得慘白，趕緊追上來。

不一會兒，魏闕就趕來了，一道來的人還有丁飛。

「陛下使不得！」

在宮人的驚呼聲中，魏闕推開攔在門口的人，大步進入產房。

只能在產房外頭急得團團轉的宋嘉淇，見此一幕愣了下，抬腳就要跟上去。

嬤嬤們不敢硬攔魏闕，其實就是想攔也攔不住，魏闕那力道哪是她們扛得住的？但是換成宋嘉淇，嬤嬤們說什麼也不讓她進去。未嫁的姑娘哪能進產房啊？

宋嘉淇不依不饒。

「我的八姑娘，這可不是任性的時候，等娘娘回過神來，可得生氣。」去拿襁褓的青書回來撞見這一幕，趕緊上來勸。

「但陛下不是進去了？」宋嘉淇不甘心地嘀咕。

青書心道，這不是攔不住嘛。

丁飛也跟著上來勸。

宋嘉淇狐疑。「你怎麼在這裡？」

「……」

他和師兄一塊兒過來，就是因為擔心她著急。剛才他還勸了她兩句呢，合著之前他都是透明的？

大抵丁飛的表情太明顯，恢復了部分記憶的宋嘉淇訕訕地摸了摸鼻子。

丁飛道：「妳別擔心，皇后娘娘身體這麼好，還有那麼多御醫、產婆在，肯定沒事。」

宋嘉淇忙不迭點頭，眼睛盯著產房，裡頭傳來的慘叫聲嚇得她跟著打顫。

漫說宋嘉淇，就連丁飛也被嚇得不輕。在他眼裡，宋嘉禾歷來是知書達禮、溫柔端莊的形象，能讓這樣一個人不顧形象地叫喊出來，那得是多疼啊！

瞥見宋嘉淇雙手死握成拳，丁飛忽然抓住宋嘉淇的手，磕磕巴巴道：「以後我們不要孩子。」

完全沒有意識到自己被占了便宜的宋嘉淇吞了一口唾沫，心有戚戚地點點頭。

生產過程正如丁飛所言，沒什麼可擔心的，宋嘉禾身體健康，加上懷孕期間都十分注意飲食和鍛鍊，所以哪怕是頭一胎，也生得十分順利，沒遭大罪。

只不過宋嘉禾的心情不大美妙。爹媽都是難得一見的俊男美女，可剛出生的小太子紅彤彤、皺巴巴的，不甚美觀。

饒是宋嘉禾早有準備，望著這沒毛小猴子似的兒子，還是忍不住嘀咕一句。「怎麼這麼醜！這麼難看，像你。」

小太子委屈地放聲大哭。

嘴角抽搐的產婆趕緊抱著小主子下去收拾。

被甩了黑鍋的魏闕點頭。「嗯，像我，我小時候挺醜的，長大了才好一點。」

宋嘉禾目光移到魏闕俊朗的五官上，如釋重負。「那就好。」

「……」

一孕傻三年，原來是真的。

一天後，姍姍來遲的母愛終於到來，甚至有滿溢的現象。宋嘉禾愛不釋手地抱著小太子，一口一個寶貝真可愛、寶貝真漂亮，像我。完全忘了不久前她還嫌棄小太子生得醜。

「……」女人心，海底針。

小太子週歲之後，正式被立為太子。祭天，告廟，大赦天下。

立太子的次月，宋銘遞摺子辭官引退，道他舊疾復發，力不從心，不能再為皇帝效力。皇帝沒有批准，還在群臣面前盛讚岳父寶刀未老，是朝廷不可或缺的砥柱，接著便派了兩位御醫為他調養身子。

宋嘉禾也特意將宋銘請進翊坤宮。哪怕是親父女，可規矩禮法擺在那兒，宋銘身為外男，進後宮的機會屈指可數。

眼見著宋銘要行禮，宋嘉禾幾步搶上前，一把托住宋銘。「父親這是要折煞女兒。」就是人前，宋銘對她行禮，她都得心肝顫，何況是私下。所以一般而言，她不大喜歡召長輩進宮，規矩太多，她更喜歡自己偷偷出宮，反正魏闕由著她，別人也不知道。就算知道了也睜一隻眼、閉一隻眼，宋嘉禾出宮還是挺低調的。

宋銘笑了笑，沒有堅持。

宋嘉禾從宮人手裡抱過小太子，逗他。「策兒，看看是誰來了？」

「外祖父！」小太子奶聲奶氣地叫人，聲音軟得一塌糊塗。因為出宮次數不少，所以小太子隱約記得宋銘，主要還是宋銘那鬍子對他而言太有吸引力。

宋銘伸手接住張著胖胳膊撲過來的小太子，顛了顛。「好像又重了些。」

「可不是，」宋嘉禾輕聲抱怨。「我用膳，他要是在，肯定得鬧著要上桌，上桌就算了，還要跟我搶筷子。」

「能吃好啊。」身體健康長得快。

宋銘溫柔地抓著小太子搗蛋的手，小傢伙抓不到鬍子，頓時不高興地叫嚷起來。

祖孫倆玩了一會兒，宋嘉禾見小太子開始打哈欠，便命宮人將他抱下去。

一個眼色下去，閒雜人等都退出去。

「父親怎突然就想辭官了？」宋嘉禾開門見山問道。

宋銘笑了笑。「為父早年在戰場上留下不少暗傷，年紀輕的時候還不覺得，這兩年漸漸覺得體力和精神都大不如前。如今妳二哥也能獨當一面，所以我便想告老致仕，仔細調養幾年，也許還能活到太子殿下大婚那天。」

宋嘉禾沈默片刻。聽聞宋銘身體不適，她嚇了一大跳，把最好的御醫派過去，可御醫說宋銘並無什麼大問題，其實真正的原因她也猜到一些。

她正想說什麼，就聽見宋銘道：「其實還有另一個原因。自古功高震主，陛下待妳和太子的心意，為父都看在眼裡。你們母子倆地位穩固，為父也該退下來了，不然外戚權柄太過，朝臣們會有所不滿。」

朝上那些老臣心心念念讓皇帝廣納後宮，最好把他們的女兒、孫女都納了才順心如意。魏闕沒搭理，還把幾個叫囂得厲害的人揪出錯處貶了，這才沒人敢嘰歪個不停。

只不過，還是有些人不甘心，其中一部分是真的憂國憂民。倘若他退下去，那些人也能消停一點；且他都退了，皇帝就能名正言順把一些太上皇留下的老人榮養起來。

宋嘉禾嘴唇動了動。「可父親正當盛年，何必這麼著急？」

宋老太爺退的時候都六十了，然宋銘才四十出頭，正是男子大展宏圖的年齡，急流勇退，他真的不遺憾嗎？

宋銘捋鬚而笑。「老了，老了，都當祖父的人，退下來正好教導你兩個弟弟還有姪兒。」

其實就算他退了，也不表示他不問朝事。他是皇后之父，太子的外祖父，他的門生故舊、親朋好友都立在朝堂上，他只是從幕前退到幕後，雖然影響力不可避免地會隨著時日而減退，可那時候宋子諫也該歷練出來了，皇帝難道會不重用宋子諫？

老一輩的識趣，皇帝自然會承情照顧小一輩，如此迴圈，宋家方能長盛不衰。

父女倆說了好一會兒的話，宋嘉禾才親自送宋銘出翊坤宮。

目送父親的背影消失在眼簾中，宋嘉禾方折回去，見小太子睡得十分香甜，白嫩嫩的臉上染著紅暈，她低頭親了親他嫩滑的臉蛋。「你長大後，可要好好孝敬他老人家。」

晚間，一家三口躺在床上，小太子趴在他爹的胸口，揪著頭髮往嘴裡塞。

宋嘉禾一邊耐心地阻止他，一邊將宋銘的意思挑著轉述。「父親征戰沙場半輩子，都沒好生享福過，現在他想享清福了，我們做晚輩的沒有不同意的道理。」

魏闕扶著兒子的肩頭，他哪裡不明白岳父的心思。急流勇退，說易難行，宋老太爺、宋銘都做到了，不怪宋家能綿延百年。

「妳放心，朕絕不會虧待宋家。」魏闕握著宋嘉禾的手鄭重道，老的退了，小的可以慢慢扶起來。

宋嘉禾輕哼道：「你要是敢欺負我娘家人，我就……」

「啊！」小太子突然嗷嗚一口咬在他爹胸口，咬了咬，似乎哪裡不對，哼哼唧唧地就要哭。

宋嘉禾噗哧一聲樂了，笑得渾身發顫。

魏闕無奈地叉著兒子的胳膊把人舉起來。「你這是替你娘警告我。」

小太子只當他爹在跟他玩，咯咯笑起來，一串口水啪嗒正中魏闕的臉。

好不容易停下來的宋嘉禾再次大笑起來。

# 番外三

辭官後，宋銘便擺出一副要頤養天年的模樣，搬到了郊外別莊。他沒帶任何人，不過臨行前，宋子諫怕父親一人孤單，遂把長子清哥兒強行塞去，美其名曰，請父親抽空指點。

別莊裡的日子起初真有幾分逍遙，每日早起打一套拳，沐浴更衣出來，清哥兒也醒了。祖孫倆一起用膳，一個去書房，一個去學堂。清哥兒的文武師傅也一道來了。

這麼過了幾日，宋銘開始覺得無所事事，渾身不得勁。於是清哥兒倒楣了，他的教育工作被祖父接過去。

這待遇，可是他父親、叔叔和姑姑都沒有過的。哪怕是面對最重視的嫡長子宋子諫，宋銘也沒有手把手教導過，至多也就是隔三差五考查一下。

清哥兒為此殊榮表示受寵若驚，可三天之後，只覺得生不如死。

宋銘慣來高標準嚴格要求，哪怕在隔代親的作用下，自覺已經對大孫子降低要求，可架不住宋小朋友才四歲。

發現大孫子不高興之後，宋銘沒有繼續降低自己的標準，只是允許他完成功課後可以去別莊外面玩一個時辰。

別莊外有山、有河，還有千畝良田。清哥兒終於敗在玩的誘惑下，咬牙努力學習。

宋銘笑了笑。這一點倒是隨了他爹。

每天下午那個時辰，就是清哥兒一天中最快樂的時光。他會和附近佃戶家的孩子一塊兒上樹掏鳥蛋，下水抓螃蟹，宋銘從來都不阻止，只是多給他安排幾個身手敏捷的護衛。

這一天，清哥兒把最要好的同伴領回來。這個同伴的身分有些特殊，他是魏瓊華的嗣子魏德。

宋銘看著眼前有些怯生生的小男孩，放柔了神情。「去玩吧。」

清哥兒便歡快地帶著小夥伴去看他的小馬駒。之前他大字描得好，祖父獎勵他一頭小馬駒，和他一樣高，可神氣了。

小太子坐在他爹肩上，把他爹當馬騎，笑得見牙不見眼。

宋嘉禾笑咪咪地看著魏闕駕著兒子，在屋裡來回繞圈子。剛剛小傢伙走得快，不小心摔了一跤，把額頭磕紅了，哭哭啼啼怎麼也哄不好，魏闕只能拿出殺手鐧來，小太子果然瞬間破涕為笑。

若是叫外人見了這一幕，少不得把眼珠子瞪出來。就連宋嘉禾也想不到魏闕會這麼疼孩子，細想又開始心疼。大抵是幼年缺憾，讓他格外重視血脈。

「好了，別玩瘋了。」宋嘉禾拍拍手。「歇一會兒。」

小太子扭著胖身子鬧脾氣，很快就被新端上來的糖糕安撫，抱著一塊糕點啃得滿臉都是，料想是餓了。

「我想出一趟宮，去看看長輩。」算算也有一個月沒見了。

聞言，魏闕的表情變得有些微妙，不過低頭給小太子擦臉的宋嘉禾沒有看見。

「是好久沒出去了，順道還能出去散散心。」

魏闕是個行動派，第二天下朝，就帶著母子倆出發。

一家三口換了尋常裝扮，宮人侍衛也隨之一變，看起來就像是普通富貴人家帶著家丁出門。小太子趴在車窗上，驚嘆連連地望著沿街景象。他話說得還不俐落，一激動就只能咿咿呀呀了。

其實他也不是第一次出宮，可誰叫年紀太小，記性不好，先頭見過的早忘光了，眼下看什麼都新奇，恨不得從窗口爬出去才好。

扶著他的魏闕一個眼色下去。就有人去買東西，一路走來，凡是色彩鮮豔被小太子指過的都買回來，糖葫蘆、小泥人、大風車、小陀螺……

小太子看花了眼，簡直不知道玩哪一個？明明做工比宮廷內造不知差了多少，他卻稀罕得不得了。自己玩不夠，還要拉著魏闕和宋嘉禾陪他玩，不陪，他還要不高興地拍手蹬腿。

在小太子清脆的笑聲中，一家人抵達西郊。

來之前他們並沒有通知宋銘，宋嘉禾想給宋銘一個驚喜。

結果宋嘉禾發現，驚喜沒有，只有驚嚇，被驚嚇的那個人還是她。

碧波蕩漾，綠樹成蔭，芳草萋萋。

男子英武俊朗，女子嫵媚風情，不遠處是兩個蹲在地上玩泥巴的小孩。

這畫面，還真是歲月靜好。

宋嘉禾眨眨眼，懷疑自己眼睛花了。父親和魏瓊華？

小太子跟著他娘眨了眨眼，當即咯咯笑起來，讓宋嘉禾回了神。

宋嘉禾發現魏闕一臉平靜。「你早知道？」

魏闕點點頭。

「你怎麼不早說啊？」

「沒什麼可說的。」

兩人恰巧做了鄰居，兩個小孩玩到了一塊兒，長輩偶爾遇上說幾句話，又沒住到一間屋裡去，他能說什麼？

宋嘉禾張了張嘴，調整了下情緒。「咱們還是走吧。」

她現在有點懵，不知道這是什麼狀況，怕這麼過去讓宋銘尷尬。

「岳父看過來了。」

宋嘉禾僵住。

魏瓊華順著宋銘的視線看過去，也看見那輛不起眼的馬車，同時看見了拱衛著馬車的人，認出幾張眼熟的面孔，自然也就猜到裡面的人是帝后。

視線一偏，目光落在身旁的宋銘身上，他的神色鎮定從容。魏瓊華笑了笑，就是她自己也說不清怎麼會變成這狀況？

她來別莊前並不知道宋銘也在這兒，她過來是因為魏德。

那天，魏德指著她身旁的男子問她。「這是父親嗎？」

她問他，為什麼會問這個問題？
魏德睜著一雙漆黑的大眼睛，懵懵懂懂道：「別人都有父親，我是不是也有父親？」
她竟無言以對。之後他召集魏德身邊伺候的人詢問一番，才知道魏德在外，因為她的緣故被嘲笑過。
大人不敢對她說三道四，可初生牛犢不怕虎，無知所以無畏。
她不在乎別人怎麼說她，反正沒人敢在她面前大放厥詞，上一個敢冒犯她的人已經滾去西北吃風沙了。可她在乎魏德，一開始過繼只是為了安太后的心，可人非草木，孰能無情，養著養著，慢慢就上了心。
所以她帶著魏德來了別莊，她想自己需要考慮一下將來，畢竟她也是當娘的人。只是沒想到會遇見宋銘，兩家中間隔了一里地，也不知道兩個小傢伙是怎麼玩到一塊兒的？
偶爾他們會在外頭遇上，遇見了會很自然地打招呼，有時候還會心平氣和地說上幾句話。二人隻字不提從前，就像老友般寒暄客套，直到這陣子，他們遇到的次數才有些多。
既然看見了，宋嘉禾當然不好再離開，遂帶著魏闕和小太子下了馬車。
宋銘和魏瓊華要上來行禮，被宋嘉禾和魏闕一人一個扶住。
縱然滿腹狐疑，可宋嘉禾只是若無其事地看著旁邊的魚簍道：「父親今兒收穫不錯。」
宋銘笑了笑。「要是不急著回去，可以用了晚膳再走。」
「是我們沒口福了。」宋嘉禾遺憾道：「我們還要去看望祖父、祖母。」
用了膳就沒工夫去承恩公府，離宮太久終歸不好。

宋銘也沒強留。

「你們父女好生敘舊，我先走了。」魏瓊華淺笑自若，揚聲喊魏德。

魏德依依不捨地拉著清哥兒的手。「明兒下午我再來找你。」

清哥兒一本正經地點頭。「我肯定上午就把功課都做完。」

宋嘉禾左看看右看看。這叔姪倆什麼時候這麼要好了？

「不管您想做什麼，只要您高興，女兒一定支持您。」

想了又想，在離開前，宋嘉禾終於忍不住把心裡話說出來。

宋銘為宋家做得已經夠多，出生入死為宋氏立下赫赫戰功，無人敢小覷；為子孫後代算計，四十出頭的年紀急流勇退。

他甘心嗎？怎麼可能！

太上皇年近五十，因為擔心魏闕影響他的地位而玩弄平衡之術。這世上有幾個男人不喜歡手握大權、令行禁止的滋味？

宋銘心頭一震，望著宋嘉禾眼底的心疼之色，心頭泛暖，他笑著對她點點頭。

宋嘉禾笑了，這才旋身離開。

小太子已經睡著，乖巧地躺在馬車內側呼呼大睡。

宋嘉禾靠在魏闕懷裡，眼前浮現方才湖邊那一幕。那畫面很美，溫馨又和諧。

「你說，父親與姑姑會在一起嗎？」宋嘉禾緩緩問道。

「兩位長輩都是通透之人，日後如何他們心裡都有數，我們還是不要插手為好，免得弄巧成拙。」魏闕握著她的手道。

宋嘉禾幽幽一嘆。兩人有過怎樣的過往，她不知道，只是這樣兩個人物，當年必然有一段刻骨銘心的經歷。兜兜轉轉，都四十幾的人了，要是能在一起，也挺好的，老來有個伴。

不過宋嘉禾心知肚明，兩人之間橫亙著許多阻礙，有外部的，也有內部的。

「順其自然吧。」

魏闕捏捏她的手，不禁慶幸自己和宋嘉禾終成眷屬。

大半個時辰後，馬車停在承恩公府門前，一番見禮之後，魏闕隨著宋老太爺離開，宋嘉禾則與女眷回後院閒話。

睡了一覺的小太子生龍活虎，見到宋老夫人就興奮地撲過去。

宋老夫人的聲音甜得彷彿摻了蜜，抱著小胖子輕輕搖晃。「策兒又長高了。」

聽不懂的小太子只管咧嘴笑。

祖孫倆親熱一陣子，宋老夫人便讓曾孫們帶著小太子下去玩。他一個小不點，卻最喜歡和比他大的哥哥姊姊們玩。

小顧氏和苗氏她們也識趣地告退，給祖孫倆騰出地方來。

沒了外人，宋嘉禾又像是回到小時候，坐到宋老夫人身邊，親暱地挽著她的胳膊。

笑容滿面的宋老夫人拍拍她的胳膊，嗔道：「都是當娘的人了。」

「在您跟前，我永遠都是小姑娘。」宋嘉禾撒嬌，哄得宋老夫人眉開眼笑。

宋老夫人突然看向她的肚子。「太子一歲多，妳也該給他添個弟弟妹妹了。」皇家子嗣單薄可不是好事，多幾個兒子，也能堵住下面那些人的嘴。

宋嘉禾點點頭。「祖母放心，我已經在調養身子了。」

她本來就喜歡孩子，想多要幾個。御醫也說她身體已經完全恢復，可以備孕。

「那就好。」宋老夫人欣慰。在她看來，男人的寵愛還不如孩子來得可靠。

祖孫倆說了好一會兒體己話，宋嘉禾並沒有提及宋銘的事，她不想讓老人家擔心。祖母總歸老了，精力大不如前，她不忍祖母為這事操心，她也相信父親能處理好這事。

再是捨不得，也要分別，宋老夫人催著宋嘉禾離開。

「過兩天，我請祖母和妹妹們來宮裡賞花。」宋嘉禾不捨地拉著宋老夫人的手。長輩一天又一天地老去，看一眼少一眼。

宋老夫人笑呵呵地應了。

目送宋嘉禾離開，一干人消失在眼簾後，宋老夫人輕輕一嘆。

朱嬤嬤以為她捨不得，遂道：「改日您進宮一趟，可不就能見到娘娘了。」

宋老夫人抿了抿嘴角。一手養大的孫女，哪裡看不出她有心事。

別莊那邊的事，她更早就知道了，只是裝作不知道。

兒子都這把歲數，想幹什麼就由著他去吧，半輩子為了宋家做牛做馬，也該為自己活一次了。私心裡來講，宋老夫人是樂見其成的，她反倒怕宋銘自己跨不過那一步。

這廂滿腹擔憂，那廂卻是風平浪靜，帝后的突然降臨，對兩個當事人似乎沒有產生任何影響，兩個孩子就更加不受影響。上午忙著讀書習武，下午就像那被放出籠子的小鳥，四處撒野。

這一個月來，宋銘迷上了釣魚，每天下午雷打不動地去河邊垂釣。

魏瓊華從來都不知道他喜歡釣魚。他這人務實，最不喜這些浪費時間的消遣，不想老了，倒是改性。看了兩回，她好奇之下也拿了根魚竿去湊熱鬧，釣了三天，一無所獲。再次提了空竿之後，魏瓊華洩了勁，懨懨地將漁竿扔在一旁。「看這天要下雷雨，我們先走了，你們也早點回去。」

拿著漁竿的宋銘偏頭看過來，輕輕笑了下，眼角浮起細細的紋路，顯得整個人平和不少。「要不拿兩條魚走？」

魏瓊華怔了怔，又笑起來。「那我就不客氣了，正好能糊弄阿德，免得他嘲笑我連一條魚都釣不到。」

宋銘笑了一聲。

拿了魚，魏瓊華就去找玩得滿頭大汗的魏德。「阿德，回家了。」

魏德意猶未盡，不過他是個懂事的孩子，遂乖巧地點點頭，忽然發現丫鬟手裡的水桶，跑過去一看，驚喜道：「母親釣到這麼多魚，好厲害！」

魏瓊華面不改色地嗯一聲。

魏德歡天喜地道：「今日我們能吃魚嗎？」

「可以。」

魏德喜笑顏開，對清哥兒揮了揮手。「明日見。」

清哥兒戀戀不捨地與他揮手告別。

回去的路上，魏德嘰嘰喳喳地說著要怎麼吃魚。比起剛被抱過來的時候，這孩子膽子大了不少，已經會向親近的人撒嬌，不過在外人面前，他依舊靦覥害羞。

「母親，您開心嗎？」魏德突然揚起臉望著魏瓊華。

魏瓊華停下腳步，低頭望著他黑漆漆的眼，輕輕點頭。「母親很開心，你呢？」

魏德用力地點著小腦袋。「我喜歡這兒，母親，咱們一直待在這兒好不好？」

他覺得這裡的母親比公主府的母親快樂。

魏瓊華摸摸他的腦袋，輕輕地笑起來，眼角眉梢都是淺淺笑意，慢慢地暈染整張臉龐。

這段日子，是她這些年來過得最平靜的時光。不遠也不近，安全又安寧。

七月，宋嘉禾如願懷上第二胎。

魏闕擁著她，嘴角噙著淺笑。「希望是個小公主。」

很巧，宋嘉禾也是這麼想的。小太子實在太皮，沒一刻消停，她迫切需要一個香香軟軟的小棉襖。

懷孕之後，太皇太后便說了，讓她隔三差五過來請安就行，不必天天來。

宋嘉禾嘴上應了，行動上依舊不怠慢。

懷孕又不是生了十分不得了的病，哪有這麼嬌貴？她去請安，太皇太后心裡肯定受用。

人老了，就希望晚輩把她放在心上，這樣才有安全感，何況宮裡就那麼幾個人，見見面，還能互相打發一下時日。

這一天，宋嘉禾突發興致，做了一些水晶桂花糕，親自帶去慈安宮。

太皇太后見了便嗔道：「可別累著了。」

其實魏闕剛剛登基那會兒，太皇太后還有些不高興。兒子當皇帝跟孫子當皇帝，總歸有些不同。不過太皇太后向來精明，魏闕又對她十分敬重，一應待遇並不比太上皇在位時低；宋嘉禾也對她恭順有禮，加上她還是娘家人。

一陣子後，太皇太后也想通了，胳膊拗不過大腿。加上這幾年，魏闕雖然已經大權在握，可太上皇一直沒出什麼「意外」，好好地在寧壽宮裡養著，並沒有像她擔心中那般被絕了後患。太皇太后心裡的芥蒂也慢慢消了。兒子之所以會成為太上皇，還不是他自個兒鬧的，無論如何，人還在，體面也在，那就這樣子吧。

「不累，我就動動嘴皮子，都是下頭的人忙活。」宋嘉禾笑吟吟道。

太皇太后吃了一口桂花糕。「味兒不錯，又軟又糯。」

「您要喜歡，我明兒再給您做。」

太皇太后樂呵呵地搖頭。「天天吃還不膩了，妳自己也吃一點，現在妳可是有身子的人，多吃點，孩子才能長得好。」

說話間，太皇太后瞥了一眼下首的燕婉。

當年的大婚被魏閎給攪和，不過這事怨不得燕婉，她也是受害人，所以半年後，重新選了黃道吉日重辦婚禮。那件事後，魏聞這個曾經最不著調的孫子反倒懂事起來，魏闕對這個弟弟也還算看重。

私心裡，太皇太后不大喜歡燕婉，看見她就會想起那場變故。那場變故，害得她兒子丟了皇位，死了兩個孫子；且燕婉成婚三年，只生了一個女兒，太皇太后就更加喜歡不起來。不過看在魏聞的面上，會給她幾分顏面。

燕婉低了低頭，攥緊帕子。早些年，因為魏聞對宋嘉禾的心思，她嫉妒甚至怨恨過，可時至今日，這些情緒早就煙消雲散。當差距懸殊到一個地步後，連嫉妒都變得可笑。現在她只想和魏聞好好過日子，可魏聞一直對她淡淡的，客氣有餘，親近不足。

宋嘉禾另起話題，說起了園子裡的桂花，正說得熱鬧之際，魏瓊華來請安了。

魏瓊華一如既往的風姿綽約、風情萬種，歲月對她格外偏愛，不忍在她臉上留下痕跡，甚至瞧著比去年狀態更好，彷彿印證了人逢喜事精神爽這個道理。

這半年來，魏瓊華和宋銘的關係有些曖昧，卻又沒到那個地步。宋嘉禾看得出來，父親心情不錯，他高興，她也就高興了。

宋嘉禾對看過來的魏瓊華微微一笑，笑容真摯，魏瓊華也回以微笑。

太皇太后的目光不動聲色地在魏瓊華和宋嘉禾之間轉了轉。她不明白女兒和宋銘到底是個什麼情況。讓兩人成親，又不肯，私下卻有聯繫；若說是夫妻，又不像，兩人也沒住一塊兒；若說是朋友吧，哪有男女會三不五時見個面，一起釣魚、跑馬？

再追問時，魏瓊華只說：「母后，我很滿意現在的生活。」

太皇太后看得出來，她是真的滿意，發自內心的知足。
於是，她也就不多說什麼了。做母親的，不就盼著兒孫快活嘛！
閒話幾句，宋嘉禾便告辭，給母女倆騰地方說私房話。
剛回到翊坤宮，魏闕就來了，神情端凝。
宋嘉禾心神一緊，果然聽見他說：「十日後，我將親征王周。」
荊州出現小範圍動亂，周朝不穩，魏闕想乘機攻下荊州、兗州，一統中原。
這麼大的事，宋嘉禾哪能一無所知。她早就有心理準備，也知道自己阻止不了，更不該阻止。他有問鼎天下之心，作為妻子，該做的是支持。
宋嘉禾抱著他的腰，靠在他胸口。「你要記得，我和策兒還有女兒在家裡等著你。」
魏闕親親她的額頭。「放心，為了你們三人，我絕不會讓自己出事。」
他還有妻兒要保護，必須凱旋而歸。
宋嘉禾仰頭看著他，燦然一笑，明豔勝桃花。
這仗一打就是大半年。
秋去春來，三月三，上巳節，前線傳來捷報，大軍順利攻入江都，周帝王培吉逃奔，在梁縣被丁飛追到。
一高興，宋嘉禾就開始陣痛，在淺淺桃花香中，如願誕下一位小公主，乳名桃桃。
小公主和她母親就像是一個模子刻出來的，又乖又可愛，可惜魏闕看不見。
月子裡，宋嘉禾最愛做的一件事，就是拿著幾朵桃花哄女兒。無意中發現這小傢伙格外喜歡桃花，見了就要笑，要不是沒力氣，估計還得伸手來搶，這乳名就是這麼來的。

「妹妹，妹妹。」小太子抱著一大束桃花興沖沖地跑進來。

宋嘉禾忍不住笑了。小太子現在最喜歡做的事，就是給妹妹摘花。

「妹妹睡著了。」宋嘉禾輕聲道。

小太子失望地鼓了鼓腮幫子。

「放在花瓶裡養起來，妹妹一醒來就能看見。」

小太子頓時來了勁，蹦蹦跳跳要去插花，一回頭愣住了。

宋嘉禾抬頭，目光定住。

魏闕扔下腳程緩慢的大軍，帶著親兵晝夜兼程，提前趕了回來。他雖風塵僕僕，雙眼卻明亮異常。

小太子歪著腦袋看他。大半年的時日，足夠他把魏闕忘得一乾二淨，他邁著小短腿蹬蹬蹬跑到宋嘉禾身邊，好奇地盯著魏闕看。

「策兒，你父皇回來了。」

聞言，小太子睜大了眼。

「暖暖，我回來了。」魏闕走到床邊，握住宋嘉禾的手，雙目深深地凝望她。

宋嘉禾的眼眶慢慢紅了，猛地撲到他懷裡，緊緊抱住他。

靜謐的午後，一家人相擁而泣，沈浸在這美好的天倫之樂中。

——全篇完

文創風 645

# 換個良人嫁 4 完

國家圖書館出版品預行編目資料

換個良人嫁 / 水暖著. --
初版. -- 臺北市 : 狗屋, 2018.06
冊 ; 公分. --（文創風）
ISBN 978-986-328-874-9（第4冊：平裝）. --

857.7　　107005728

| | |
|---|---|
| 著作者 | 水暖 |
| 編輯 | 黃鈺菁 |
| 校對 | 黃薇霓　簡郁珊 |
| 發行所 | 狗屋出版社有限公司 |
| 地址 | 台北市104中山區龍江路71巷15號1樓 |
| 電話 | 02-2776-5889～0 |
| 發行字號 | 局版台業字845號 |
| 法律顧問 | 蕭雄淋律師 |
| 總經銷 | 知遠文化事業有限公司 |
| 電話 | 02-2664-8800 |
| 初版 | 2018年6月 |
| 國際書碼 | ISBN-13　978-986-328-874-9 |

本著作物由北京晉江原創網絡科技有限公司授權出版

定價250元

狗屋劃撥帳號：19001626

網址：love.doghouse.com.tw　E-mail：love@doghouse.com.tw